潮平两岸阔 风正一帆悬

月圆 梦圆 家也团圆

吴玉辉 著

平安扣

Blessed Jade Pendant

新星出版社　NEW STAR PRESS

图书在版编目（CIP）数据

平安扣/吴玉辉著． --北京：新星出版社，2018.11
ISBN 978-7-5133-3431-0

Ⅰ.①平… Ⅱ.①吴… Ⅲ.①长篇小说－中国－当代 Ⅳ.①I247.5

中国版本图书馆CIP数据核字(2018)第278392号

平安扣
吴玉辉 著

出版统筹：	邹懿男
选题策划：	孙志鹏
责任编辑：	简以宁
责任校对：	刘　义
责任印制：	韦　舰
书籍设计：	郑　强

出版发行：新星出版社
出 版 人：马汝军
社　　址：北京市西城区车公庄大街丙3号楼 100044
网　　址：www.newstarpress.com
电　　话：010-88310888
传　　真：010-65270449
法律顾问：北京市岳成律师事务所

读者服务：010-88310811　service@newstarpress.com
邮购地址：北京市西城区车公庄大街丙3号楼 100044

印　　刷：北京美图印务有限公司
开　　本：660mm×970mm　1/16
印　　张：20.75
字　　数：224 千字
版　　次：2018年12月第1版　2019年3月第3次印刷
书　　号：ISBN 978-7-5133-3431-0
定　　价：48.00元

版权专有，侵权必究；如有质量问题，请与印刷厂联系更换。

目 录

001

第一章　　　　一群拉山网的后生。一把长满苔藓的军刀。一块折叠的手帕。一个扑朔迷离的传说。

023

第二章　　　　在暗夜的掩护下，一条小舢板正悄然划向铜山岛。钵头村的婚礼。新婚之夜，传来一阵急促的敲门声。

045

第三章　　　　七叔公像一座雕塑，立在路中央，挡住抓丁的队伍。密集的子弹射向漂浮在海上的救生衣。壮丁们一个个跪在甲板上，朝着远去的家乡不停磕头。

065

第四章　　　　"章鱼"在行动。登临古城墙，赵海峰向阿义提供了重要情况。利民旅社来了一位神秘房客。

085

第五章　　　　203号客房，空气中弥漫着丁香酚气味。四〇一高地，苏雅茹跳完孔雀舞，坚持送戏到战壕。

101

第六章　　　　无线电定位车在铜山古城街道穿行。演武亭176号牙科诊所，阿义造访了牙医白修德。老鹰岩前再次出现发报声。

119

第七章　　　　一连几天见不到阿义的踪影，贺梅感到不安和困惑。白修德接过"青鳗"手中的钢笔，一脸狐疑。诱捕行动。

135

第八章　　　　"兵灾家属"。泰山石敢当。临刑前，阿生说："我怕喝了这碗酒，我的灵魂找不到回家的路！"

147

第九章　　　　军舰甲板上，一片钢盔在黑夜中闪着幽光。家门口，阿海取下平安扣，小心地系在门环上。妈祖庙里的一块大砖被慢慢挪开，一个蓬头垢面的女人气喘吁吁地从里面爬了上来。

165

第十章　　　阿螺伫立在家乡的海岸，唱着心底的《阿兄》。阿巧怀孕了，这个消息在钵头村传开后炸开了锅。风浪中，余满舱把篮球塞到余添贵手上，吃力地说："孩子，抱紧这篮球，朝着北极星的方向，朝着对岸的灯光，游过去。"

183

第十一章　　望夫崖上传来了阿娇悲凉的令人心颤的哭声，终于有一天晚上哭声停止了。迫击炮炮膛发生爆炸，阿海倒在了血泊中。

197

第十二章　　台北机场，林月乡拖着行李箱来到登机口，她转身朝善良的关长鞠了个躬。阿巧请德纯先生在信的角落里画上一颗花生。《针线情》。

215

第十三章　　面对麦迪的真诚表白，阿螺有些感动，同时又有些不知所措。菜姑林月乡回来了。听说阿海还活着，阿螺泪如泉涌。

233

第十四章　　阿里山的邂逅。如果是人，你是我眼中的圣女。如果是神，你是我心中的菩提。

251

第十五章　　　　望着阿彩远去的背影，阿海心里突然空落落的。入夜，扫完大街的何水旺拿出洞箫，靠着榕树，吹着《望春风》。阿义办公室来了一位特殊的访客。

267

第十六章　　　　达摩克利斯悬剑。面对遇险的台湾渔船，阿义果断命令："斩断渔网，救人！"小潮平朝着大海一遍一遍朗诵着《讨海兄》。月牙湾海滩，钵头村的女人们点燃了孔明灯。

281

第十七章　　　　白发娘，望儿归，红妆守空帏。康厚朴吃力地握着笔，在纸上颤抖着写下八味中药。听着何水旺的洞箫，阿巧两行清泪从眼角滑落，攥在手上的银圆滚落在地上。

299

第十八章　　　　陆子明的救赎行动，实现了阿生"回家"的愿望，也让阿娇那块"百折痕"手帕有了归宿。阿螺登上望夫崖，取下平安扣，抛向碧波万顷的海峡。妙山那边传来阵阵悠远的钟声。

317

后记

平安扣

Blessed Jade Pendant

第一章

一群拉山网的后生。一把长满苔藓的军刀。一块折叠的手帕。一个扑朔迷离的传说。

我要说的故事发生在我的家乡铜山岛,这个躲在福建省最南端的僻静海岛,在20世纪50年代初,却没能躲过一场骤然降临的"兵灾"。半个多世纪过去了,我今天讲述它,不是为了再现那骨肉分离的苦痛与悲伤,也不仅是为了诉说那段隔海相望、刻骨铭心的男女情爱。

故事要从1950年初夏的铜山岛月牙湾说起,那年阿螺刚满20岁……

沙丘上的龙舌兰后面,阿螺正偷偷窥视着前方海滩。

海滩上,一群后生在进行着古老的捕鱼作业"拉山网"。只见后生们赤裸着身体,排成两行,每个人腰上系着一根绳子,绳子用活结系着渔网的粗大绳子,靠着腰力和双手抓住大绳,一步步后退往岸上使劲拉网。后生们一边拉网一边用闽南话喊着号子:

搬网真艰苦,行是倒退步,食是番薯箍(块),配是鳁仔涂,穿是布袋布,困是珍珠铺(沙滩),天光搬到日落埔,实在饿死某囝(妻和子)路……

拉山网的后生们来自附近的钵头村,这是位于铜山岛东南部的小渔村。村民以捕鱼为主,兼做农活。冬季时,有的后生还到外地打短工。也不知啥原因,这个村庄的姑娘不仅长得水灵,而且闽南歌唱得特别好，不仅歌唱得好，还能信手拈来，自编自唱。其中，阿螺、阿娇、阿巧三个姑娘是全村公认的"水查某"（闽南话漂亮女人的意思）。村里饶舌的后生背地里议论着，阿娇的美，美在那一头撩人的秀发，还有上嘴唇中间那个诱人的唇珠。阿巧的美，美在那对酒窝，也有人说是梨窝，反正，直挠后生们的心窝。而阿螺的美，美在那双明丽的眸子，特别是眼沿下那对迷人的"卧蚕"，简直让村里的后生们馋死了。曾有后生发誓，若能娶了阿螺当老婆，共度一夜良宵，第二天出门遭雷劈也心甘情愿。

然而，阿螺并没有给他们遭雷劈的机会。她的心里装着阿海哥。阿螺从小就和阿海亲如兄妹，她只知道阿海的阿姆（母亲）是自己的养母，而对自己的身世并不清楚。不过这并不重要，她的全部情感已经融入了这个家庭。

在钵头村，夏日里男人拉山网时，女人是不能靠近沙滩的。等到男人们收网穿上衣服后，会有个后生吹起海螺，村里的女人听到螺声才纷纷赶到海湾帮着收拾鱼获，用竹杠抬回渔网。这回阿螺壮着胆子偷看男人拉山网，全是为了她的阿海哥。

阿螺的目光紧张地在拉山网的后生中搜寻着，终于看到了阿海哥，那飘动的黑发，那英俊的脸庞，那古铜色的胸膛，那有力的臂膀，那充满力道的圆腰，还有……

阿螺两颊通红，心怦怦直跳。她翻身仰躺在沙丘上，急促地喘着气，这就是她的男人，就是要跟她一块结婚生孩子、一块过一辈子的男人。她慢慢闭上眼睛，陷入了甜蜜的回忆。

退潮的滩涂上，阿螺和阿海一块儿讨小海。不一会儿工夫，阿海的竹篓就装满了螃蟹，而阿螺的竹篓里除了苦丁螺就是螃蟹的大螯。

沙丘上的龙舌兰后面,阿螺正偷偷窥视着拉山网的后生

"阿海哥你快来啊,我的手指头又被螃蟹大螯给钳住了。"

阿海走到阿螺跟前,只见一只螃蟹的大螯紧紧钳住阿螺的食指,而螃蟹早已逃得无影无踪。阿海笑着说:"你把螃蟹大脚的硬壳咬破,它就松开啦!"

阿螺照着阿海的话做了,螃蟹的钳子真的松开了。阿海吩咐阿螺:"以后摸到螃蟹,先从顶上把它按住,然后用拇指和食指捏住它的背壳,这样螃蟹的大钳子就夹不着你了。"说完,阿海拉着阿螺的手,俯下身用嘴吸吮阿螺被螃蟹大螯钳伤的创口。

桑树下,阿螺和阿海肩并着肩,一边推着石磨,一边念着童谣:

唉啰唉

米饲鸡

饲鸡会叫更

饲狗会吠暝

生着查某(女孩)换人骂

饲大赶紧嫁

……

海边礁石上,阿螺坐在阿海身旁。面对夕阳,望着漂在海上的白帆,阿海用树叶吹起闽南的《行船歌》,阿螺跟着旋律唱着:欢喜船入港,隔暝随开帆,悲伤来相送,送君行船人……

一阵海螺声打断了阿螺的回忆。吹海螺的正是她的阿海哥。以往每当听到海螺声,阿螺总是最先冲到海滩,可这回,听到螺声,她却落荒而逃。今天的偷窥行动,要是让阿娇、阿巧两个小姐妹撞着,那真是羞死了。

海滩上,后生们忙着收网向箩筐上倒着鱼获。今天的"流水"不错,带鱼、小鲲鱼、小管儿(小鱿鱼)、小螃蟹,还有活蹦乱跳的小杂鱼,装了满满四箩筐。忽然,渔网里滑出一把长满苔藓的军刀。阿海拿起军刀仔细端详,只见刀柄上刻着一行字,其中"涩谷"两个字清晰可见,依稀还可以看到"昭和□年"的字样。阿海断定,这是一把日本鬼子的军刀。阿海想起五年前和弟弟阿义曾经在月牙湾发现一具日本军官的尸体,尸体还穿着一件救生衣。当时,兄弟俩壮着胆子解下鬼子尸体上的救生衣,阿义还穿过那件救生衣游到离岛去拾鸟蛋呢。阿海特别想知道,这军刀有什么来历,涩谷到底是谁,这月牙湾到底发生过什么?他想到了七叔公。

七叔公名叫谢明德,是钵头村德高望重的"百事通",村民们有事都爱找他商量。他不仅识文断字,见多识广,而且为人刚正。七叔公爱喝酒,喝完酒就喜欢"讲古"(讲过去的故事)。平素没事的时候,阿海总喜欢打上一瓶"地瓜烧",带上一包炒花生,约着小伙伴阿生和何水旺拜访七叔公,听他老人家讲古。

对了,刚刚在一起拉山网的阿生到哪儿去了?阿海的眼光在后生中寻找着,就是不见阿生的踪影。阿海猜着,这家伙肯定又往望夫石跑了。

阿海猜得没错,此时,阿生和阿娇正依偎在望夫石上,这是他们恋爱的根据地。

望夫石面朝大海,宛若翘首盼望丈夫归来的少妇。传说古时候有一位痴情姑娘,每当恋人出海打鱼时,她都会来到这里,盼望着心上人的归来。有一回,海上起了风暴,心上人再也没有回来。姑娘日夜伫立在这里,她坚信心上人一定会回来,日复一日,终于,姑娘化为一块石头，依然痴痴盼望着恋人的归帆。人们把这块石头叫作"望夫石"，也有人称它为"望夫崖"。

夜幕降临，沉浸于热恋中的阿娇早已忘掉望夫石那凄美的故事，她仰望着满天星斗，对阿生说："阿生哥快看，今晚的银河多漂亮啊！噢，那两颗隔着银河最亮的星星就是牛郎星和织女星吧？"

"是的，小时候听阿姆说，那就是牛郎星和织女星，他们每年要七月初七才能相会呢。"

"阿生哥，我和你可不当织女牛郎，一年才能见一次面，多熬人呀。"

"要是有一天我们真的成了牛郎织女呢？"

"那我就去求喜鹊帮忙，天天为我们搭鹊桥。我到鹊桥上接阿生哥。"

阿生望着星空，仿佛飘向银河："要是喜鹊不愿帮忙，那我就跳进银河，游过去找你。"

一颗星星划过天际，稍纵即逝。阿生有种莫名的伤感："小时候听阿嬷（奶奶）说过，人间的每个人在天上都有一颗属于他的星星，人死了，他在天上的那颗星星就会滑落下来。假如我死了……"

阿娇用手捂住阿生的嘴，轻声说："乌鸦嘴。真要滑落，我陪着你一起滑落。让我一个人待在天上，多清冷多孤单呀！"

阿生掏出一块叠得方方正正的手帕，脸上漾着幸福："娇妹，那回我到戚伯渡搭船去内山（铜山岛邻近的大陆）打工，你特地跑到渡头送我，还悄悄地塞给我这条手帕，我一直都藏在身上，闻着还有你身上的香味呢。"

阿娇说："我最气那个舵公（船老大）了。没等咱俩把话说完，就喊着要开船。阿生哥，你知道我当时心里怎么骂他的吗？"

"怎么骂，说我听听。"

阿娇念道："一条手巾百褶痕，阿妹送哥上渡船。千言万语说未了，夭寿舵公喊开船。"

阿生乐了："哈，好个'夭寿舵公喊开船'，可时辰到了，人家舵公总得要开船呀。"

阿娇劝道："阿生哥，你就好好跟着阿海哥在咱月牙湾拉山网，再也不去内山打工了好吗？"

阿生说："不用去了，也去不了了。咱铜山岛的所有渡口都被国民党的军队封锁了。听说解放军已到了对岸。你没看到现在古城街头到处是撤下来的国民党官兵，闹哄哄的。"

阿娇突然有种不祥的预感："听说现在到处在抓丁，阿生哥你会被抓吗？如果有一天你要真的离开我，我就从这望夫崖上……"

阿生打断阿娇的话："娇妹你想哪去啦，我是独子，抓丁抓不到我头上。今后呀，我就和阿海哥一块儿在月牙湾拉山网，你也用不着再骂那喊开船的舵公了。"

阿娇点点头："是呀，咱讨海人，只求平安，不求添福寿，不招谁也不惹谁。我和阿螺、阿巧都约好了，姊妹仨过几天一块到妈祖庙烧香求个平安。"看着阿生小心翼翼地按着褶痕折叠着手帕，阿娇娇嗔地说："阿生哥，我送你一条手帕，你还没送我东西呢。"

阿生神秘地笑了笑："你闭上眼睛，把手伸过来。"阿娇闭上了眼睛，阿生掏出一只手镯，小心翼翼地套在阿娇的左手上。

阿娇惊喜地看着手镯："这镯子真好看，戴我手上正合适，我好喜欢。"

阿生说："这只手镯是我阿爸年轻的时候送给阿姆的。阿姆让我把它送给你，你戴上就是我的新娘了。"

星光下，阿娇解开两根长长的辫子，慢慢躺在了望夫石上，那秀美的长发披散在石板上，格外妩媚，妩媚中带着几分野性。崖下，传来隆隆的涛声，阿娇的胸脯随着涛声上下起伏着。终于，阿生按捺不住，俯下身子，疯狂地吻着阿娇。阿娇闭上眼睛，把柔软的舌头送进阿生的嘴里……

阿生的手摩挲着移向阿娇的腰间，阿娇抓住了阿生的手："不，阿生哥，留到那天晚上。到时，由……由着你……"

今晚的星空是温馨的多情的含蓄的放纵的，也注定是属于钵头村热恋中的青年男女的。

村东头地瓜地旁，何水旺和阿巧双双钻进专为守夜人搭盖的草棚里。何水旺一边用手帮阿巧理掉粘在头发上的干草，一边问道："出来时让你阿姆看到没有？"

"没有，阿姆睡了。我是翻墙出来的，脚都差点崴了。哎，水旺哥，我这是不是人家说的'找契兄'呀？"

"恁查某（傻姑娘），'找契兄'说的是婚外情，咱呀是戏文里的梁山伯与祝英台……"

"哎呀，我可不当那个祝英台，也不许你当那个傻乎乎的憨山伯。水旺哥，你来当董永，我呀就当七仙女，你捕鱼来我织网……"

何水旺乐了："嘿，你还挺会改戏文的，让我这个董永去捕鱼，你这个七仙女织渔网。"

阿巧撇着嘴，娇嗔地说："我愿意，我就是愿意。"

何水旺木木地看着阿巧。阿巧瞪大眼睛："水旺哥你按怎（怎么）一直看着我呀？"

何水旺捧着阿巧的脸："你刚才撇嘴的样子真好看，嘴角两边有两个漂亮的酒窝，哦不，是梨窝……"

阿巧打断何水旺的话："什么酒窝梨窝，我是在跟你讲咱俩的窝，咱的鸡窝狗窝。"

庄稼地上，一片虫鸣声，空气里弥漫着泥土和花草混合的芳香。夜空依然是那样的璀璨，几颗耀眼的星星不停地眨着眼睛，仿佛在偷听有情人的呢喃。

阿巧兴致正浓："水旺哥，你前些年在漳州歌仔戏班待过，能跟我说说你在戏班里有趣的事吗？"

何水旺回忆道："咱铜山古城关帝庙每到关帝生日，都要在庙埕搭台演戏。记得我十五岁那一年，关帝生日时请漳州出名的'笋仔班'到庙埕演歌仔戏，歌仔戏唱的都是闽南语，曲调又特别好听，我被迷住了。我找到戏班'头家'，请求到戏班里学戏，戏班'头家'看我对歌仔戏又这么着迷，就收下了我。"

阿巧问："歌仔戏这么好听，曲子是从哪里来的呢？"

何水旺说："我到戏班后才知道，这歌仔戏最早是明末清初流传于九龙江畔的锦歌。郑成功收复台湾时把锦歌也带到台湾，与当地的民歌、小调相结合，形成'歌仔'，后来又发展为歌仔戏。这歌仔戏传回漳州后，有一位叫邵江海的大师对唱腔进行改良，创作了以杂碎调为主的改良调，受到闽南和台湾地区乡亲们的喜爱。"

阿巧问："那你见过那个叫邵江海的大师父吗？"

何水旺说："他是我的师父呢，我们都称他为'江海仙'，我们'笋仔班'演出的很多剧本还是他编写的。我在'笋仔班'先学演戏，后来学会了吹洞箫，要不是回来照顾生病的阿姆，说不定哪一天我也成了'水旺仙'哩！"

看何水旺一脸惋惜的样子，阿巧揶揄道："你就知足吧，要不回来,怎么能跟我好上。"

何水旺连忙说:"是啊,有了你,我这辈子就知足了。"

阿巧说:"水旺哥,你懂得戏文。我最近跟村里的姐妹学了一支好听的闽南歌叫《五更鼓》,我唱你听听好不好?"

何水旺来了精神:"好呀,快唱我听听。"

阿巧唱道:

一更更鼓月照山

牵君仔的手摸心肝

君来问娘要按怎

随在阿君你心肝

二更更鼓月照庭

牵君仔的手入大厅

鸳鸯相好天注定

别人言语毋通听

三更更鼓月照窗

牵君仔的手入绣房

甲君相好有所望

叫君仔招娘仙毋通(不可以)

四更更鼓月照门

牵君仔的手入绣床

双人相好有所央

甲好烧水泡冰糖

五更更鼓天要光

俺厝仔父母叫吃饭

想要开门叫君返

手按门闩心头酸

何水旺说:"这歌是新娘子结婚那天晚上唱给新郎听的。到咱们结婚那天晚上,你可别学那位唱歌的新娘,从一更唱到五更,什么事都没做,那不是恁查某吗?"

阿巧假装生气:"水旺哥,你漳州回来后泡在咱村的戏班里都学坏了。噢,我想起来了,你们戏班里演《桃花搭渡》,你演那个艄公,那个谁,就是村东头那个翠妹演桃花,我看了就来气。"

何水旺不解:"她哪里惹你生气啦?"

阿巧捏了一下何水旺的鼻子:"干吗老跟那个小桃花眉来眼去的?那个演桃花的翠妹,看她年纪小小的,那眼珠子滴溜溜的简直会说话,还唱什么'正月人迎尪(迎神),单身的娘子守空房,头插红花面抹粉,手捧珊瑚等待尪(等老公)',整个像小妖精,真不害臊。还有'三月是清明,风流的查某假正经,阿伯宛然杨宗保,桃花可比穆桂英',她竟敢把你比作杨宗保,把自己比作穆桂英,脸皮真厚。怪不得前些天算命先生给你看手相,说你会走桃花运,当时我还没在意,原来那算命先生说的桃花运是指《桃花搭渡》里的桃花呀!"

何水旺说:"嗨,那算命先生的话你也信?"

阿巧不依不饶:"一想起你在戏棚上看桃花那眼神,我想不信都不行,你那艄公可别演成'骚公'了。"

何水旺笑着说:"巧妹你越说越离谱了,那是在演戏,你没看台下都在叫好嘛。你可别小心眼哦。"

阿巧说:"还说我小心眼,女人要是没有点小心眼,那不是缺心眼吗?"

何水旺哄着阿巧:"好了,我以后保证演《桃花搭渡》的时候,眼睛不看那桃花,只看着自己的鼻子。只是看成斗鸡眼,眼神回不过来,到时你还愿意嫁给我吗?"说着,何水旺冲着阿巧瞪起了斗鸡眼,这是他在"笋仔班"时跟师父学到的绝活。

阿巧咯咯直笑:"……我愿意……逗你呢!哎,咱不说这个了。我刚才都唱了《五更鼓》,你给我唱什么呢?"

何水旺拔出别在腰间的洞箫,"我就吹一支《望春风》好吗?"

阿巧高兴地说:"《望春风》我喜欢,我也会唱呢。"

何水旺说:"那就我来吹,你来唱。"

在何水旺洞箫的伴奏下,阿巧唱起了《望春风》:

独夜无伴守灯下
春风对面吹
十七八岁未出嫁
见着少年家
……

阿巧一曲唱完,何水旺依然闭着眼睛,如醉如痴地继续吹着他的《望春风》。田野上的虫子停止了鸣叫,似乎也陶醉在悠扬的箫声中。

钵头村祠堂大厅,七叔公接过阿海手中的军刀,脸色铁青:"这是一把日本鬼子的指挥刀。"

"刀柄上刻的'涩谷'是什么意思?"阿海问道。

"涩谷是个刽子手……"

七叔公的回忆把阿海带到1940年的夏天。

对面屿小岛上,钵头村渔民谢明德和阿成正在一片礁石上晾晒捕来的巴浪鱼,跟在身边还有阿成的大黄狗。晌午时分,阿成不经意抬头向海望去,猛然间发现远处出现了几艘奇怪的大船。他大声喊道:"明德快看,那是什么船?"

谢明德循着阿成指的方向望去,吃惊地说:"是军舰,日本鬼子的军舰!"

军舰上,日军指挥官涩谷正用望远镜观察着海面。涩谷事先了解到,当年葡萄牙一艘战船曾经在这个海域触礁。为此,必须找到熟悉航道的当地渔民引港。

"哟西……"涩谷从望远镜中看到了对面屿小岛上的两个渔民和停靠在海礁旁的小帆船,嘴角露出一丝狞笑。

看到一艘小快艇载着十几个荷枪实弹的鬼子和伪军正朝着对面屿开来。阿成慌了:"鬼子来了,我们快跑吧。"

谢明德沉着地说:"来不及了,鬼子已经发现我们。不要慌,咱继续晒鱼脯(生鱼干)。"

鬼子和伪军上岸后,迅速形成一个小小的包围圈,十几支闪着寒光的刺刀对着两个赤手空拳的渔民。

涩谷走到阿成跟前,满脸堆笑:"你的,什么的干活?"阿成被这突如其来的阵势吓蒙了,他战战兢兢地说:"我……是捕鱼的。"

"哟西。"涩谷转向谢明德,问道:"那你,什么的干活?"

谢明德冷冷地回答:"杀猪的!"

涩谷冷笑着摆摆手:"杀猪?不,你的没说实话。"他又来到阿成跟前,拍了拍阿成的肩膀说:"你的捕鱼的干活,水路的熟悉。皇军的船进来,你的,前面开路开路。"看到阿成没有吭声,涩谷从口袋里掏出一根金条,在阿成面前晃动着:"你的开路,金条的归你,明白?"

阿成用闽南话小声地问谢明德:"这小日本是要我们给他们的船引港,怎么办?"

谢明德说:"给鬼子带路,带他们去杀乡亲们,那不成汉奸了吗?这帮杀人不眨眼的畜生,我家后(妻子)和孩子就是被他们的飞机炸死的。"

阿成说:"是啊,我阿姆也是被这帮鬼子的飞机炸死的,这仇还没报呢,打死也不能给小日本带路。"

谢明德问阿成:"记得咱铜山人家里挂的关公像上面写的四个字吗?"

阿成说:"记得,是'浩然正气'。"

涩谷长期驻守台湾,依稀听得懂闽南话。他拔出了军刀,咆哮着:"不带路,死啦死啦的!"

阿成怒视着涩谷:"我只会打鱼,不会带路。"

涩谷把刀搁在阿成的脖子上,瞪着充血的眼睛威胁道:"我再问一遍,你的,带不带路?"

平日里胆小怕事的阿成这时已经没有了畏惧,他冲着涩谷吼着:"干你姥小日本,打死也不会给你带路。"

"八嘎!"凶相毕露的涩谷挥起军刀,手起刀落,阿成的人头瞬间掉落在海滩上,两眼依然怒视着涩谷。空气中弥漫着血腥。

大黄狗见到主人遇害,哀号一声,一跃而起扑向涩谷,紧紧咬住他的手腕。一旁的日本兵赶紧冲过来,用刺刀猛戳大黄狗。大黄狗躺倒在血泊中。被咬伤手腕的涩谷还不干休，发狂地用军刀砍下大黄狗的头。他摘下白手套，擦拭着带血的军刀，把沾满鲜血的手套扔在阿成尸体上，转身走近双臂被两个日本兵紧紧按住的谢明德，晃动着军刀，说："我的知道，你的也是捕鱼的。看到没有？不带路，下场一样一样的。不，我要你慢慢享受被杀的过程。"

谢明德攥紧双拳，咬紧牙关。终于，蹦出了三个字："我带路。"

谢明德被四名日本兵和一名操着潮汕口音的伪军军官押上小帆船。谢明德驾着帆船在前面"开路"，涩谷带着炮舰紧随在后。海面上刮起大风，谢明德任凭海浪泼打在脸上，驾着帆船在风浪中快速前行。此时，他胸中燃烧着复仇的烈焰。

站在炮舰观测台的涩谷看到舰船渐渐向海岸靠近，正在得意，忽然发现水面下出现一片暗礁群，他意识到不妙，大叫："八嘎！停船！快停船！"

来不及刹车的炮舰迎头撞上了礁石。甲板上的日本兵猝不及防，纷纷掉进海里。站在观测台上的涩谷摔在倾斜的甲板上，翻了几翻滚进海里。

谢明德见状，大喊一声："阿成兄弟，我给你报仇了！"纵身跳进海里。帆船上的日本兵和伪军号叫着朝谢明德跳入水中的方位密集射击，水面上泛起一片殷红。

阿海被七叔公讲述的惨烈故事深深感染了，他问道："七叔公，那后来呢？"

七叔公说："这时，海上刮起大风，老天帮着惩罚这帮畜生。鬼子触礁的炮舰很快沉到海里，涩谷这个杀人不眨眼的魔鬼也到海底喂鲨鱼了。我虽然手臂中枪,但凭着好水性,躲过鬼子的射击,被乡亲们救了回来。过后,我带着几位乡亲到对面屿埋葬了阿成兄弟,还有大黄狗,那惨状,我现在还记得清清楚楚啊!过后,日本飞机对咱铜山岛进行狂轰滥炸,还两次进犯铜山岛,都被守岛军队和乡亲们打下海去。铜山岛始终没有沦陷。"说到这里,七叔公的眼睛闪着亮光。

阿海问道:"那阿成还有后人吗?"

七叔公沉吟片刻,声音有些颤抖:"孩子,那阿成就是你阿爸呀!"

阿海怔住了:"我阿爸的名字不叫阿成,叫许来成呀!听阿姆说,阿爸是出海打鱼时遇台风翻船掉到海里的,后来在对面屿附近找到尸体,就埋葬在对面屿上了。每年清明节阿姆都带着我和弟弟阿义到对面屿给阿爸扫墓的。"

七叔公说:"你阿爸小名就叫阿成。他死的时候你和弟弟阿义年纪还小,那场面太血腥,你阿姆怕你们年幼受刺激,才没有说出真相,现在是应该告诉你了。你被抓壮丁的弟弟阿义有一天回来了,也要告诉他,这家仇国恨可要记住啊!"

阿海点点头,喃喃自语:"阿爸是英雄,七叔公是英雄,大黄狗也是英雄。小日本的这笔血账,我记住了。"

低矮的老瓦房里,阿海的阿姆糯米婶把阿螺叫到了跟前。阿螺感觉今天阿姆神情有些异样,嗫嚅地问:"阿姆,有什么事吗?"

糯米婶从旧箱子里翻出了一个小布包,她把布包放在桌上,小心翼翼地打开,露出了一枚白玉平安扣吊坠,吊坠穿着一条红色丝线。糯米婶把平安扣挂在了阿螺的脖颈上,说:"阿螺,这么多年了,我从来没有跟你讲起当年抱养你的经过,你也从来没有问起。现在,你已经长大成人了,阿姆年纪也大了,该把当年的情况说给你听听了。"

阿螺努力让自己保持平静:"阿姆你慢慢说,我听着呢。"

糯米婶回忆道:"二十年前,有一个讨饭的老阿婆在渡头边上看到了一个'放生'的女婴,当时这个女婴已经哭不出声了,老阿婆不忍心让这女婴活活饿死在路旁,她用乞讨来的地瓜丝汤救活了这个女婴。老阿婆一路讨饭一路求人收养这个婴儿,也不知道走过多少个村庄,求过多少户人家,就是没有人愿意收养。那一天早上,我开门的时候,看见了老阿婆抱着女婴站在风中。我给老阿婆盛了一碗地瓜粥,老阿婆含着泪向我讲述了女婴的来历。看着好心的阿婆和可怜的婴儿,我的心都碎了。我接过阿婆手中的女婴。"

阿螺急切地问道:"那女婴后来怎样了?现在在哪儿呢?"

糯米婶说:"孩子,这个女婴就是你呀!"

阿螺哽咽着:"那个好心的老奶奶后来怎样了?我可以去看她吗?"

糯米婶用手抹去眼角的泪水:"有一段时间,老阿婆还常过来看你,后来就没有音讯了。听说,在一次外出乞讨的时候,饿死在荒野上……"

阿螺泪流满面。糯米婶接着说:"我在给你洗澡时,才发现了缝在衣服上的平安扣吊坠。我想,这平安扣应该是你的生母放在你身上的,是老阿婆救了你以后,帮着缝在你衣服上的。阿婆她……有着一副菩萨心肠啊!"

阿螺抽泣着说:"老奶奶就是菩萨,阿姆你也是菩萨呀……"

糯米婶用颤抖的手抚摸着阿螺脖颈上的平安扣:"孩子,这平安扣,我特地拿到妙山妈祖庙开过光。妙山妈祖庙菜姑告诉我,这白玉平安扣是吉祥物，佩戴着它，可以保佑出入平安。今天阿姆给你戴上，让它保庇你和阿海这辈子平平安安。"

看着双鬓长满白发的阿姆，憔悴的脸庞刻满岁月磨难的皱纹，一双慈祥的眼睛带着深深的忧伤，阿螺终于抑制不住自己，扑到阿姆的怀里："阿姆，你就是我的生身阿姆……"

糯米婶抚摸着阿螺的头发："孩子，阿姆看得出，阿海喜欢你，你也喜欢阿海，这是缘分啊！你们俩年纪也不小了，按规矩也该成亲了。找个时间，你和阿海一块陪着阿姆上妙山妈祖庙问个好日子，把喜事办了，我也该抱孙子了。"

阿螺泪眼婆娑地仰望着糯米婶："我听阿姆的。"

阿海站在海滩，遥望着对面屿，那里是阿爸遇害的地方，也是阿爸长眠之地。他的心潮如同击打着礁石的海浪，汹涌澎湃。七叔公的话在阿海耳际回响："你被抓壮丁的弟弟阿义有一天回来了，也要告诉他，这家仇国恨可要记住啊！"可阿义弟弟你现在人在哪里呀？

阿海的思绪回到两年前的冬天。

在铜山岛，每到秋冬季节，海风肆虐，黄沙漫漫。这个时节，以拉山网为生的渔民只好放弃捕鱼，另谋生计。阿海也告别了家人搭船到内山打工。临近年关，保长李有贵带着护兵（乡丁）到家里抽壮丁。

阿姆跪在李有贵跟前苦苦哀求："我男人几年前被日本鬼子杀害了，就两个孩子和我相依为命。现在阿海外出打工，剩下阿义一个男孩在家，恳请保长手下留情，不要抽我家孩子当壮丁了。"

李有贵故作无奈："凡是一家有两到三个男丁的抽一个，有四到五个男丁的抽两个。你家两个男丁，铁定要抽一个。要是在以前，交上一笔钱还可以抵壮丁，现在不行了，我想帮都帮不了。阿海不在家，那只好让阿义顶替了。"

阿义扶起了跪在地上的阿姆："阿姆，别求了，求也没用。就让我顶哥哥去吧。"

阿姆哭着说："阿义你不能去，阿姆不能没有你呀！"

阿义劝着阿姆："哥是捕鱼、种田能手，这个家离不开他。况且，哥哥身边还有阿螺，不可以让他俩分离。阿姆，我走后你让哥哥和阿螺快点把喜事办了，好早点给你添孙子。"

大年三十，阿海回家时，只见病倒在床上的阿姆和守在一旁的阿螺。听了阿螺的哭诉后，阿海的心碎了。有情有义的阿义，他是顶替自己去当壮丁的呀。

过后阿海听人说，那天晚上阿义在被押上船的时候，挣脱绳索跳海了，有人说被乱枪射死，也有人说他逃走了，至今下落不明。

阿海望着茫茫海水发问，为什么灾难总是不放过这个偏僻的小渔村？不放过这些与世无争、老实本分的讨海人？他觉得命运就像一条小船，漂泊在变幻莫测的大海中，随时会被狂风巨浪抛向空中，打进无底的深渊……

阿螺找到望着大海发呆的阿海："阿海哥，我到处找你，阿姆让咱俩明天陪着她一块上妙山呢。"

阿海转身看着阿螺，有些诧异："一块上妙山？阿姆说上妙山做什么了吗？"

阿螺脸颊绯红："阿姆说，去拜妈祖，说是要问个好日子，让咱俩……让咱俩……"

阿海明白了："我知道了，阿姆是要让咱俩成亲。阿螺，你就要做我的新娘了。"

阿螺悄声问道:"阿海哥,你会一辈子都对我好吗?"

"会的,你这么贤惠这么水灵,我这辈子就守你,谁也别想把咱俩分开。"

"要是老了呢?你这样'嫣投'(帅气),会和别的查某好上吗?"

"不会的。明天到妙山,我向妈祖娘娘保证。"

看着阿海信誓旦旦的样子,阿螺扑哧一笑:"谁让你向妈祖娘娘保证啦!"

远处,从妙山妈祖庙传来断断续续的钟声。阿螺问道:"阿海哥,听人说妙山的妈祖很灵验,你读过私塾,见多识广,能说给我听听吗?"

阿海说:"我听七叔公说过,咱妙山妈祖庙是莆田湄洲妈祖的分灵,噢,就是从莆田湄洲岛妈祖庙引来的香火。庙里供奉的妈祖名叫林默,人们称她默娘。"

阿螺有些好奇:"哦,原来妈祖也是人啊。"

阿海说:"是的,听说她从出生到满月,不啼不哭,默默无闻。她从小习水性,识潮音,还会看星象,长大后成了救助海难的女英雄。她一心救难扶困,没有嫁人。她二十八岁那年的九月初九,在湄洲湾口救助遇难的船只时不幸身亡了。"

"那默娘怎么变成了妈祖娘娘呢?"

"在咱沿海一带的民间,为了怀念这位勇敢善良的默娘,到处立庙祭祀她,妈祖也被奉为'海上女神'。咱铜山岛渔民每次在出海前都要先到妈祖庙祭拜,祈求妈祖保佑一帆风顺。家里有什么大事小情,也会去拜拜,求个平安。"

阿螺突然想起一件事："阿海哥，我听说清朝的时候，有一帮'天地会'的人在妙山妈祖庙聚会，忽然消失得无影无踪，真有这事吗？"

阿海说："这事我也听说过。'天地会'是反清复明的民间组织，当年在咱闽南地区很活跃。妙山妈祖庙是'天地会'首领集会的地方。在一次秘密集会时泄露了消息，清军包围了妈祖庙。当清兵冲进庙里的时候，在里面的'天地会'首领突然不见了。清军搜遍了整个庙宇，结果一个人也没有找着。民间对这件离奇的事有各种各样的传说，到现在还是个谜呢。"

阿螺问："你说会不会是妈祖娘娘显灵，救了'天地会'的人呢？"

阿海望着庙山说："或许这只是个传说吧，我小时候常和弟弟阿义到妈祖庙捉迷藏，也没有发现庙里有什么蹊跷的地方。"说到阿义，阿海的心情又沉重起来，他望着大海久久不说话。

阿螺叹了口气："真希望阿义还活着，盼着他早点回家。"

阿海语气肯定地说："我知道，阿义没有死，他还活着，一定还活着。"

第二章

平安扣
Blessed Jade Pendant

在暗夜的掩护下，一条小舢板正悄然划向铜山岛。钵头村的婚礼。新婚之夜，传来一阵急促的敲门声。

阿义还活着。此时的阿义已是中国人民解放军的一名侦察排长。他正匍匐在戚伯渡海峡对岸的灌木丛中，用望远镜观察着戚伯渡沿岸。

戚伯渡，位于铜山岛西北部。戚伯渡海峡是一道宽不到1000米，却波涛汹涌、水流湍急、险滩暗礁密布的海峡。公元1393年，为防倭寇侵犯铜山岛，明朝廷在此关隘设立"陈平渡把截所"，筑烟墩炮台以为防务。后来抗倭名将戚继光南巡铜山，一度派兵戍守于此，故又命名为"戚伯渡"。

看到熟悉的村庄、熟悉的海岸，还有熟悉的戚伯渡口，阿义的心情久久不能平静。

两年前，被抓壮丁的阿义就在渡口被押上船。当船开离渡口后，一位被抓的邻村渔民挣脱绳索，跳海逃跑，结果被一阵乱枪射死在海上。阿义一路北上，被编入国民党驻守山东的部队。在淮海战役中，阿义所在的国民党部队起义，他也成为华东野战军的一名解放军战士。在这支部队里，他懂得了"三大纪律、八项注意"，感受到了官兵的平等。他目睹了解放区军民的鱼水深情。他庆幸自己终于找到了穷人自己的队伍，一支让他耳目一新的队伍。在渡江战役中，他被派到某团侦察连担任侦察员。他和战友化装成渔民过江成功抓捕"舌头"，获取了国民党军队江防部署的情报，为渡江作战立了功。这回，他所在的部队一路南下，打到福建，他也被提拔为侦察排长。

阿义收起望远镜，回想着师首长亲自找他谈话的情景。

"阿义同志，我们马上就要解放铜山岛了。铜山岛地处闽粤结合部，战略位置十分重要。据我们掌握的情况，国民党军队洪练达部在撤退之前很可能在突击抓壮丁。"

"首长，我们得赶快打过去，解救铜山岛的百姓呀。"

"是啊！现在关键是要掌握国民党军在岛上布防的情况。你是一位优秀的侦察员，而且是铜山岛人，现在给你一个任务，潜回铜山岛，与岛上党组织接头，取回情报。"

"请首长放心，我一定完成任务。"

"阿义同志，这次任务风险很大，国民党的军队已经封锁了海岸，戚伯渡海峡风高浪急，你必须确保安全过去安全回来。还有，上岛后，与党组织的接头方式一定要记住，不得有误。在执行任务过程中，随时都有可能出现意想不到的情况，你必须多动脑子，随机应变，确保完成任务。"

阿义再举起望远镜，望着近在咫尺的铜山岛，想到家乡即将解放，自己也很快能见到亲人，见到曾经一起拉山网的伙伴们，心里不由得一阵激动。离家两年了，阿姆还好吗？哥哥阿海和阿螺结婚了吗？还有阿生和阿娇，何水旺和阿巧，也都该成家了吧……

铜山古城，国民党驻岛部队师部，少将师长洪练达召开营以上军官紧急会议："诸位，共军第三野战军第十兵团已经占领了福建大部，我们正面临大兵压境的严峻局面。然，我们这支从淮海战场突出重围的部队经历枪林弹雨，富有作战经验，加上有熟悉岛上情况的盐警部队，守住铜山岛一段时间是没问题的。关于海岛的布防，刚才参谋长已经做了详细的部署。对布防的方案，诸位务必严加保密。对所有的渔船要严加管控。各部队要加强岸线的巡逻，要知道共军的侦察员可是无孔不入的。"

洪练达停顿了一下，压低嗓门说："下面，我要部署一项重要行动。"

在场的国民党军官听说还有重要行动，屏住呼吸，目光齐刷刷盯着洪练达。

洪练达说："这几天，部队采取行动，全岛的青壮年凡是见得着的统统抓起来当兵。我们从淮海战场撤下来的队伍，官多兵少，成了名副其实的'军官团'。我们要使这支部队成为浴火重生的部队，怎么再生？抓丁，靠抓丁！"

下面有军官小声议论着。

洪练达提高了嗓门："诸位，为了褒奖这次行动的有功人员，我宣布，凡是抓满一个班的，班长升排长；抓满一个排的，排长升连长；抓满一个连的，连长升营长。各部按照驻防辖区，抓紧行动。注意，行动要放在晚间，以查户口为名，挨家挨户搜。会议就开到这里，各部及时报告行动进展情况。"

散会后，参谋长杜子清走到洪练达身旁，小声问道："师座，从东北到海南都没守住，铜山岛这弹丸之地我们还能守得住吗？"

洪练达叹了口气，说："上峰已经命令我部做好撤退金门的准备。然而，我现在不能松口，岛上的防务更不能放松。到时必须留下部分兵力担任阻击任务，掩护主力部队撤退。这次突击抓壮丁，一方面是造成'扩充部队，固守铜山'的假象，以迟滞共军的进攻，掩护我们的撤退行动；另一方面也可借此补充兵员，壮大实力。要知道，我们是一支拼凑起来的杂牌军，手上要没有兵，你我到时候可都得到台北街上卖豆腐喽！"

杜子清说："师座高见。我会督促这次抓丁行动。"

洪练达走到军用地图跟前，用手压住铜山岛的位置，说："别看铜山岛只是个弹丸之地，东海南海于此交汇，闽粤地于此分界，左望厦门，右连潮汕，历来就是兵家必争之地。我想，要是哪一天我们想要反攻大陆，必先打铜山。我没猜错的话，铜山，还会有一战。"说到这里，洪练达降低声调，问杜子清："潜伏方案准备好了没有？"

杜子清低声报告："师座，潜伏方案已拟好，代号为'乌贼行动'。潜伏人员名单也确定了，由'章鱼'全权负责。台湾方面专门派员过来和'章鱼'接头，还带来两部电台和一批武器弹药。"

"'乌贼行动'，好呀，乌贼吐烟，可以把水搞浑。我们在铜山岛经营这么多年，现在要走了，总得给共党留点礼物啊！"洪练达沉下脸，低声吩咐，"潜伏计划要绝对保密，尤其要确保'章鱼'的安全。"

杜子清神情诡异："师座放心，'乌贼行动'除了台湾方面，就你我知道。具体潜伏人员名单我没有过问，只知道其中有无线电报务员，有狙击手，还有受过专门训练的爆破专家、测绘专家。潜伏人员中，只有行动组长'青鳗'和'章鱼'单线联系，必要的时候牺牲'青鳗'，也要保住'章鱼'。"

洪练达摆摆手说："行，这事我也不多过问了。"

榕树下，婉儿婶正在给马上要做新娘的阿螺"挽面"，这是当地姑娘出嫁的前一天必做的功课。

婉儿婶在钵头村的女人中有着重要的地位。她识字虽不多，可靠着天生的聪慧和强记硬背，竟然能看懂铜山歌册的所有唱本，什么《狄青平南》《薛仁贵征东》《樊梨花征西》《双白燕》《陈世美》，都能一出一出地唱下来。夏日的榕树下，村里的姑娘们总是围着婉儿婶，一边织着渔网，一边学唱歌册。然而，婉儿婶之所以受人尊重，不仅仅在于她的歌册唱得好，还在于她是村里公婆、丈夫、子女俱全的"全福妇"，加上她为人热心，能说会道，熟谙婚俗，理所当然地成了村里为新娘"开脸"的首位人选。人们相信，让有福的女人"挽面"的女人，以后的日子肯定也是幸福的。

只见婉儿婶端坐在阿螺跟前，手脚麻利地在阿螺的脸上均匀涂上一层白粉。她笑着对阿螺说："阿螺，婶先给你出个谜，你猜着了再给你'挽面'。"

阿螺说："婉儿婶你说，我来猜。"

婉儿婶说："四目相看，四脚相撞。一个咬牙根，一个面皮痛。"

阿螺想了一会儿，摇摇头："婶，我猜不着，还是你告诉我吧。"

婉儿婶故作神秘："先不告诉你，等挽完面你再猜。"

婉儿婶从兜里取出一根三尺左右的韧纱线，对折拧成"8"字形，用门牙咬着纱线的一头，右手执纱线另一头，左手虎口在线的中间叉开，把纱线张开的口子贴在阿螺的脸庞。只见婉儿婶几根嫩姜般的手指犹如蝴蝶蹁跹翻飞，三点协调地用力，一起一落，一张一弛，借助纱线交叉、闭合、拧动之势，一会儿工夫就把阿螺面、额、颈的汗毛和绒发绞得干干净净。

婉儿婶双手捧着阿螺的脸，端详着说："好个大美人哟，阿海上辈子修的福，才娶到你这样又贤惠又水灵的姑娘。我们家添贵今年才十五岁，等过些年，婶也要给他找一个像你这样的好姑娘。"

阿螺说："婶，你这辈子好积德，你家满舱叔出海会'看流水',是咱村出名的捕鱼能手,日子过得殷实。你家的添贵会读书,长得那么文气,以后一定会找一个聪明伶俐的好媳妇。"

婉儿婶乐了:"还是阿螺会说话。婶就信你吉言了。"

婉儿婶一边收拾着纱线、粉盒,一边问阿螺:"刚才给你'挽面'时疼不疼呀?"

阿螺说:"有点儿,噢,不疼不疼。"

婉儿婶笑道:"'挽面'时有点疼才会'有人缘,得人疼'。婶知道,你呀,是脸上疼着心里乐着。"

阿螺不好意思地说:"婶,看你说的。"突然,她有所悟:"婶,你刚才出的谜我猜着了,原来谜底就是'挽面'啊。"

婉儿婶笑着点了点头:"你猜对喽。明天是个嫁娶的好日子,阿巧和水旺也要办喜事了。你和阿海是户内婚,不用迎亲坐花轿。婶明天先去张罗迎娶阿巧的花轿,再来陪你和阿海吃新婚的'十二碗'。对了,你明天找谁当新娘伴呀?"

阿螺说:"是我的好姐妹阿娇。她吵着要做我的新娘伴,说她很快也要当新娘了,想来看看新娘是怎么做的。"

婉儿婶笑道:"她呀,只能看看入洞房前新娘是怎么当的。入洞房以后的事,她就学不到喽。"婉儿婶趴在阿螺的耳朵上,悄声说:"等婶给阿巧挽完面,回头再跟你讲讲明天晚上入洞房后那些事儿,有些话呀你阿姆歹势(不便)跟你说。"

阿螺低着头,脸颊绯红,用小到自己都听不清的声音说:"我在家里等着婶……"

在暗夜的掩护下,一条小舢板正悄然划向铜山岛,划船的是船工出身的侦察员李小凡。一身渔民装束的阿义俯在船帮上,警惕地注视着海面。远处传来了马达声。

"发现敌人巡逻艇,正朝着我们的方向驶来,怎么办?"李小凡报告。

阿义说:"停止划船,赶快趴下。"

一艘巡逻艇在离舢板不远处停了下来,艇上的探照灯在海面上来回扫动。艇上传来了国民党军官的声音:"发现什么动静没有?"

操控探照灯的国民党兵报告:"报告长官,海面上没有发现情况。"

军官说:"沿着海岸线开,给我盯紧点。"

巡逻艇的马达声渐渐远去,阿义命令李小凡:"快,抓住空当,靠上岸去。"

李小凡奋力划船,终于到了海岛突出部的虎头岩边。李小凡说:"排长,你注意安全,我会按原定计划,明晚十二时把船划到这里接你。"

阿义握着李小凡的手,说:"不必了。你也看到,敌人加强了海面和海岸的巡逻,你再过来非常危险,再说,我明晚什么时候能赶到海边也很难确定,你在这里等久了,容易暴露。到时候,我会想办法回去的。你现在立即返回,千万注意避开敌人的巡逻艇。"说完,阿义跳上礁石,消失在夜幕中。

国民党守军师部。参谋长杜子清向洪练达报告:"师座,部队都已经准备好,今天晚上以查户口为名,全岛突击行动,估计抓他三四千个壮丁没问题。集中的地点也按您的吩咐准备好了。从金门派出的军舰也已驶离料罗湾。"

洪练达问:"留守岛上担任阻击任务的部队情况怎么样?"

"这两天我检查了前沿阵地,情况还好,已按您的命令,加固了工事,配备了精良的武器。当兵的每个人先发五块大洋,当官的按级别追加。"

洪练达说:"加强海岸巡逻,还有,派出便衣队,发现可疑人员立即抓起来严加审查。"

杜子清问:"师座的意思是?"

洪练达点了一根哈德门香烟,深深吸了一口,吐出一道长长的烟雾:"我有一个预感,共军的侦察员已经潜入铜山岛。"

铜山岛,古城照相馆。阿义来到柜台跟前,只见摄影师傅正专心致志地用毛笔修补一张旧底片。"请问你是赵师傅吗?"阿义问道。

师傅抬起头,用手指头顶了顶鼻梁上的眼镜:"我就是。请问你是来照相的吗?"

阿义说:"是的,你这有铜山风动石的背景吗?"

摄影师傅说:"有的,我带你到里面看看布景。"他招呼徒弟:"小李,我有客人,你看着柜台。"

里间摄影房,阿义指着风动石布景,说着当年"天地会"流传下来的"蛇仔话":"风吹一石万钧动。"

摄影师傅随即用"蛇仔话"回道:"鬼斧神工巧弄丸。"

这"蛇仔话"用当地方言的发音作音标,然后把词组拆开倒着念,本地人听了一头雾水,外地人听了更不知所云。当年阿义因为好奇,跟着几个小伙伴偷着学"蛇仔话",还挨了阿姆一顿骂,没想这回倒派上用场了。

接上暗号,阿义紧紧握着摄影师傅的手:"赵海峰同志,我是从对岸过来的侦察员许阿义。"

赵海峰激动地说:"阿义同志,我一直等着你呢。走,咱到暗房谈。"

冲洗照片的暗房弥漫着刺鼻的显影液药水味道。赵海峰向阿义简要介绍岛上的情况:"根据我们了解,国民党少将师长洪练达这段时间一方面加强布防,一方面在做撤退的准备。布防的重点放在面对大陆的海岛北部,海岛的其他方向也都部署了兵力。具体方案我们已经搞到手。"

阿义高兴地点点头,问道:"盐警大队起义的工作做得怎么样了?"

赵海峰说:"进展顺利。盐警大队的官兵大都是本地人,父母兄弟姐妹都是穷苦百姓,他们已经做好起义的准备,到时与攻岛解放军里应外合。不过,根据我们的内线报告,洪练达正策划在全岛大肆抓壮丁,解放铜山岛事不宜迟啊!"

阿义说:"解放军已经做好渡海攻岛准备,现在就等着我们在岛上的同志提供的情报了。"

赵海峰拿出一支海柳烟嘴慎重地交给了阿义:"洪练达部队的布防情况和盐警大队起义的方案都在这里头,这烟嘴我已经做了防水处理。海柳是咱铜山岛海域的特产,你是本地人,带着海柳做的烟嘴不容易受怀疑。请你务必带到对岸,尽快交给首长。"

阿义小心收起海柳烟嘴,激动地说:"感谢你考虑得那么周到。我争取今晚就赶回部队,把情报交给首长,请你放心。"

赵海峰有些担忧:"今天起风了,海面上风高浪急,海岸被封锁,渔船出不了海,你怎么渡过海峡?"

阿义沉思片刻,说:"你放心,我会想办法的。"他站起来,紧紧握着赵海峰的手:"海峰同志,我走了。黎明前最为黑暗,你们千万注意安全。"

赵海峰声音低沉而激动:"我们准备迎接解放军的到来。"

赵海峰陪着阿义走出暗房,忽然想起一件事:"阿义同志,前几天有一对年轻人到我这里拍结婚照,那个男的和你长得特别像,连说话的声音也像你,年纪看起来比你大一些,人也长得比你敦实,会不会是你的哥哥呀!"

阿义问:"我是有个哥哥,你知道他叫什么名字吗?"

赵海峰说:"我听那女的叫他阿海哥。"

阿义有些兴奋:"是我哥哥没错,他和阿螺结婚了!"

阿义离开古城照相馆,只见街上到处是操着不同口音的国民党兵。他拐进一条比较僻静的巷道,想找家小饭馆吃点东西,他确实有点饿了。当他走到了一家"何记海鲜粥铺"跟前时,忽然背后传来一声吆喝:"站住!不许动!"

钵头村正沉浸在喜庆的喧闹中。一顶迎娶新娘的花轿来到了阿巧的家门口。平日生性活泼的阿巧这回按照长辈的要求,有腔有调地哭了一场。虽然是穷人家办喜事,但在婉儿婶的指导下,依然按当地的风俗办得热热闹闹。阿巧脚穿红绣鞋,头蒙红盖头,身着红色斜襟裳,在唢呐声中上了花轿。

坐在花轿里,阿巧摸了摸插在头上的银簪,这银簪是阿巧的阿姆专门为她准备的,阿姆悄悄跟她交代,当丈夫行房一泻不止时,只要用银簪向丈夫的尾椎骨猛扎一下,就止住了。当年,阿姆出嫁的时候,外婆就是这样交代阿姆的。阿巧心想,本来结婚入洞房是一件很开心的事情,被阿姆这么一讲,还让人心里慌得很。哎,阿姆的话不过是老辈的传言，不信也罢。不过这支银簪还是挺好看的，也算是阿姆留给自己的一份念想吧。想到这里，阿巧不由偷偷地笑了。

起轿后，婉儿婶在轿旁大声念道："花轿坐得正，才会得人疼。"花轿前头，一个小姑娘挑着青竹和榕枝，象征新娘操守像竹子那样有"节"，生活如榕树一样蓬勃茂盛。

走在最前头的是婉儿婶的儿子余添贵，只见他手里提着一只大篮子，里面是一只即将下蛋的母鸡和一只刚会打鸣的公鸡，用一条红丝绳，一端绑住母鸡的脚，一端绑住公鸡的脚，号称"带路鸡"。花轿的后面，跟着一个挑朱漆木桶的，这木桶人称"子孙桶"，是专门为阿巧以后生孩子准备的。迎亲队伍一路吹吹打打，燃放鞭炮，煞是热闹。

阿巧坐在花轿上，想到今晚就要和水旺哥做夫妻了，心里甜蜜蜜的。她回忆着那天和水旺哥在地瓜地草棚里的情形，她把水旺哥比作董永，把自己比作七仙女。这会儿七仙女可要嫁给董永了。那天晚上，水旺哥说过，结婚时不要学《五更鼓》里的恁查某，从一更唱歌唱到五更，结果什么事都没做。她明白，今天晚上自己和水旺哥将会发生什么，想到这里，不由脸上一阵发烫。

不一会儿，迎亲队伍来到了何水旺家门口。何水旺掀开花轿的门帘，牵着阿巧的手下了花轿。前来贺喜的乡亲们在一旁大声说着："新娘娶到厝，乎你起大厝""新娘娶入厝，家财年年富"。

何水旺和阿巧款款走到门槛跟前，婉儿婶点燃了一把稻草，口中念道："跨火熏，年年春，隔年抱个查埔孙（男孙）。跨火过，夫妻和好百二岁。"

何水旺牵着阿巧的手，从燃烧的稻草上跨了过去。阿巧从何水旺的手上感受到一股男人的温柔与力量，这就是她这辈子要相依相偎、

白头偕老的男人。她觉得，从今天起，自己就是这个世上最幸福的女人了。

"何记海鲜粥铺"前，几个便衣围着阿义，其中一个留着小胡子的用四川口音问："龟儿子，做啥子的？"

阿义假装听不懂，一边咳嗽，一边用本地话说："我是在地（当地）讨海的渔民，不知你在'说虾米'（说什么）。"

瘦高个的便衣上前打量着阿义，见阿义穿着一身棕褐色的大扶头衫和红紫色笼裤，这是典型的铜山渔民服装。他用本地口音问道："你说是在地的，那我问你，是哪个乡里的？"

阿义继续咳着，故作吃力地说："我是钵头村的，我咳嗽得很厉害，今天是来古城给一个老中医看病的。"

瘦高个便衣说："钵头村我很熟，村的南面有一座关帝庙，你知道吗？"

阿义说："我们村没有关帝庙，关帝庙就在古城海边。我跟阿姆经常去拜拜。我们村东头妙山有一座妈祖庙，香火可旺了……"

瘦高个不耐烦地打断阿义的话："别啰唆了，把手举起来，我要搜身。"

阿义心里一惊。这身上的海柳烟嘴如果被搜走，不仅自己完不成任务，敌人还会重新调整守岛兵力部署，并掌握盐警大队起义的情况，这后果将不堪设想。

便衣从上到下，从里到外仔细搜查着。阿义脑子快速地转动着，万一海柳烟嘴被搜出来，要怎么应对？他想到了搏斗。可他一个人赤手空拳要对付三个带着武器的便衣，而且街上到处是国民党兵，根本没有胜算的可能。他提醒自己，努力保持镇定，只能见机行事了。

瘦高个很快从他的怀里搜出了海柳烟嘴，只见他用手掂了掂，反复盘着，并没发现有什么异常，正要把海柳烟嘴还给阿义的时候，操四川口音的小胡子一把将海柳烟嘴抢了过去："咳嗽还抽什么烟，老子留下耍耍。"

阿义强作镇定："老总，这烟嘴我抽惯了，快还给我吧。"

小胡子瞪着眼睛："格老子，还想要回去，不存在。"

阿义急了："老中医说了，我得的是肺痨。老总，这烟嘴我已经用过，是会传染的。"

小胡子下意识地把海柳烟嘴扔在地上，朝阿义吼道："快滚！"

看着几个便衣渐渐走远，阿义轻轻舒了一口气。他捡起了地上的海柳烟嘴，在衣服上擦了擦，小心收好，若无其事地走进"何记海鲜粥铺"。

他要了一碗海鲜粥。他一边吃着，一边思索，今晚如何渡过海峡，把情报安全地交给师首长？最好是弄到一条小船，在夜幕掩护下渡过海峡，可现在岛上的船只全被国民党军队管制了，弄船是不可能了。他想到了泅渡。要是在平时，凭他的水性，一千多米的海峡，他完全可以轻松游过去，可是从今天的天气看，海上风浪太大，强行泅渡没有把握。自己牺牲事小，情报传递任务事大，不能担这个风险。怎么办？

他再要了一碗海鲜粥，头脑不停地转动着。他脑海中浮现出发之前首长的交代，在执行任务过程中，随时都有可能出现意想不到的情况，必须多动脑子，随机应变，确保完成任务。他告诉自己，想想，再想想，一定会有办法的。

忽然，阿义看见一个穿着黄色马甲的三轮车夫走进了海鲜粥铺。他眼睛一亮，有了，他从黄马甲想到了救生衣。家里不是还藏着一件当年从日本鬼子尸体上解下来的救生衣吗，有了救生衣，他完全有把握游过海峡。他抬头对粥铺老板说："老板，再来一碗。"

傍晚，在婉儿婶的主持下，阿海家正在吃"新娘桌"。根据当地风俗，"新娘桌"要上十二碗菜，意思是年年十二个月，月月夫妻团圆和睦。糯米婶家虽然穷，但她还是卖了一头肥猪操办喜事，十二道菜还是俱全的。她不想让人误把阿螺当童养媳看。

阿海和阿螺对坐着，婉儿婶给两个人夹菜，每夹一道菜，念一句吉语，当地称之为"说四句"。

头碗龙鸡，头插金钗，脚穿弓鞋，百年夫妻。
二碗春菜，夫妻恩爱，日时看君，暝时伴婿。
三碗猪肝，好马连鞍，福如东海，寿比南山。
四碗猪尺，夫妻相惜，女婿小生，新娘旦角。
五碗猪肚，夫妻帮助，同心同意，传子入户。
六碗脚肉，夫妻投搭，子孙昌盛，五谷丰登。
七碗猪肺，夫妻成对，克勤克俭，万年富贵。
八碗猪心，夫妻同心，逢春有利，钱财万金。
九碗大鱼，勤劳团儿，中意选婿，真心相爱。
十碗红圆，鱼跃龙池，家庭和睦，富贵无边。
十一腰只，吉期欢喜，今年新婚，明年生孙。
十二肉圆，和合百年，洞房花烛，福禄寿全。

糯米婶用袖子擦着眼角的泪花。此时，她百感交集，丈夫遇害后，她含辛茹苦，把三个孩子拉扯成人。今天，阿海和阿螺终于结为夫妻，了却一个心愿，可是，阿义至今仍然生死未知，要是现在一家人都在，该有多好啊……

吃了"十二碗"，阿海和阿螺被伙伴和姐妹们簇拥着进了洞房。

村里的后生开始出难题"折腾"这对新人，领头的是谢番薯。这谢番薯小时候就是出名的调皮蛋，上私塾的时候，老爱偷看《西游记》小人书。教书先生是七叔公从邻村请来的，由于长得又黑又瘦，大家都称他为"乌鸡秀才"。有一天"乌鸡秀才"让谢番薯背诵《笠翁对韵》中的开头一段，他居然把"天对地，雨对风。大陆对长空。"念成"天对地，雨对风。八戒对悟空。"差点没把"乌鸡秀才"鼻子气歪。然而，这个谢番薯却很讲义气，受七叔公"讲古"的影响，喜欢效仿梁山好汉打抱不平。有一回，村里一位小伙伴被邻村孩子欺负，他立马率领一帮孩子上门去打群架，愣是把邻村的孩子都给镇住了。长大后，因为嗓门大，又有号召力，拉山网时，号子都是由他"喊头声"。

阿海悄声提醒阿螺："今晚，不管谢番薯这帮一块光屁股长大的伙伴怎么捣蛋，咱都不能生气。"

阿螺点点头。坐在一旁当新娘伴的阿娇喧宾夺主："阿螺姐别怕，有我呢！"

谢番薯说："今晚就不再玩新郎新娘吃冬瓜糖、新郎蒙眼在新娘衣服里找糖果这些老游戏了。咱来点新鲜的，我来出几道谜语，让新郎新娘猜，猜不中要亲嘴，猜中了还……还是要亲嘴。大家说好不好？"闹洞房的后生们一片叫好。

谢番薯说："我先出个素的。谜面是'什么东西，有脚不会走？什么东西，没脚走千里？'"

阿螺反应很快："凳子有脚不会走。"阿海接着猜："渔船没脚走千里。咱讨海人天天碰到的。"

谢番薯说:"恭喜新郎新娘,你们猜对了。亲嘴。"在一片欢笑声中,阿海在阿螺的嘴唇上亲了一口。

谢番薯干咳两声,说:"现在,我开始出荤的了,其实呀,说荤也不荤,你们别想歪了。听着,谜面是'脐顶脐,眉对眉,我手牵你来,咿哎两三下,白膏流出来'。"

闹洞房的年轻人大声起哄,催着阿海和阿螺快猜。阿海和阿螺涨红了脸,半天没出声。坐在一旁的阿娇站了起来:"嚷什么嚷,不就是推石磨磨米浆嘛。过年过节谁家没干过,谢番薯你没干过吗?"

谢番薯说:"阿娇那张嘴真厉害,怪不得长着唇珠。可是今晚的新娘不是你,你回答不算呀。"

一个叫潘细狗的后生出了个么蛾子:"我也来出道谜语,谜面是咱铜山岛十个村庄的名字,谜底嘛让新郎猜猜新娘身上的十个部位好不好?"又是一阵起哄。

谢番薯见好就收:"这个谜语嘛就留到下回,等阿生和阿娇入洞房时让阿生猜吧。今晚阿海和阿螺的洞房就闹到这里啦。'大家量早行,乎伊两个人去输赢'。"又是一片笑声。

这边,何水旺和阿巧新婚的闹洞房活动也已结束。何水旺着急着要掀起阿巧的红盖头,阿巧小声提醒道:"水旺哥,婉儿婶交代了,掀红盖头要用秤杆。"

何水旺说:"对对,用秤,秤不离砣,公不离婆。以后咱谁也离不开谁。"

掀起红盖头,阿巧依偎在何水旺怀里:"水旺哥,你会一辈子陪着我吗?"

"会的，我一生一世都陪着你。"

"我要你下辈子、下下辈子都陪着我，吹洞箫给我听。"

"你这是缘定三生啊！我要你下辈子，下下辈子都当我的新娘。我洞箫随时带在身上，只要你喜欢，我就吹给你听。"

阿巧故意问："水旺哥，你知道为什么女人结婚时叫作新娘吗？"

何水旺想了想，说："新娘就是新鲜的娘子呀！"

阿巧说："错，新娘就是你新的娘，把你从老娘手上接过来。结婚前你归老娘管，结婚后呀你就归我这个新娘管了。"

何水旺乐了："原来新娘是这个意思呀，哎，怎么从来没听说过，准是阿娇那鬼机灵精教你的吧？归你管就归你管，不过，咱分一分，白天归你管，晚上嘛归我……"

阿巧抢过话茬儿："这两个人的事一个人管得了吗？哎，水旺哥，你说，咱俩要生几个孩子？"

"我要你跟我生一群娃。"

"生那么多呀，你把我当成你们家的老母猪啦！"

"老辈说了，多子多福嘛！"

"那好，我就好好跟你生，吃饭时满桌都是小手，睡觉时满床都脚丫。你可得卖力气哦。"

床背后传来一阵窸窸窣窣的声音，阿巧说："水旺哥，老鼠在偷吃你家的谷子了。"

何水旺翻过身："随它吃去吧，咱要生那么多孩子，可不能偷懒，现在……现在就得卖力气了……"

阿巧紧紧抱住何水旺，啃咬着他的手臂："水旺哥，我早盼着这一天了，我可不做《五更鼓》那个光唱歌的恁查某……"

随着眠床的摇动，床背后又传来一阵窸窸窣窣的声音，阿巧气喘吁吁："水旺哥，老鼠，老鼠在偷吃……咱家……咱家的谷子了……"

阿海家的老瓦房里，阿螺完成了从女孩到女人的嬗变。她的头枕着阿海宽阔的肩膀，挂在脖子上的平安扣垂在了阿海的胸膛上。阿海轻轻抚摸着平安扣："阿螺，你上床睡觉还戴着它呀。"

阿螺说："平安扣，保平安。有了它，我遇到了好心的老奶奶，有了它，我今生遇到了阿姆和你。听阿姆说，这平安扣还到妙山妈祖庙开过光，我要一直戴着它，保佑咱一家平平安安，保佑咱俩白头到老。"

阿海感慨道："阿姆辛辛苦苦抚养我们长大成人，这辈子真不容易啊。咱俩成家了，现在阿姆最牵挂的是阿义啊！今天晚上在吃'十二碗'的时候，我看见阿姆的脸上带着微笑，可泪痕还在。我知道，她在想阿义了。"

阿螺说："是呀，就盼着阿义平安归来，咱好好给他娶一房媳妇，那时候阿姆该会有多开心啊。"

一阵沉默。阿海忽然闻到一股葱油香，他用鼻子吸了吸，问："阿螺，这是哪来的面茶香味？"

阿螺羞涩地说："阿海哥，婉儿婶告诉我，男人'那个'后，会肚子饿，要吃点东西补补身子。咱家没什么好补的，我特地炒了一竹筒你爱吃的面茶，你饿的时候我就用滚水泡一碗给你吃。"

阿海笑着说："那以后我如果想晚上和你'那个'，就提前告诉你'今晚我要吃面茶'。"

阿螺满脸通红，轻声问道："阿海哥，那你现在……还想吃面茶吗？"

外面，突然响起一阵急促的敲门声。阿螺吃惊地问："这么晚了，谁在敲门？"

阿海侧身听了一会儿，一骨碌爬起来："快，阿螺快穿衣服。是阿义，阿义回来了。"

这时，糯米婶已经冲出去开了门，见到是阿义，惊呼："金团啊，天公祖保佑啊，你可回来了！"

阿义叫了一声"阿姆"，扑通跪在了地上。

第三章

七叔公像一座雕塑，立在路中央，挡住抓丁的队伍。密集的子弹射向漂浮在海上的救生衣。壮丁们一个个跪在甲板上，朝着远去的家乡不停磕头。

阿义的到来让糯米婶和阿海、阿螺一阵惊喜。阿义坐在饭桌边的椅条上,喝了一口阿螺端上来的热茶,努力使自己平静下来。时间紧迫,他尽量用最简明的语言说明情况:"那一年,我被抓壮丁到了山东,后来,我所在的部队起义了。"

糯米婶问道:"什么是起义?是不是像戏文上说的从曹操那边跑到刘备、关公那边?"

阿义想了想,说:"可以这么说。这是一支咱们穷人自己的队伍,现在叫作中国人民解放军。这支队伍正在戚伯渡海峡对岸,很快,铜山岛就要解放了,咱老百姓就要过上好日子了。"

阿海说:"我也听说了,对岸来了一支穷人的队伍,一些平时欺压百姓的土豪恶霸都跑咱铜山岛来了。"

阿义说:"我现在是解放军的一名侦察员,这回就是为解放铜山岛而来的。"

糯米婶似乎明白阿义是做什么的:"阿姆知道了,你就是那个解……解放军派过来的'探马'。"

阿义点点头:"今天晚上,我有紧急任务,必须连夜游过海峡。我很快就会回来的。"

糯米婶一听急了:"海上风浪这么大,怎么游过去?"

阿义说:"记得当年和我哥在海滩上从日本鬼子尸体上扒下一件救生衣,不知那件救生衣还在不在,有了救生衣,我就可以游过去。"

阿海说:"我想起来了,那件救生衣就放在柴草堆下。"说完,阿海转身跑到柴草间。很快,阿海就找出了救生衣:"这东西虽然放了多年,但还很结实。"

阿义掏出海柳烟嘴交给阿姆:"阿姆,你帮我把这支海柳烟嘴缝在衣服的口袋里,千万要缝严实。"阿姆点点头:"放心,这个阿姆会。"

糯米婶很快找出针线,坐在阿义跟前,飞快地缝着。阿义看着阿姆,才两年不见,阿姆头上已经长满了白发,人也憔悴了许多。想起小时候阿姆在昏暗的油灯下为自己缝补衣服的情景,心里不由一阵颤动。如果说,当年的阿姆是用全部身心哺育着孩子的慈母,现在则是用行动帮助解放军侦察员完成传递情报任务的坚强母亲啊!

不一会儿,糯米婶就把口袋缝好了,阿义检查一下,缝得特别结实。阿螺端上一大碗热气腾腾的杂菜汤:"阿义,你晚上还要下海,这是今天剩下的'十二碗',我热一下,快把它吃了,热热身子。"

阿义接过杂菜汤,埋头就吃,他必须保持体能。可刚吃了两口,他就放下碗,焦急地对阿海说:"哥,国民党军队最近到处抓壮丁,你赶快找个地方躲躲吧。"

糯米婶对阿义说:"你被抓丁以后,我们家就剩下你哥一个单丁了,过去听保长说,家里有两个男丁抽一个,这次不会再抽到咱家了。"

阿义说:"现在国民党军队是见到男丁就抓,老少都不放过。还是快点躲起来吧。"

阿螺也催促道:"阿海哥,听阿义的,赶快走吧。"

阿海想了想,说:"好,我叫上水旺、阿生,还有谢番薯他们一块上妙山躲躲。"

这时,外面隐约传来了狗吠声。阿义提起救生衣,说:"阿姆,我得走了。哥,你也快走吧,再不走就来不及了。"糯米婶紧紧搂着阿义,哭着说:"孩子,过海时千万要小心,你一定要平安回来,阿姆等着你。"

这时,村口响起一片狗吠声,还夹杂着吆喝声。阿义说:"坏了,国民党军队进村了!"

军官团上尉营长刘耀宗率领一个连的兵力扑向钵头村,他留下一个排封锁了村庄的各个出口,其余的两个排分成几路,开始挨家挨户抓丁。

平素柔弱的糯米婶这时表现得特别冷静和坚强。她把阿海、阿义带到两个大木桶跟前,急促地说:"这两个木桶里面装满了晒干的地瓜丝,快,把里面的地瓜丝先腾出来,你们一个人躲进一个木桶,我和阿螺再用地瓜丝把你们盖上。"

这边,闹完洞房后的阿生和阿娇并没有回家,而是到望夫石约会了。突如其来的狗吠声、敲门声、撕心裂肺的哭喊声打破了他们的缠绵。几个国民党兵发现他俩,举着火把朝他们冲过来。

阿生下意识地护着阿娇,阿娇推开阿生:"他们是来抓丁的,抓的是你,别管我,赶快跑。"

虽然是黑夜,阿生仗着路熟,朝着村口狂奔。国民党兵见状,随后紧追。一个军官喊着:"站住,再不站住就开枪了。"

阿生告诉自己,千万不能被抓到,他不能离开阿娇,阿娇也离不开他,冒死也必须跑出去。他不顾一切继续狂奔着,终于跑到了村口。忽然，前面冲出了几个端着明晃晃刺刀的国民党兵，拦住了他的去路……

刚睡下的谢番薯被一阵敲门声惊醒。他意识到情况不妙，正准备翻墙逃走，门已被撞开。几个国民党兵端着枪围住他，一个操着厦门口音的中尉军官手里拿着花名册，上前问道："你叫谢番薯吗？"

谢番薯说："我就是。找我干什么？"

中尉军官说："今晚查户口，跟我们到祠堂门口集中点名。"

谢番薯说："你们现在不是查了吗，干吗还要到祠堂门口集中？我老母亲病躺在床上，我不去。"

一个班长模样的老兵吼道："叫你去你就去，啰唆什么！"

谢番薯意识到今晚抓丁了。他不能离开这个家，阿爸过早地离开人世，是阿姆"母牵子"，含辛茹苦把他抚养大，现在阿姆正病重在床，身边只有他一个儿子，如果他被抓丁，阿姆肯定活不成了。然而，此时他已经插翅难逃，怎么办？

看见谢番薯站着一声不吭，一位国民党兵用枪口顶住谢番薯的胸膛，威胁道："你别想着要逃走，你一跑，我就扣动扳机你信不？"

扣动扳机？当兵打仗开枪，不就是要扣扳机吗？要是扣不了扳机，不就当不成兵了吗？谢番薯让自己平静下来，对会说闽南话的军官说："那也得让我跟阿姆说一声再跟你们走。"

中尉军官点点头："嗯，快点。"

谢番薯走了几步，趁着国民党兵没有防备，猛地冲到灶台跟前，把右手食指搁在灶台上，左手抓起菜刀，狠狠向着食指剁下去……

这一切来得太突然，在场的国民党兵顿时愣住了。急着抓丁当排长的老兵光火了："妈的，跟老子来这一套。带走！"

中尉军官看着灶台上的断指和鲜血，摇了摇头："没有扳机指，不能放枪，要个废物干啥？走，到别家去。"

"军官团"上尉营长刘耀宗带着兵敲开了糯米婶的家门，跟着刘耀宗的还有保长李有贵。

看到只有糯米婶和阿螺两个女人，李有贵问糯米婶："你们家阿海在哪里？"

糯米婶镇定地回答："他外出打工了。"

刘耀宗指着窗棂上的红双喜，冷冷地说："这新婚之夜的，新郎跑到哪里打工？"他对随行的国民党兵扬了扬头："给我搜！"

几个国民党兵对两间老屋床上床下，屋里屋外仔细搜了一遍，最后，围着两个盖着竹篾筛子的大木桶。刘耀宗问："这木桶里装的是什么？"

糯米婶心里一阵紧张，她下意识地挡住刘耀宗："里面装着地瓜丝干，在我们这里，家家户户都有的。"

刘耀宗冷笑着："地瓜丝干，我看装的是大活人吧。"他用手猛地推开糯米婶，示意国民党兵搜查木桶。

躲在木桶里的阿海从缝隙窥视着外面的动静，只见一个国民党兵掀开阿义躲藏的木桶上的竹篾米筛，另一个士兵举起刺刀，正准备搅动木桶里的地瓜丝干。阿海心急如焚，他想到当年阿义就为自己顶了壮丁的，这回再也不能让阿义当壮丁了。况且，阿义参加了解放军，身上带着重要任务，如果被抓，后果……

情况紧急，不容多想了，阿海故意搅动着桶里的地瓜丝干，一个国民党兵听到动静，转身指着阿海躲藏的木桶大喊："这里面有人，就在这个桶里。"

其他几个国民党兵呼啦围了上来，朝着木桶大叫："里面的人快出来，再不出来要用刺刀扎了！"

阿海噌的从木桶里站了起来，满头都是地瓜丝干。

躲在另一个木桶里的阿义，从缝隙中看到了眼前发生的一切。他被哥哥的举动震撼了，是哥哥在危急时刻保护了他，也保护了他身上带着的重要情报。他努力克制着自己的情绪，责任和使命告诉自己，绝对不能暴露。此时，他只能眼睁睁看着新婚的哥哥被抓。他咬紧牙关，泪如泉涌……

保长李有贵附在刘耀宗耳旁，小声说："长官，这家人原来有两个男丁，这位是老大，叫许阿海。弟弟叫许阿义，两年前已经抽壮丁了。"

刘耀宗扬了扬手："非常时期，到龄的都得当兵。带走！"

国民党兵强行拉开紧抱着阿海的糯米婶和阿螺，推着阿海往外走。

阿海回头朝着阿螺大声说："照顾好阿姆，出门'风透'（风大），千万注意安全哪！"

木桶里的阿义听得明白，阿海这话是说给他听的。

糯米婶发疯似的追出门口，猛然想起还在木桶里的阿义，她返身回屋，只见阿义正提救生衣，跨出木桶。

糯米婶双手抓住阿义的手，急促地说："孩子，快，快去搬救兵，带着解放军来救你哥，来救咱村的后生。"

阿义含着泪说："阿姆，我这就走，马上就带着队伍过来，你千万要保重啊！"

糯米婶看着消失在夜幕中的阿义，终于支撑不住，昏倒在地上。

村东头，火把通明。每个被抓的壮丁的一只手臂都被绳子绑着，十个人一组，集中在祠堂门前的空地上。阿海发现和自己紧挨绑着的是何水旺和在古城药店当店员的康厚朴，他小声问康厚朴："你在古城药店当店员，怎么也被抓了呢？"

康厚朴哭着说："我今晚回来给阿姆过生日的，没想到被抓了壮丁，我是独子，我走了，我阿姆一个人怎么过呀！"

国民党兵端着枪挡住哭号的人群。人群中，有妻子呼喊着丈夫的，有母亲呼喊着儿子的。这时，传来婉儿婶凄厉的哭叫："放了我家满舱，放了我家添贵，你们把父子俩都抓走，我没法活了呀！"

操着闽南语的中尉军官手里拿着花名册，逐一清点人头。他点完名后，来到刘耀宗跟前："长官，花名册上总共150名壮丁，今晚抓了149名。"

"还有一个呢？"刘耀宗问。

中尉军官说："有个叫谢番薯的，用菜刀把扳机指给剁了。"

刘耀宗瞪大眼睛说："把扳机指给剁了？他娘的吃豹子胆啦？想逃丁，老子偏不让，一起带走，开不了枪就当伙夫。"

中尉军官小声说："我看这个谢番薯还真是个喝老虎血、吃豹子胆的主，他连自己的手指头都敢剁，让他当伙夫，指不定哪一天晚上趁着我们睡觉的时候，操起菜刀把你我当作番薯给剁了。"

刘耀宗骂道："妈的，让他给躲过去了。"说完挥了挥手："把抓的人统统带走！"

被抓的后生在国民党兵的推搡下，向村口行进。后面跟着一群紧追不舍的女人。

村头路口，七叔公像一座雕塑，立在路中央，挡住抓丁的队伍。刘耀宗冲到七叔公跟前，气急败坏地说："老东西，竟敢耽误执行军务，快点让开！"

七叔公一字一顿地说："把孩子们放了。"

刘耀宗一愣："你说什么？再说一遍。"

七叔公重复一遍："我说，把孩子们放了。"

刘耀宗正要发作，李有贵凑上前，小声说："这是钵头村的谢明德，在村民中辈分高，很有威望。抗战的时候，他引日本人的舰艇撞礁沉海，还带着村里的后生和守岛部队一块打日本鬼子。"

刘耀宗口气缓了下来："老人家，我们这是执行上峰的命令。国家兴亡，匹夫有责。青年人参军，也是一份责任。你老当年不是也带着年轻人配合军队打仗吗？"

七叔公怒斥道："那是打日本鬼子，你们现在是打日本鬼子吗？你们年年抓丁，现在单丁也抓，连老人小孩也不放过，这是造孽啊！"

刘耀宗强作笑脸："老人家，这些年轻人当兵后不用再辛苦打鱼了，我们都会发给军饷的。他们到部队后还有当官发财的机会呢。"

七叔公怒目圆睁："你们把后生都抓走了，剩下老人和妇女，叫他们怎么活下去？"

刘耀宗说："这你老人家放心好了，村里的老人、妇女作为军人家属，也会得到照顾的，过后我们会给她们送来大米和面粉。你老德高望重，还请帮着安抚安抚乡亲们，我们不会亏待你的。"

七叔公说："你们的所作所为，我心里像镜子一样清楚。今天，你们不把孩子们放了，就别想从这里过去。"

刘耀宗恼羞成怒："妈的！老东西，给脸不要脸。快让开，再耽误执行军务，别怪我不客气了！"

见七叔公依然挡在跟前，刘耀宗挥了挥手，两个国民党兵冲上前，架着七叔公往路边拽，七叔公挣扎着，又一个国民党兵冲上前，举起枪托撞向七叔公胸口，七叔公躺倒在地。

阿海和何水旺见状，欲冲上前去，却被绑在手臂上的绳索拉住。追上来的阿螺和阿巧扶起七叔公。七叔公吃力地说："天理……难容啊……"

中尉军官来到阿螺跟前，大声吆喝："你们统统回去，别再跟了。"接着用闽南语低声告诉阿螺："后天下午，在南门湾上船。"

阿义时而快速奔跑，时而匍匐前进，避开了一队队巡逻的国民党兵，终于来到了礁石嶙峋的海岸。他最后一次检查了缝在衣服口袋里的海柳烟嘴，确信没有问题后，迅速穿上救生衣。

这时，射来一道手电筒的亮光，有人大声喊着："前面礁石上有人！"

阿义意识到自己被海岸巡逻的国民党兵发现了，他纵身一跃跳进海里，奋力游离海岸。

几道手电筒的强光照在黄色的救生衣上，密集的子弹射向漂浮在海上的救生衣，撕裂着救生衣……

洪练达仰坐在藤椅上，微闭眼睛听着杜子清汇报："师座，刚接到报告，戚伯渡附近的虎头岩发现共军的侦察员。"

洪练达触电似的从藤椅上蹦起，问道："抓住了吗？"

杜子清说："被击毙在海上了。"

洪练达责问道："为什么不抓活的？"

杜子清报告："戚伯渡风高浪急，又是在夜间，没找到尸体，但救生衣都被子弹打烂了。"

洪练达定了定神，问："昨晚的抓丁突击行动怎样了？"

杜子清报告："昨天晚上一个晚上就抓了3945人，加上前一段时间陆陆续续抓的,总共已经抓了4792人。现在已经分别集中在铜山中学操场、南门湾渔港、演武亭。师座,你那'抓丁提官'的办法确实高明,真是'有官能使鬼推磨'呀!"

洪练达点点头:"嗯,从金门开来的军舰到了吗?"

杜子清报告:"到了,已经停靠在南门湾了。"

洪练达叮嘱道:"记住,到时候让壮丁和部队混合上船。你明白我的意思吗?"

杜子清连连点头:"师座,我明白你的意思了。"

中国人民解放军某部,军首长李华堂叮嘱着师长裴振华:"明天攻岛的军事行动已经部署,你们师担任主攻任务,我想再强调三点,第一,要确保铜山岛百姓的生命安全。现在,岛上数千名被抓壮丁随时可能被国民党军队押上舰船。要避免误伤到他们,并尽最大努力解救他们。第二,要速战速决。各路部队登岛后,要在岛上党组织和起义的盐警大队配合下,尽快结束战斗。第三,解放铜山后,要与县工委做好衔接工作,严防敌特破坏,为建设人民当家做主的新政权做好工作。"

裴振华师长站立起来,行了个军礼:"请首长放心,各部已进入战斗岗位,等候攻岛最后命令。我们一定速战速决,保护好铜山岛百姓的安全。"

军长问道:"你准备让谁打头阵?"

裴振华早已胸有成竹:"报告军长,由雷挺的英雄团担任主力。"

军长点点头:"雷挺,这黑脸包公行。"

南门湾渔港码头周围站满了警戒的国民党兵。壮丁们手臂上的绳子已被解开,被押着走向海滩,和撤退的国民党兵正在登舰。码头一片哭啼声。这是一场母子、夫妻、恋人之间的生死别离。

"军官团"团长张德魁挥舞着左轮手枪,骂骂咧咧:"妈的,谁走漏了上船地点的消息?快,把这些哭哭啼啼的婆娘统统给我拉开。"

洪练达拍了拍张德魁的肩膀:"既然来了,就让她们送一送吧。"

张德魁有些诧异:"师座,你怎么也……"

洪练达说:"老弟,这些壮丁以后都是我们的兵,如果连家人最后的送别都不让,到时候肯定会和我们闹离心,那队伍就不好带了。不过,时间得抓紧点,别让她们太磨蹭。"

张德魁应声:"师座,我明白了。"

婉儿婶被人搀扶着来到丈夫余满舱、儿子余添贵跟前。此时,她已经无力再哭,一夜之间,她从一个欢声笑语的"全福妇"变成了蓬头垢面,一脸憔悴的老妇人。

余满舱含着泪,用手捋了捋婉儿婶杂乱的头发,痛惜地说:"婉儿,等着我和添贵,只要你在,我们就一定会回来。"

余添贵哭着说:"阿姆,把我前天抓的那只小鸟给放了。还有,我丢在窗台上的几本小人书帮我收起来,我回来还要看。"

婉儿婶听了心里一阵绞痛,余添贵还是个孩子啊!她用沙哑的声音说:"你们父子俩要互相照顾,我等着你们回来。"

余满舱顾盼左右,小声地对婉儿婶说:"我经常出海捕鱼,熟悉'流水',我会找机会弄条船带着添贵回来的。你把渔网收好,我回来捕鱼用得着。"

看见余满舱还光着一只脚,婉儿婶含着眼泪摇了摇头,从身上取出一只昨天晚上余满舱落下的布鞋,蹲下身子,把鞋子给余满舱穿上……

阿螺抱着阿海只顾哭,新婚之夜两分离,她难以承受这场大喜大悲的命运突变,她无力与这场命运抗争,更不知道阿海哥这一走何时才能回来,能不能再回来。她感到无助和绝望。

阿海强忍着悲痛,问阿螺:"阿姆怎么样了?"

阿螺哭着说:"你被抓后,阿姆昏过好几次,现在还躺在床上。"

阿海扶着阿螺,一字一句地说:"听着,阿螺你一定要坚强,好好照顾阿姆。有你在,这个家就还在。为了这个家,也为了我,你一定要好好活着。"

阿螺点点头,说:"我记住了。是阿姆救了我,把我抚养大,我会照顾好她老人家。"

阿海说:"阿螺,我想起一件事,刮大风时,咱家那低矮的老瓦房老被风沙给围住,我真担心,我不在家,万一房子被风沙堵住,你和阿姆怎么办。"

阿螺说:"以后晚上我会陪着阿姆一块住,阿海哥你自己一个人在外多保重啊!"

这时,远处传来隆隆的炮声。阿海小声地问道:"阿义怎么样了?逃出去了没有?"

阿螺说:"逃出去了。阿姆叮嘱他快去搬救兵。可是,眼看救兵马上就要到了,你却被抓走了……"

一个操着北方口音的国民党军官冲过来,催促道:"别再磨叽,共军快打过来了,赶快上船。"

阿螺快速取下平安扣,戴在阿海的脖子上,哭着说:"阿海哥,戴着它,妈祖娘娘会保佑你平平安安。"

阿海再次抱紧阿螺:"记住,等着我回来……"

新婚的美梦被残酷的现实撕裂,阿巧的心彻底破碎了。她的泪水湿透了何水旺的肩膀。何水旺扶起阿巧,用手轻轻擦拭着她脸上的泪水,木木地注视着阿巧。此次别离,不知何日再相见,他要把阿巧的样子牢牢记在心里。

阿巧从怀里掏出洞箫,颤抖着说:"水旺哥,这把洞箫你一直带在身上,我给你带来了。从今以后,咱俩天各一方,只有月娘照着你、照着我。以后,每到月圆的时候,你就对着月娘吹洞箫,望着月娘,我的心可以听到你的箫音。"

何水旺接过阿巧手中的洞箫,说:"巧妹,以后每到十五月圆的时候,我就对着月娘吹《望春风》。"

阿巧点点头:"水旺哥,你就吹《望春风》,我还没听够呢。"

何水旺收起洞箫,从身上掏出一块银圆放在阿巧手上:"巧妹,这块银圆收好,留作念想,等我回来。"

阿巧把银圆紧紧攥在手中,泪眼婆娑:"水旺哥,这银圆我会一直带在身上。只要还有一口气,我就一定等着你回来。"

阿娇紧紧抓住阿生的手,抽泣着说:"阿生哥,你被抓以后,我一直在想,这不是真的,这只是一场噩梦,是梦总有醒来的时候。可是,这不是梦,不是梦啊……"

阿生低声说:"娇妹,昨天晚上被抓后,我满脑子就想着一个字——逃。只要我还有一口气,我就一定要逃回来。"

阿娇睁着一双泪汪汪的眼睛:"阿生哥,我真后悔,那天晚上,在'望夫石'上没有答应你。你一定要快点回来,别让我等太久,我要好好当回你的女人。你要是有个三长两短,我就追你去。咱俩重新投胎做夫妻。"

阿生安慰道:"娇妹,你等着,明年夏天我一定回来和你一块插秧。"

阿娇点点头:"我记住了,明年夏天你回来和我一块插秧。到时我在'望夫石'上等着你。"

阿生掏出身上的手帕,说:"娇妹,这手帕我会带在身上,上面的褶痕我也会小心保留着。"

这时,传来一阵催促上船的吆喝声。阿生紧抱着阿娇,猛地一扬头,撕心裂肺地喊道:"千言万语说未了,夭寿舵公叫开船哪!"

海滩上,杜子清神情慌张地向洪练达报告:"师座,共军登岛主力已经突破我海岸防线,对我守岛部队进行分割包围。"

洪练达半信半疑:"共军的行动怎么会这么快?"

杜子清说:"共军好像事先已掌握我们布防的情况,还有,王勤瑞的盐警大队反水了。"

洪练达阴沉着脸:"他娘的,早该收拾他。"

杜子清催促道:"师座,共军登岛后,有一个团正直扑南门湾,企图断我退路。请师座赶快登舰撤离,不然就被共军包围了。"

洪练达命令道:"快,加快登舰速度!"

副官报告:"师座,部分留守海岸的弟兄正在向我们靠拢,是不

059

是再等他们一下？"

洪练达叹了一口气："再等下去就统统走不了了，给他们留下一条船吧。"

洪练达被数名军官簇拥着仓皇登上了军舰。南门湾海滩哭声一片。一些女人不顾一切冲向海里。

军舰开动了，一阵海风吹来，洪练达不由打了一个冷战。他拉了拉大衣上的领子，望着正在离去的南门湾，喃喃自语："铜山岛，我还会回来的。'章鱼'先生，接下来的戏文就看你的了。"

杜子清靠上来，惴惴不安地说："师座，从望远镜发现，共军先头部队已逼近到南门湾，我担心会向我们开炮。"

洪练达摇了摇头："不，我料定他们不会开炮。向金门胡琏司令官发电，就说我部将士坚守阵地，奋勇作战。现已安全撤出铜山岛，正向金门进发。"

雷挺率解放军登岛主力团一路猛冲猛打，直抵南门湾渔港。他望着刚刚驶离港口不远的敌方军舰，急得直跺脚："差一点点，就差一点点。"

炮营营长在一旁说："团长，现在开炮，还够得着。"

雷挺瞪着眼："上面有数千名被抓的壮丁，够得着你能开炮啊？洪练达这老滑头，算你狠，竟然拿壮丁挡炮弹。"

望着渐渐远去的关帝庙、风动石、塔屿、对面屿、苏云山，阿海泪眼模糊，他慢慢跪在甲板上，和熟悉的家乡、和病榻上的阿姆、和心爱的阿螺告别。他不知道等待他的将是怎样的命运，不知道今生还能否再见到家乡见到亲人，不知这艘凶险的兵舰将把他带到何方。望着茫茫的海水，阿海心里一片茫然……

身后，何水旺、阿生、余满舱、余添贵跟着跪在甲板上，被抓的壮丁也都一个个跪了下来，朝着渐渐远去的家乡不停磕头……

劫后的钵头村一片死寂，没有了炊烟，没有了狗吠，甚至没有女人的哭声。她们的泪水已经哭干了。

阿螺坐在糯米婶的床边，用调羹给阿姆喂米汤。糯米婶无力地摇摇头。阿螺含泪劝道："阿姆你还是把这碗米汤喝了吧，阿海哥走时，再三交代我要照顾好阿姆，阿姆你不吃点东西，身体垮了，我怎么对得起阿姆你，怎么对得起阿海哥啊！"

糯米婶眼中蓄满泪水："阿姆是心垮了呀！"

阿螺忍着悲痛，安慰道："阿姆，我把平安扣给阿海哥戴上了。妈祖娘娘会保佑阿海哥平安回来的。阿姆，你一定要挺住，这个家不能没有你呀！"

糯米婶用手抹去脸上的泪水："但愿妈祖娘娘能保佑阿海平平安安。阿螺你记住，以后吃饭的时候，饭桌上要多放一个碗，多摆一双筷子。"

阿螺点点头："阿姆，我记住了。"

阿螺扶着糯米婶坐了起来。糯米婶想到了七叔公："你先别管我，快去看看七叔公，他老人家跟着遭罪了。"

阿螺告诉阿姆："我刚才去井边挑水，听几位大婶在说，村里来了一队解放军，就住在祠堂里。这解放军自己挑水做饭，还把祠堂门口打扫得干干净净，对人也很和善。还说解放军的一位医生正在给七叔公和谢番薯治伤呢。阿义说的没错，解放军是咱穷人的队伍。解放军来了，阿义就要回家了。"

糯米婶眼神充满忧郁："不知那天晚上，阿义平安游过戚伯渡海峡没有……"

那天晚上，阿义游过戚伯渡海峡了。当巡逻的国民党兵的强光手电照射在救生衣上时，阿义意识到，此时的救生衣已经成了"葬身衣"，如果他还继续穿着，必将成为漂在水上的活靶子。他当机立断，迅速解下救生衣，潜入水底，避开手电的照射。救生衣反光吸引了敌人的注意力，当密集的子弹射向救生衣时，他拼尽全力，迎着风浪向着对岸微弱的光亮游去。他脑海里不断浮现出国民党"军官团"抓壮丁的惨景，浮现临别时阿姆那期盼救助的目光。一个坚定的信念支撑着他，一定要游过海峡，把情报交给首长，让部队尽快解放铜山岛，解救正惨遭厄运的亲人。终于，他精疲力竭地爬上了海岸，隐约看到战友正在向他跑来。他踉踉跄跄地走了几步，昏倒在海滩上。

阿义带回的情报，为部队解放铜山岛发挥了重要作用。他顾不上休息，随即参加了解放铜山岛的战斗，此时，他接到紧急通知，赶到团指挥所。

见到团长雷挺，阿义行了个军礼："报告首长，侦察排排长许阿义前来报到，首长有什么新的任务？"

正在看着军用地图的雷挺转过身来："首先帮你更正一下，你现在已经不是侦察排排长，而是副连长，准确地说，是团部的作战参谋。"

阿义有些兴奋："首长，是不是有新的任务？"

雷挺说："是让你到地方上工作。"

"什么，让我到地方工作？首长我没听错吧。"阿义一时反应不过来。

雷挺示意阿义坐下，给他倒了杯开水，说："没错，是让你到地方工作。其实我也没准备让你走，提你当作战参谋可不是为你到地方工作准备的。情况是这样，刚到任的铜山县工委书记石泰山找装师长了，要求部队支持地方若干名有侦察经验、有军事素养、政治上可靠，又熟悉铜山岛的干部到县公安系统工作。这些条件摆在那里，不找你找谁呀！"

"要不首长，我就留在铜山岛的守备部队吧。"阿义还是舍不得离开部队。

雷挺摇了摇头。

阿义意识到了什么："首长，是不是……是不是因为我哥哥阿海被国民党军队抓壮丁，我不合适留在部队里？"

雷挺顿时严肃起来："阿义同志，你想哪儿去了。不信任，还会提拔你吗？组织上了解，阿海是为了掩护你才被抓壮丁的，你小子这回立功，背后还有阿海的一份呢。"雷挺缓了缓口气："告诉你，根据铜山县工委掌握的情报，国民党军队撤离铜山时，留下一批特务，策划了一个'乌贼行动'计划，由老牌特工、代号'章鱼'负责指挥，至于该计划的具体内容是什么，'章鱼'是谁，我们并没有掌握。留你下来就是要你负责破获这个潜伏的特务组织，不让'乌贼行动'得逞。这个任务危险而艰巨，关系到新生政权能否巩固，你明白了吗？"

阿义点点头："首长，我明白了，我坚决服从命令。"

雷挺说："这就对了。不过刚才提到你哥，我倒想提醒你，阿海掩护你的情况，还要注意保密，因为刚刚解放的铜山岛敌情社情复杂，潜伏的敌特一旦获悉这一真实情况，阿海将面临极大的危险。"

雷挺的一番话，让阿义感受到首长的关心和信任，也感受到一份沉甸甸的责任。他站起来，像往常接受新任务一样，敬了一个标准的军礼："首长放心，保证完成任务！"

雷挺帮阿义整了整衣领，说："我知道，你这次虽然圆满完成渡海传递情报任务，为解放铜山岛立了战功，可你哥哥被抓，你的心情一点不轻松。你先回家看看老母亲，住上几天，然后再到县工委组织部报到。对了，县工委石泰山书记还在等着你呢，那是我在南太行的老乡，是个石匠，你的情况，我都跟他说了。"

阿义眼眶湿润了："首长，我还是先去报到，再回家看老母亲吧。" 雷挺赞许地看着阿义："也好，像我的兵。不，你还是我的兵。"

"首长，我不论走到哪里，都是你的兵。"阿义忽然觉得雷挺话中有话："首长，你说我还是你的兵？"

雷挺点点头："现在可以告诉你，省军区为了加强铜山岛海防，决定让我留在铜山担任守备团团长。一旦发生战事，全县的公安边防战士都进入战斗序列，归我指挥。你小子蹦来蹦去，还是蹦不出我这五指山。"

阿义乐了："首长你怎么不早说呀，我这就报到去啦！"

第四章

「章鱼」在行动。登临古城墙，赵海峰向阿义提供了重要情况。利民旅社来了一位神秘房客。

钵头村又开始冒起了炊烟。

这一天,阿螺和阿巧、阿娇相约上妙山给妈祖娘娘烧香。命运的无常,人生的无助,使得她们渴望从妈祖娘娘那里求得些许的精神慰藉和寄托。

妈祖庙坐落在妙山滑梯岩下的一个平台上,是明末岛上渔民捐资所建,为莆田湄洲妈祖庙的分灵。庙的前殿有副石刻门联:

帆悬四海波涛静,泽被众生雨露新。

大殿殿前廊柱也刻着一副对联:

风调雨顺,四海龙王朝圣母;国泰民安,五洲赤子拜阿婆。

八年前,庙里来了一位叫林月乡的年轻女庙祝。由于她吃素,又没有嫁人,乡亲们都称她为"菜姑"。

林月乡菜姑有一段鲜为人知的经历。她出生在铜山古城一个书香门第,小时候就经常跟母亲到妙山拜妈祖,听母亲讲述这位海上女神的故事。21岁那年,她的父亲受新加坡同乡会的邀请,携母亲下南洋当华文教师。父亲和母亲都希望她一同前往新加坡,可林月乡正和一个当渔民的小伙子热恋着,她执意要留在家中。就在父母到新加坡的第二年,小伙子的渔船在一次出海时遇到风暴,船上的渔民全部葬身大海。这次海难对林月乡触动非常大,她做出了两个事关自己人生的重大决定,一是终身不嫁,二是到妙山妈祖庙当庙祝,为出海渔民祈福。由于她的善良和慈悲,深受来庙里进香的乡亲们敬重。

阿螺、阿巧、阿娇在月乡菜姑引导下,点上香,虔诚地跪在妈祖塑像前,各自默默地诉说着自己的心愿。

"妈祖婆婆,媳妇娘阿螺给您烧香了。我阿海哥被抓壮丁时,我把平安扣给阿海哥戴上了。听阿姆说,那枚平安扣是在妈祖婆婆这里开过光的,请妈祖婆婆保佑我阿海哥平平安安,早日回家。也请妈祖婆婆保佑我阿姆身体快点好起来,她老人家这辈子不容易啊!妈祖婆婆,您大慈大悲,媳妇娘阿螺求您了……"

"妈祖婆婆,求您保佑我家水旺快点回家。我们刚结婚,房子红烛还在,红双喜窗花还在,可我却一个人守着空房。现在,我每个晚上都是流着泪度过的。这日子到底要等多久呢?要不,您让我和水旺哥常在梦中见面,让我每天晚上在梦中听他吹洞箫也行。妈祖婆婆,您听到我的诉说了吗?您的眼神告诉我,您听到了……"

"妈祖婆婆,阮阿生临走时说好明年插秧时一定会回来,这话阿娇我记在心上了。我知道阿生,他说了就一定会去做的,我盼着他回来,可又害怕他回来时遇到危险,请您保庇他平平安安回到我身边。到时候,我会和阿生一块来给您烧香。对了,等阿生回来后,好好打鱼赚钱,我们省吃俭用,把省下的钱捐到庙里,为娘娘重塑金身尽一份心。"

三个女人许完愿,把香插在香炉上,来到菜姑跟前,阿螺抽了一支签,只见签书上写着:秋水伊人各一方,天南地北恨绵长;相思试问凭谁寄,不尽凄凉狂断肠。

阿螺忐忑地把签书呈给了菜姑,菜姑看了签书,轻轻叹了口气,半是解签半是安慰:"你们的亲人在水一方,这场别离这份相思也许会很长很长。不过只要耐心等待,总会有团聚的一天,就像天上的月亮,有缺也会有圆。"

三个人谢过菜姑,走出妈祖庙。阿娇有些茫然:"菜姑说这场别离也许很长,这很长到底有多长啊!菜姑还说,只要耐心等待,总会有团聚的一天,可这等待要等到什么时候呀?"

阿巧说:"以往村里去当壮丁的男人没个三年五载是回不来的。"

阿娇说:"要等上三五年,多难熬呀!"

阿螺叹息道:"如果是三年五载还有个盼头,就怕没个尽头啊!"

阿娇说:"阿螺姐,我信妈祖婆婆,还有妈祖庙里的菜姑心也很善,以后你要常带着我和阿巧到妈祖庙来拜拜。"

阿螺说:"好的,以后我们姊妹仨约好上妙山拜拜。"说着,阿螺不经意回头望了望妈祖庙,忽然,她看见庙背后的滑梯岩上有个人影在晃动,她定神一看,又没了动静。阿螺心想,或许是天黑看走眼了,这么晚了,还会有谁在上面呢。

铜山县公安局会议室,局长顾秋生主持了会议:"今天,我很高兴向大家介绍新来的副局长许阿义同志。许阿义同志是部队的侦察英雄,在渡江战役和这次解放铜山岛战斗中,立了战功。哦对了,他还是铜山岛本地人,熟悉了解当地情况,这次到我们县公安局工作,是部队对我们地方工作的支持,也是对我们县公安局力量的加强。大家呱唧呱唧,欢迎许阿义同志。"

掌声过后,顾秋生向阿义介绍参会人员:"这是林保禄副局长,这是公安队纪国强队长,大家习惯叫他纪连长,这是政保股长贺梅,这是治安股长单占光。"

阿义顺着顾秋生介绍,与到会人员一一握手。

与会人员围着会议桌坐下。职业习惯让阿义在第一时间记住每个人的特征。

顾秋生,年龄在四十岁左右,古铜色的脸庞,眼神深邃而明亮,给人一种稳健而敏锐的感觉。河南口音,应该是来自太行山老解放区的南下干部。

林保禄,年龄在三十岁左右,戴着眼镜,不苟言笑,一副心事重重的样子,一双游离的眼神似乎总在揣摩着事。

纪国强,皮肤黝黑,身板挺拔,右手腕上有一道伤痕,山东口音,话不多,典型军人气质。

贺梅,年龄二十岁出头,剪运动头,一双明丽清澈的大眼睛,厦门口音,讲话语速偏快。一看就是一个有文化、开朗、聪慧、精干的姑娘。

单占光,年龄三十开外,中等个子,方脸,有一副厚嘴唇,脖子上有一块明显的胎记,闽南口音。和阿义握手时表现得特别热情,只是笑得有些不自然。

顾秋生环顾了与会人员,说:"今天,局领导班子正式做个分工,我负责局全面工作,包括机关行政工作。林保禄同志分管内保、社会治安、派出所工作,许阿义同志分管政保和公安队工作。"

听了顾秋生对副局长的分工,林保禄一脸不屑。许阿义初来乍到,论年龄比自己小,论资历比自己短,就多当几年兵,还是从国民党军队起义过来的,凭什么他分管政保我分管治安,他分管公安队我分管派出所?他负责抓特务我负责抓小偷?林保禄摘下眼镜,不停地揉着太阳穴。

宣布完分工，顾秋生口气严肃起来："下面，我通报一下敌情。最近，敌特活动很活跃，盘踞在金门还有铜山岛附近菜瓜屿上的国民党军队频繁派出舰船，抓捕我出海渔民，打探我党政军情况，尤其是驻岛部队情况。根据海边巡逻的民兵报告，在礁石林一带还发现'水鬼'上岸活动的迹象。就在昨天晚上，妙山、鸡公山、羊角山还有敌特施放信号弹。据现场勘查，是事先放置的延时信号装置。"

听顾秋生说到妙山，阿义心里一怔，敌特都活动到自己的家门口了。坐在对面的林保禄观察着阿义表情细微的变化。

顾秋生端起杯子喝了一口茶，接着说："看来，'章鱼'在行动了。上级要求我们尽快破获潜伏在铜山岛的敌特组织，保卫新生的红色政权。局里决定成立特别行动组，全力对付'章鱼'。许阿义同志有侦察经验，又熟悉岛上情况，行动组长就由许阿义同志担任，行动组的成员以政保股现有人员为基础，另外，再抽调熟悉技侦的徐亮同志参加。我们的对手是武装的敌特，公安队这支武装力量是打击敌特的铁拳头，要随时配合行动。林保禄副局长注意加强社会面的掌控，与许阿义同志的行动组密切配合。行动组的工作进展情况直接向我汇报。对了，潜伏的敌特头目代号叫'章鱼'，我们也给许阿义同志取个代号，就叫'剑鱼'吧。大家看看还有什么意见。"

看大家没有不同意见，顾秋生说："那就这么定了。最后我想强调一点，就是要注意做好保密工作。要知道，我们是在明处，敌人在暗处，'章鱼'的触角或许已经伸到我们身边。注意保密，不仅关系到能否掌握对敌斗争主动权问题，还关系到我有关人员的生命安全，大家务必牢记。今天的会议就先开到这里。林保禄副局长留下来，我还有事交代，其他人散会。"

"顾局有什么吩咐吗?"林保禄问道。

顾秋生说:"林副,刚才在会上我发觉你欲言又止,现在就我们两个人,有什么想法说来我听听。"

林保禄说:"顾局你可是洞察秋毫呀!你既然问了,那我就直说了,我觉得许阿义初来乍到,让他分管政保这样重要的工作,而且担任破获敌特组织的行动组组长,我认为不太合适。"

"为什么?"顾秋生问道。

"他有侦察经验,又熟悉铜山岛情况,这没错。可是,他毕竟是从国民党军队起义过来的,把这么重要这么敏感的任务交给他,能放心吗?"林保禄有些激动。

顾秋生顿时严肃起来:"从国民党起义过来怎么啦?从国民党起义过来就不是革命吗?他和你我一样,也是贫苦家庭出身,他机智勇敢,不顾个人安危,为解放事业立下战功,这已证明他对党对革命事业的忠诚,我们难道不应该信任他吗?"

林保禄说:"顾局,据我了解,妙山附近的钵头村、鸡公山附近的屿尾村、羊角山附近的礁林村都是国民党军家属集中的地方,信号弹事件又恰好发生在这三个点上,这难道是机缘巧合吗?铜山岛对敌斗争形势这么复杂,谁能保证敌特活动和这些国民党军人家属没有联系呢?还有,许阿义的哥哥许阿海就是国民党兵,就算对许阿义本人信任,可他也应该回避才是呀!"

顾秋生说:"许阿义的哥哥被国民党军队抓壮丁的情况组织上都掌握。提高警惕是必要的,但也不能把被抓壮丁的家人都当作嫌疑对象呀。"

林保禄说:"可从办案的角度看,在没有查清之前,这嫌疑也不能排除呀。顾局,你不是常提醒我们,疑似之迹,不可不察吗?"

顾秋生沉思片刻,说:"这事我会把握,林副你有什么想法随时可以和我沟通,但和许阿义同志在工作上还要注意配合好。"

阿义回到钵头村,阿螺向他讲述了上妙山烧香遇到的情况。

"那天,我和阿巧、阿娇到妙山妈祖庙烧香,离开妈祖庙时无意中看到滑梯岩上有个人影在晃动,当时我并不在意,以为天黑自己看走眼了。可在下山的路上,听阿巧也说起看到了岩石上有个人影。那天夜里妙山又出了信号弹的事,听说那信号弹就是从妙山滑梯岩上发的,我就觉得这事有些蹊跷。阿义你是搞公安的,我想这事要乎你知影(让你知道)。"

"那晃动的人影是男的还是女的?你看清是谁了吗?"

"当时已是黄昏,看不清楚,不过可以肯定是个男的。我总觉得那人影有点熟,好像在哪里见到过。"

"阿螺你好好想想,慢慢想,想到马上告诉我,这很重要。还有,这事你切记不要对外说。"

"知道了,我也会交代阿娇和阿巧,对谁都不要说。"

傍晚,阿义独自一人徘徊在月牙湾,他思索着,敌特选择在妙山、鸡公山、羊角山这三个地点施放信号弹是什么意图?还有,阿螺看到那个在滑梯岩上晃动的身影到底是谁呢?阿螺平素很少出门,难道是钵头村的人?不,不可能。被抓壮丁后的钵头村,男人几乎就剩下老人和小孩。那么,那个人影会是谁呢?

阿义望着海湾,天空变幻的云彩,遮挡了部分阳光,使得海水魔幻般地分割为浅蓝色和墨色。阿义仿佛想透过变幻莫测的海面,看到海底的世界,看到那只隐藏在深海里的"章鱼"。

"阿义,听说你回来了,我在村里兜了一圈才在这儿找到你呀。"一个熟悉的声音打断阿义的沉思。阿义转身一看,是谢番薯。

这时的谢番薯,依然敦实,然而,那场兵灾,让他苍老了许多。看着谢番薯,阿义百感交集,内心有种莫名的酸楚和悲凉,钵头村从小一块长大,一块在这片海滩拉山网的伙伴们都被国民党军队抓走了,就剩下这个谢番薯了。

"番薯哥,你的手怎样,听说抓丁那天晚上你把食指给剁了?"阿义关切地问道。

谢番薯举起少了食指的右手说:"多亏来了解放军的医生,给敷了药,还打了针,已经快好了。这右手少了个食指,干活还可以,拿笔是不行了。好在当年教私塾的'乌鸡秀才'是左手写字,我们也跟着练成了左撇子,没想到还歪打正着哩。不过,缺了'扳机指',这会儿想当民兵都当不成了。"谢番薯有些遗憾。

两个年轻人走到海滩的一片礁石上坐下,海浪轻轻拍打在礁石上。

阿义说:"番薯哥,我听说你当上村农会主席了。今后,你就是咱村'喊头声'的了。"

谢番薯叹了口气,说:"现在,全村除了老人和小孩,全是女人。过去,男人干的活,像拉山网、犁田、插秧、戽水、夜间寻田,如今都得女人来干。还有,村里要成立党支部,要选村长、要成立妇联,要组织民兵,这都遇到困难。"

"为什么?女人就不能入党就不能当村干部啦?"阿义问。

谢番薯叹了口气,说:"我们全村几乎都是被国民党军队抓壮丁的'敌伪家属',这入党、当村干部、当民兵都成了问题。"

阿义望着茫茫的海水,久久没有说话。

谢番薯说:"这段时间,敌特活动特别频繁,区里还派来干部,排查敌特活动和被抓壮丁与亲属的联系。看来敌特一天没破获,对这些女人的怀疑就一天不能排除啊。"

阿义一阵沉默,似乎意识到了什么,他问谢番薯:"番薯哥,你说说,敌特在妙山、鸡公山、羊角山施放信号弹的意图是什么?"

谢番薯沉思片刻,说:"对敌特的意图我不清楚,但从直觉上看,至少造成两个后果,一是造成人心的恐慌,社会的不稳,你没发觉这段时间谣言特别多吗?二是造成政府对被抓壮丁家属的不放心和防备,听说上面对这些壮丁家属如何定性有不同意见。本来这些女人失去亲人就很痛苦,如果又成了被怀疑被监控的对象,这心都凉了啊!"

阿义没想到,曾经是孩子头的谢番薯居然这样有思想。谢番薯的直觉,印证了自己的判断,也增强了他破获敌特组织的紧迫感,这次钵头村没有白跑。他紧紧握着谢番薯的手说:"番薯哥,现在解放了,是咱们穷人的天下了,你是咱钵头村的领头人,一定要让这些遭受苦难的姐妹有盼头有希望啊!"

谢番薯点点头:"阿义兄弟,我知道该怎么做,只是我个人的力量有限啊。听说过几天区工委赵书记要到咱村里来调研,我想到时候带他到乡亲们的家里走走。"

阿义道:"好呀,让他多了解真实情况。对了,这个赵书记叫什么名字?"

谢番薯说:"他叫赵海峰,海南人。噢,听说还曾经在古城开过照相馆呢。怎么,阿义兄弟你认识他?"

阿义自言自语道:"是他,这世界真小呀。找机会我一定再拜会他。"

谢番薯有些诧异:"你们……是怎么认识的？"

阿义没有接谢番薯的话头:"走,番薯哥,趁天色还早,咱看看七叔公去,我还给他老人家带了一瓶治伤的药酒呢。"

铜山古城大街,人头攒动,卖海鲜的、卖蔬菜的、摆水果摊的,中学生街头演出的,再加上被当地称作"凤阳仔"的变魔术卖膏药的,好不热闹。

安放在电线杆上的高音喇叭播放着《全世界人民团结紧》歌曲:

嘿啦啦啦啦嘿啦啦啦

嘿啦啦啦啦嘿啦啦啦

天空出彩霞呀

地上开红花呀

中朝人民力量大

打败了美国兵呀

全世界人民拍手笑

帝国主义害了怕呀

……

一个头戴灰色解放帽、身着深蓝色卡其布中山装、走路有点瘸的中年人,穿过熙熙攘攘的人群,拐到专卖鱼干的澳头街,来到一个挂着"阿香鱼干"招牌的店铺前。老板娘迎了上来:"这位大哥买鱼干吗？你看我这里有丁香鱼、巴浪鱼、鱿鱼、目鱼、扇贝,还有对虾、斑节虾、沙虾、剑虾、虾皮,大哥任你挑。"

中年人环顾左右,问道:"你这有鳖鱼胶吗？"

老板娘答道:"噢,大哥你说的是鳖鱼鳔吧?有,有,到里边看,成色特别好,包你满意。"

老板娘把中年人引进店铺,径直穿过天井来到里屋,又上了阁楼。老板娘轻轻把阁楼的门带上,退了下去。

阁楼里,一个老者模样的人正面对墙壁站立着。

"老板,你先来了。为了安全,我是绕了几条街才过来的。"中年人说。

"注意安全是绝对必需的,要知道,共产党的侦查手段是了得的,连老百姓都成了他们的眼睛。我今天也是化了装才过来的。"老者模样的人慢慢转过身来,只见他留着山羊胡子,戴着一副墨镜,倒有几分像路边的算命先生。

中年人惊诧地说:"章……哦老板不愧是原军统闽南站的,连我都认不出来了。"

这"老者"正是国民党潜伏在铜山岛的特务组织负责人"章鱼"。而中年人则是潜伏组组长阎维山,代号"青鳗"。"章鱼"示意"青鳗"坐下,低声说:"抓紧时间汇报近期情况吧。"

"青鳗"报告道:"根据您的指令,潜伏组在妙山、鸡公山、羊角山施放了信号弹,最近,岛上人心惶惶,根据卧底人员报告,现在共党公安部门和各个区都在忙着排查那些壮丁家属呢!"

"章鱼"冷冷地说:"这是'乌贼'放的第一道烟幕,最近我还要再放几道烟幕,让共党进一步加深对这些壮丁家属的疑虑,这些壮丁家属都成了怀疑对象,看他们基层政权还怎么建立。这就是政治,政治啊!"

"青鳗"问道:"老板您说,接下来我们要怎么做?"

"章鱼"诡秘地说:"你没听外面到处都在播放'抗美援朝'的

歌曲吗？老美主导的联合国军和共军在朝鲜战场打起来了，这第三次世界大战眼看马上就要爆发，我们反攻大陆的时机就要到了。铜山历来是兵家必争之地，反攻大陆的前哨战很可能就发生在铜山岛。台湾电令，要我们配合反攻大陆的军事行动，完成一项特殊任务，这也是'乌贼行动'的组成部分。"

"章鱼"掏出一支钢笔，从笔帽上取出一张小字条，递给"青鳗"，说："这是台湾刚发来已译过的密电，你可以看看。"

"青鳗"小心翼翼地把字条展开，看完电文，他木木地看着"章鱼"，声音有些颤抖："我做梦都盼着这一天，没想到来得这么快。老板您放心，这任务我一定完成。"

"章鱼"划了根火柴，一边烧着字条一边吩咐道："这次任务比起放几颗信号弹，难度大得多，也危险得多，你要多加小心。"

"青鳗"低声请示："老板，我想起用'海蛇'，您看如何？"

"章鱼"不停在房间来回踱着步，终于，他停下脚步，对"青鳗"说："我看可以，该让'海蛇''出洞'了。"

城关区工委书记赵海峰的办公室，阿义见到了赵海峰，他用在古城照相馆接头时的口吻问道："请问赵师傅在吗？"

赵海峰一阵惊喜，他用手顶了顶眼镜，配合默契："我就是。请问你是要来照相吗？"

"是的，你这有铜山风动石的背景吗？"

"有的，我带你看看布景。"

"风吹一石万钧动。"

"鬼斧神工巧弄丸。"

赵海峰热情招呼阿义坐下，沏上铁观音茶，说："你那天离开古城照相馆后，我是忐忑不安哪，当时街上到处是国民党兵和便衣特务，戚伯渡海峡又风高浪急，你万一出事，可就功亏一篑呀！铜山岛解放后，我听说你分配到县公安局工作，特别高兴。对了，前些天到钵头村调研，还听谢番薯提起你呢。本想找个时间去看你，没想却让你抢先一步了。咦，阿义同志，我没猜错的话，你今天不只是来看望我吧？"

看着赵海峰眼镜后面那双善意而狡黠的目光，阿义笑了笑，说："赵书记，我今天看望你是真的，有事找你也是真的。"

赵海峰似乎猜出阿义此行的目的，他半开玩笑半认真地说："阿义同志，你不是一直要找风动石的背景吗？那块真实的风动石就离这里不远，不如我陪你去看看，咱们沿古城墙边走边谈。"

铜山县公安局门口，气喘吁吁的阿螺被值勤的公安战士拦住了。

阿螺着急地说："同志，让我进去好吗？我有急事找许阿义。"

公安战士问："请问你有证件吗？"

"证件，什么证件？"阿螺一脸茫然。

执勤的公安战士对这个没有任何证件、神色慌张的年轻女子高度警惕："这里是公安局，没有证件请你离开。"

林保禄正好夹着公文包走出大门，见状上前问道："到底是怎么回事？"

公安战士敬了个礼："报告林副局长，这个女人说要找许副局长，可没有任何证件。"

林保禄打量了一番阿螺，用缓和的口气问道："你是谁？找许阿义有什么事？"

阿螺说："我叫阿螺，是钵头村的，我是阿义的嫂子，找他有急事。"

林保禄说:"哦,原来你就是许阿义的嫂子,许阿义有任务出去了,不在局里。这样吧,你跟我进去坐坐,我是公安局副局长,是许阿义的同事,你有什么事可以先跟我说,等许阿义回来我再转告他好吗?"

阿螺有些迟疑,她跟着林保禄走进大门,此时,她想起前几天在家时阿义和她的对话:

"那晃动的人影是男的还是女的?你看清是谁吗?"

"当时已是黄昏,看不清楚,不过可以肯定是个男的。我总觉得那人影有点熟,好像在哪里见到过。"

"阿螺你好好想想,慢慢想,想到马上告诉我,这很重要。还有,这事你切记不要对外说。"

阿螺停住脚步,对林保禄说:"阿义不在,我就不进去了,我……还是先回去吧。"说完,扭头就往外走。

林保禄望着阿螺的背影,一脸疑惑。

这一切,被到传达室取报纸的贺梅看在眼里。而二楼左侧窗户,也有一双幽灵般的眼睛在注视着楼下。

阿义和赵海峰登上了古城墙,赵海峰倚靠在墙垛上,望着城墙外的万顷波涛,说:"阿义同志你知道吗,这座古城,始建于明朝,当时是为抵御倭寇而建,抗日战争期间则成了铜山岛军民阻击日寇入侵的重要阵地。由于遭受日本飞机、军舰的轰炸,城墙已多处坍塌。今天,我们站在古城墙上,依然可以感受到古城墙的沧桑和伟岸啊!"

阿义感慨道:"是呀,我们要像这座古城墙,忠诚地守护着一方

登临古城墙,赵海峰向阿义提供了重要情况

百姓的安宁啊！"

两个人沿着城墙边走边谈着。

"赵书记，听说你前不久还到钵头村看望乡亲们。"

"是啊，前些天我到钵头村调研，走访了这些饱受兵灾之害的女人，让我深受触动，她们不仅需要生活上的照顾，更需要精神上的慰藉呀！最近，区里也做了些工作，比如对生病的老人，帮助请医生看病，对生活特别困难的家庭，送些大米，但没有从政策层面上解决问题。我想给县工委写份报告，阐述对这些壮丁家属的看法，建议把'敌伪家属'改为'兵灾家属'，在政治上、经济上、生活上给予关心。"

阿义高兴地说："这太好了！"

赵海峰说："据我所知，石书记很重视，可现在敌特活动这么猖獗，把'敌伪家属'改为'兵灾家属'，大家不放心啊！"

阿义说："海峰书记，这也是我今天找你的主要原因。我们要尽快破获潜伏的敌特组织，挫败敌人破坏新生政权的图谋，同时，用事实教育我们的干部，以利于'兵灾家属'政策的落实。据我们掌握的情况，敌特骨干主要潜伏在城关区，也是你的辖区。破获敌特组织，单靠公安机关的力量不够，还要有成千上万双群众的眼睛啊！"

赵海峰说："我明白了。我把街道干部都组织发动起来。说到这里，我想起了最近我们发现的两个异常情况。"

"什么异常情况？"赵海峰的话引起阿义的注意。

赵海峰低声说："最近，根据街道群众反映，澳头街的'阿香鱼干店'经常有陌生人进出。"

阿义说："鱼干店有陌生人来买鱼干，进进出出很正常的呀。"

赵海峰摇摇头："据反映，这些陌生人有点奇怪，进到鱼干店后就奔里屋去了，出来时也没见买鱼干，而且在里边待的时间都比较长。还有，从屋里出来的人都有个特点，总是下意识地环顾四周。噢，反映情况的群众就住在'阿香鱼干店'的对面。"

阿义点点头，说："真佩服街道群众的警惕性啊！海峰书记你知道那开鱼干店的老板是什么人，是什么来历吗？"

赵海峰说："是个四十岁左右叫阿香的老板娘，几年前从广东到铜山做鱼货生意，后在城关后市街买下临街的房子，开起鱼干店。丈夫及家人情况不明。"

阿义吩咐道："海峰书记，你说的这个情况很重要，让住在'阿香鱼干店'对面的群众继续关注动静，但注意不要让老板娘察觉到。"

赵海峰眨了眨眼睛："阿义同志这还用得着你提醒呀，你忘了我是干什么出身的？"

阿义说："那是。噢，赵书记你说的第二个异常情况呢？"

赵海峰神情有些凝重："我要说的第二个异常情况涉及你们公安局内部的人员。"

阿义有些吃惊："涉及公安局的内部人员，什么情况？"

赵海峰说："是这样，在我们区食堂做饭的老张头有个女儿在红树林酒家当端菜的服务员，最近发现一位干部模样的人经常出入这个酒家，点的都是鱼翅、鲍鱼、龙虾、黄花鱼等海产。有一回，同行的人喝高了，无意中说出他的身份，姓单，是县公安局治安股股长。"

"哦，能说说他的特征吗？"阿义问道。

赵海峰说："我了解了，是中等个子，留着分头，厚嘴唇，脖子上有一块明显的胎记。"

阿义思忖着，没错，是治安股股长单占光。那么，他会不会是出于工作需要，在红树林酒家与特勤联系呢？不，不太可能。那么，会不会因嘴馋，傍上哪个有钱的老板到高档酒店蹭饭呢？不，也不像。

赵海峰拍了拍阿义的肩膀："阿义同志，你看，风动石到了。"

前方一块巨石"搁"在一块卧地凸起且向海倾斜的磐石上，两石接触面仅十余平方厘米，一阵大风吹来，巨石微微晃动。阿义、赵海峰合力推了推，风动石也轻轻摇动起来。

"真不愧是'风吹一石万钧动'啊！"阿义感叹道。

两个人走下磐石，只见一辆吉普车颠颠簸簸开到跟前，贺梅从车上跳了下来，对阿义急促地说："许副，顾局派我来接你，有紧急任务，请快上车，具体情况车上向你汇报。"

阿义对赵海峰说："海峰书记，刚才说的事拜托了，回头再联系你。"

车上，贺梅向阿义简要汇报了情况："一个小时前，局里接到一个匿名电话，报告利民旅社203号客房传出电报的'滴滴'声，顾局派我到城关区接你，我到区里才知道你和赵书记在这里。"

"那顾局呢？"

"因情况紧急，他亲自带着林保禄副局长、徐亮，还有两名公安队员先赶往利民旅社了。"

"那个匿名电话是从哪里打来的？是谁接的电话？"

"查过了，电话是从邮电局付费的公共电话打来的，营业员看挂电话的人戴着口罩，当时也没在意，又正忙着，所以没看清这个人的脸。电话直接打到治安股，是单占光接的，单占光报告林副局长，由林副再向顾局报告的。哎，许副不是我说你，当前形势这么复杂，你怎么还有心到风动石看风景呀！"贺梅话中带着几分怨气。

作为下级，一般不会对分管领导这样说话的，阿义则从贺梅的埋怨中感觉到一份真诚与直率。他对贺梅说:"你当我是来看风景的呀!顾局知道我今天到城关区找赵海峰书记是有任务的,有些事我过后再和你说。"

贺梅想起了在局门口发生的事情:"对了许副,上午有一个叫阿螺的女人到局里找你,说是你的嫂子。"

"阿螺是我嫂子没错,她长什么模样?"

"像是从农村来的,人长得蛮清秀的,哦,眼睛下沿有一对卧蚕。"

"没错,是阿螺。她找我一定有急事,她说什么了吗?"

"她在门口正好碰上林副局长,林副告诉她你外出不在,还请她进来坐坐,说有什么急事可以由他转告你。"

"那阿螺进局里了吗?她和林副说些什么了?"

"没有,她一听说你不在,转身就走了。当时我正好到收发室拿报纸。"

阿义轻轻吁了一口气,说:"贺梅,最近你跟我去趟钵头村。我有预感,我们已经在向'章鱼'逼近,或者说,我们已经感觉到'章鱼'伸出的触手了。"

第五章

203号客房,空气中弥漫着丁香酚气味。

四〇一高地,苏雅茹跳完孔雀舞,坚持送戏到战壕。

利民旅社203号客房，搜查正在进行。徐亮和两个公安队员从床铺底下搜出一个手提箱，打开箱子，发现里边装着一台发报机，在箱子的夹层里，还发现一份潮汐时间对照表，一面可以从地面向飞机发信号的特制反光镜。顾秋生把手背搁在发报机上，感觉发报机还微微发热。他吩咐道："仔细搜查，不要放过任何线索。"

林保禄从厕所门背后发现一撮刚烧过的灰烬，他拨开灰烬，从中找到一小块残留的纸片，纸片上可以辨认出"……家属联络……"字样，他用镊子小心地夹进塑料袋，自言自语道："不出所料啊！"

确认房子已经彻底搜查完毕，顾秋生把阿义和林保禄叫到跟前："从搜查结果看，这位'房客'很可能是台湾派来和潜伏的敌特接头的，我们来迟了一步。许副你通知纪国强，让公安队和民兵加强海岸线巡逻，严防敌特潜逃。林副这边要加强户籍管理，特别要密切关注外来人口。现在收队。你们两位30分钟后到局会议室开碰头会。"

阿义说："顾局，你们先走一步，我想和徐亮再留下一会儿。"

顾秋生点点头："也好。不过要抓紧时间。"

203号客房，剩下徐亮和阿义。徐亮不解地问阿义："许副，这房子我们都反复搜查过多遍了，我敢肯定，不可能再留下有价值的线索了。"

阿义看着徐亮，问道："你不觉得这房间有什么特别的味道吗？"

徐亮用鼻子吸了吸气，说："还真有一股特别的气味，不过有点淡了，像是……像是丁香酚类。我刚才把注意力放在搜索有形的可疑物上，忽略了这股特别的气味，许副你心真细呀！"

阿义问："小徐你是搞技侦的，告诉我这丁香酚到底是啥玩意儿？"

徐亮说："丁香酚是丁香的主要活体成分，在医学上对致病细菌和真菌具有抑制作用，能促进药物透皮吸收，常用于局部镇痛。"

阿义眼睛像摄像机，巡视着房间，仿佛要在空气中，在房子的某个角落找到幽灵般的隐形人。他自言自语着："看来，这丁香酚才是'房客'不小心给留下的线索呀。"

徐亮问："许副你的意思，刚才搜查到的东西是敌特故意留下的……"

阿义没有正面回答徐亮："小徐你通知值班的服务员过来，我有话要问她。"

很快，徐亮从楼下带来一个年轻的服务员："许副，这服务员姓谢，昨天晚上到今天上午都是她值班。"

阿义问道："小谢你还记得住这个房间的客人长什么模样，是什么时间登记入住的吗？"

"是个留着胡子，戴着眼镜的老人家，看起来有60岁左右。是昨天晚上登记入住的。"服务员回答得很肯定。

"你看到他什么时候出去的吗？"

"没有，入住后就没有看到他出去过。"

"确定吗？"

"确定。"

"你们旅社有装电话吗？"

"没有，还没装。"

"好了，谢谢你！你可以回去值班了。"

看着服务员走下楼，阿义对徐亮说："快，附近找个电话机，我要和顾局通个电话。"

县公安局会议室，顾秋生召开正副局长碰头会："我们抓紧时间开个碰头会，对今天的案情做个分析。怎么样，你们二位谁先说？"

林保禄先发言："我来谈谈看法，从今天搜查的情况看，很明显，这位'房客'肯定是台湾派来和铜山岛潜伏的敌特接头的。电台和反射镜是台湾提供给岛上敌特的。电台上的热度说明，'房客'很可能是按预定的时间节点开机接收台湾的指令，意识到有危险后仓促关机的。"

顾秋生微微点了点头，表示赞同林保禄的分析。

林保禄端起茶缸喝了一口茶，郑重其事地说："我感兴趣的是那块没来得及烧完，上面留着'家属联络'字样的小纸片。这是条重要的线索，它说明什么？说明这些国民党兵家属是敌特组织策反的重点对象，甚至这里边就隐藏着敌特分子。据我所知，上次发生信号弹事件的当天，就有钵头村的壮丁家属上妙山。还有，这段时间穿越海峡的电波热闹得很，台湾的广播电台频繁对铜山岛国民党军家属公开呼叫，内容虚虚实实。我认为，有必要把这些敌伪家属列为重点监控对象，对一些嫌疑人，要采取必要措施。"说到"敌伪家属"时，他特地加重了语气，并瞥了阿义一眼。

阿义听完林保禄的发言，站了起来："我来谈谈看法。首先，我不赞成把这些饱受兵灾之苦的女人称为敌伪家属，或者说，把她们当作敌伪家属。理由很简单，她们的男人是被国民党军队强行掳走的，她们是不幸的无辜的。把她们当作敌伪家属，对她们不公，对我们的政权建设不利。我也不赞成把敌特活动和这些兵灾家属挂钩，二者没有必然的联系。没错，信号弹事件就发生在被国民党军队抓壮丁的重点区域。今天，在利民旅社203号房发现了所谓'家属联络'的纸片。然而，我们是不是要想一想，事情怎么会那么巧，为什么偏偏留下这几个字没被烧掉呢？我们是否应该来个反向思维，这一切会不会是敌特的刻意安排，故意设下的局呢？"

林保禄站了起来，话里带着火药味："阿义同志，你真有想象力，放着已经掌握的重要线索不去深入追查，却搞什么反向思维。今天只有顾局和我们两个在，有些话我也不想藏着掖着，你作为分管政保工作的副局长，一而再，再而三地袒护这些敌伪家属，这很危险。我知道，你哥哥阿海现在就是国民党兵，那天上妙山的人员中就有你的嫂嫂阿螺。我不得不提醒你，要注意站稳阶级立场，不要被亲情蒙住了眼睛。"

阿义捏紧拳头，眼睛足足瞪了林保禄一分钟。他努力控制着自己的情绪，终于，用平缓的口气说："林副局长，请你摘下眼镜。"

"你说什么？"阿义的话让林保禄有些错愕，他下意识地用手扶了扶眼镜框。

阿义一字一句地说："林副局长，请你摘下眼镜，你的眼镜色彩太浓了。"

林保禄正要发作，被顾秋生用手势挡住了。

顾秋生说："你们两个都给我坐下。刚才，我没有拦住你们的发言，是想让你们把想说的话都说出来，我都听听。对案情因为看问题的角度不同而存在不同的意见，甚至发生争论、争吵、思想碰撞，都是正常的，但是不应该情绪化，刚才你们两个都有些情绪化了。没错,在办案过程中,需要正向思维,也需要反向思维,然而就现在,不论是正向推理还是反向推理,都还仅仅是一种假设。从前几天的信号弹事件到今天利民旅社203号房灰烬中的纸片,至少说明敌特十分关注这些国民党兵家属。当然,我们要注重事实,但在真相还不明朗时,任何疑点都不能放过,也就是古人说的'疑似之迹,不可不察'。在当前形势下,我们有必要对国民党兵家属及社会关系进行排查,加强监控,在这方面投入更多精力,说不定还可以从中找到突破口。对了,为了加强对反特工作的领导,从今天开始,由我亲自兼特别行动组组长,阿义同志为副组长,对这个决定,下次开局务会时予以确认并补个记录。我还要给二位提个醒,尽管会上有争执,会后还是要好好合作。"

林保禄抿了一口茶,嘴角不经意露出一丝得意。

阿义独自一人坐在空荡荡的会议室里。他在脑海中消化梳理着在利民旅社203号房搜捕行动中掌握的信息。根据服务员反映,"房客"是一位戴眼镜、留胡子的老者,而且入住后就没有看到他离开,可是这位神秘"房客"就这样人间蒸发了,难道他有上天遁地的本领?能够解释的只能是"房客"化装进入旅社,又化装离开旅社。如果是这样,又说明两点,一是这是一位经过专业训练的老牌特工,他的化装成功瞒过了服务员的眼睛。唯一的疏忽是留下那飘荡在空气中的特殊气味。二是"房客"的离开是很从容的,仓促逃离是故意制造的假象。那个戴着口罩打电话提供线索的人是事先安排好的,而单占光在这里充当一个中介的关键角色。这位"房客"和我们玩了个大胆的时间差游戏。如果以上的推断成立,那么房间里留下来的东西就是"房客"的精心安排。敌特为了让我们相信那块没有烧完的小纸片,还搭上一台发报机,并故意留下反光镜和潮汐时间对照表,可谓煞费苦心。其意图就是"绑架"兵灾家属,离间政府与兵灾家属的关系,破坏新生政权。此时,阿义有个预感,敌特这样做似乎还有图谋,就是转移我们的视线,掩盖其他的秘密行动。那么这个秘密行动是什么?假如自己是"章鱼",会是怎么想的呢?站在敌人的角度想问题,这让阿义有一种身份认知的畏惧和强烈的心理抵触,然而,他又必须时常强迫自己这样做,这是一名隐蔽战线战士必须具备的能力和心理素质。

连日来的奔波与熬夜,使阿义感到牙齿一阵阵发疼。他吃了一片去痛片,靠在椅子上,用右手按着左手"合谷"穴位,以缓解疼痛。他继续思考着,刚才,林保禄在碰头会上的态度,自己在利民旅社时就预料到了。为此,他特地赶在碰头会之前给顾秋生打了个电话,向他简要报告了赵海峰提供的两个异常情况,并谈了自己对利民旅社203号房案情的初步判断。刚才的碰头会上,顾秋生局长在会上的表态意在造成中了敌特圈套的假象,局里若有敌特的卧底,相信会把消息传给"章鱼"的。阿义还意识到,会上顾秋生局长做出亲自兼任特别行动组组长的决定,看似是对自己的不信任,实则是为了排除林保禄对特别行动组工作的干扰,支持自己的工作。想到这里,阿义愈发感到责任的重大。

一阵敲门声打断阿义的思绪,阿义开门一看,是贺梅。

"许副,顾局让你立刻去趟他的办公室。碰头会都结束了,你咋一个人关在会议室闭门思过呀?"贺梅没大没小地调侃道。

"没有,就是牙有点疼。"

"难怪看你脸右侧都有些肿了,牙疼不是病,疼了要人命,改天我带你到县医院,院长也是厦门人,我熟悉。哦对了,你们刚才开会，我看单股长拿着文件夹一直在门口等着，好像是有什么急件要送林副看。"

贺梅提到单占光，让阿义心里一怔，他看着眼前的贺梅，这鬼机灵的厦门姑娘是不是在"不经意"中提醒着自己呢？

"还愣着干什么，顾局还在等着你呢，快去呀！"贺梅催促道。

阿义推开顾秋生办公室的房门，见顾秋生正专注地收听着广播。顾秋生示意阿义把门关上，坐下来和他一起听广播。

收音机里传出女播音员嗲里嗲气的声音：

铜山岛许同志，你的哥哥在这边一切安好，最近又荣升中尉军衔，他得知你也在为党国效力，甚为欣慰。你提供的情报很有价值，希望继续做好相关情报收集工作，同时注意保护好自己。最近，3号同志会与你取得联系，联系方式照旧。

铜山岛谢同志，得知你最近又联络了一批家属，积极配合我潜伏人员开展敌后工作，并取得显著成绩，特为你记功一次，今后，你们都是党国的功臣。希望你继续发挥影响力，联络更多的家属效忠党国，为反攻大陆做好相关工作。具体4号同志会和你取得联系。

以上，是对在敌后工作同志的广播。现在，播报今明两天台湾海峡天气……

顾秋生关了收音机，问阿义："怎么样，听了有什么感觉？"

"顾局，我认为这是敌人在和我们打心理战，也是在和潜伏的'章鱼'打配合，企图扰乱我们的视线。"阿义说。

顾秋生点点头："嗯，碰头会前，你给我挂的电话很及时，让我心里有个底。我们是在和看不见的对手斗智斗勇啊！孙子曰：兵者，诡道也。故能而示之不能，用而示之不用，近而示之远，远而示之近。利而诱之，乱而取之，实而备之，强而避之，怒而挠之，卑而骄之，佚而劳之，亲而离之。此诡道十二法，同样适用于谍战呀。"

阿义说："顾局，这个孙子可能从小跟他爷爷学绕口令，那么多'之'都快把我给绕晕了。我是打鱼出身的，没什么文化，能不能理解为敌特千方百计离间政府与兵灾家属的关系，就是妄图使'亲而离之'，最后达到'乱而取之'？而刚才顾局的表态，则是'能而示之不能，用而示之不用'，以麻痹敌人。"

顾秋生乐了："好个许阿义，还跟我玩谦虚，几年的部队侦察历练都把你给练成精了。快跟我说说，下一步你是怎么考虑的。"

阿义说："顾局，我想抓紧对目前已经掌握的线索做进一步的侦查，我判断，'章鱼'的腕足很快就会浮出水面。"

顾秋生问道："阿义你是海边长大的，你知道章鱼的两个特性吗？"

阿义说："明白，章鱼是海底世界中智商很高的生物，它会根据周边的环境随时改变自己的颜色，危急关头，会断足逃生。"

顾秋生说："明白就好，你这渔民没有白当。可到时候别抓了几条章鱼甩掉的腕足，或者捞几条小鱼小虾就要来跟我交差哦！"

阿义想了想，对顾秋生说："顾局，现在岛上潜伏的敌特与台湾的无线电联系很频繁，建议向地区公安处反映，支援我们一辆无线电定位车，同时派一位密码破译专家。"

顾秋生说："这个可以，我和地区公安处联系，要是地区公安处没有，可以请求省公安厅支持。"

阿义说："我建议，无线电定位车到达铜山岛后找一个隐蔽地方停泊，天线也要加以伪装。否则，车子一出动，敌特可能马上就发觉了。还有……"

顾秋生点点头："你说得有道理。还有什么？"

阿义说："还有，假如我们内部真有敌特的卧底，我是说假如，建议先不要惊动他。"

顾秋生饶有兴趣："说下去。"

阿义说："顾局，受你刚才那个'孙子'的启发，我想起小时候看过一出《三国演义》的戏，戏文讲的是曹操派出一名叫蒋干的间谍到周瑜帐中刺探军情，被周瑜识破了，周瑜当作没发现，巧妙地利用蒋干带着假情报反过来迷惑曹操。我们是不是在关键的时候也可以利用现代版的'蒋干'迷惑一下'章鱼'呢？尽管这一招要冒一定的风险，但我觉得这个风险值得冒一冒。"

顾秋生赞许地点点头："你这小子鬼点子还不少呀，都可以到热带丛林当巫师喽！"

阿义故作无奈："没办法，都是让对手给逼的，那'章鱼'不也一直在变着法迷惑我们吗？"

顾秋生沉思片刻，接过阿义的话题："你说'章鱼'一直在变着法迷惑我们，除了想让我们把注意力放在壮丁家属上面，是不是还试图掩盖什么行动呢？"

阿义说："顾局，这几天我也一直在琢磨这个问题。朝鲜战争爆发以来，台湾频繁派出飞机到铜山岛的海滩和驻岛部队阵地低空侦察，似在为军事行动做准备。根据我的经验，空中侦察还要和地面侦察作比对……"

"你的意思是'章鱼'的触手可能伸向驻岛部队阵地？"

"是的。"

四〇一高地，驻岛部队高铁贵营长带着指战员迎来了县支前办主任林坤武率领的文艺小分队。

"高营长，受县工委县政府的委托，今天我带着县文工团文艺小分队前来慰问演出，这是县文工团副团长、也是团里的著名演员苏雅茹，这是手风琴演员崔晓华……"林坤武向高铁贵一一介绍文艺小分队成员。

"欢迎文艺小分队的到来。不好意思，这小山包除了坑道就是灌木丛，到这里演出既没舞台又没布幕，条件实在太简陋了，大家辛苦啦！"高铁贵感激中带着几分歉意。

苏雅茹笑盈盈地说："高营长，再辛苦也没有战士们辛苦。这里，蓝天就是布幕，阵地就是舞台，能为最可爱的人演出，我们感到特别荣幸。"

营房前的空地上，五十多名战士整整齐齐坐在折叠式小板凳上观看文艺小分队的演出。小分队先后演出了《兄妹开荒》《南泥湾》《太行山上》，还有闽南语的"三句半"《阿妹送兄去参军》等节目。

接着，报幕员介绍道："下面，由县文工团副团长苏雅茹为大家表演精彩的孔雀舞。"掌声过后，只见苏雅茹身着象征孔雀羽翼的长裙款款走了上来。在优美的音乐中，苏雅茹用带有寓意的手形与各种跳跃、转动的舞姿，伴随着轻盈的"三道弯"躯体造型，塑造孔雀"林中窥看""漫步森林""饮泉戏水""追逐嬉戏"的神态。

高营长赞叹道："太精彩了，没想到铜山岛还有这样优秀的舞蹈演员。"

林坤武介绍道："这个苏雅茹是师范学校毕业的，因为有歌舞方面的天赋，又追求进步，被留校当了老师。铜山岛解放后，她主动要求到铜山岛工作，县里正好组建文工团亟须人才，她来得正好，就被安排担任文工团副团长，现在是团里的台柱子呢。"

苏雅茹的精彩表演，赢得战士们的阵阵掌声。接下来，她在手风琴伴奏下演唱了苏联歌曲《喀秋莎》《红梅花儿开》《莫斯科郊外的晚上》，又是一阵热烈的掌声。

演出结束后，高铁贵热情地与小分队成员握手道别，苏雅茹问道："高营长，今天战士们都来观看演出了吗？"

高铁贵说："还有部分战士坚守在战壕、坑道的战斗岗位上。我一定会把你们的心意向这些战士转达的。"

苏雅茹语气坚定地说："不，高营长，我们既然来慰问了，就不能少了坚守在战斗岗位的战士，一个也不能少。我们应该送戏到坑道，送戏到战壕。"

"这……"高铁贵有些犹豫。

苏雅茹动情地说："苏联卫国战争时，就经常组织文艺小分队深入前线为坚守在坑道的战士演唱。苏联红军战士正是在《神圣的战争》的雄壮歌声中，冒着隆隆炮火冲向德军阵地的。还有，在抗美援朝的战场上，祖国也派出文工团赴朝鲜战场慰问，在行军路上、在宿营地、在坑道、在战壕为志愿军战士演唱。今天，为最可爱的人演唱，是我们文艺小分队的责任啊！"

林坤武在一旁帮腔："雅茹说得有道理，高营长，就让小分队到坑道去为战士们唱几首歌吧，这也是对战士们的鼓舞和激励啊！"

高铁贵被感动了："那好吧，跟我来。"

阿义竟然带着一个美丽的厦门姑娘回家，这给糯米婶和阿螺带来意想不到的惊喜，她们不约而同把贺梅当作阿义的对象了。自从阿海被抓壮丁，糯米婶几乎天天以泪洗面，而这会儿，她眼里噙着喜悦的泪水，不停地忙进忙出。

阿螺招呼阿义和贺梅："你们两个人先在屋里喝点水，我到门口晾衣服，回来再跟你们说说那天妙山滑梯岩人影的事。"

为了阻挡风沙，糯米婶的家门口围着一圈破旧的小矮墙，围墙内长着一棵老桑树，老桑树下放着一副磨盘。阿螺把一支竹竿架在桑树和矮墙上，在上面晾起了衣服。贺梅见状出来帮着阿螺晾衣服。晾完衣服，阿螺和贺梅、阿义三个人围着磨盘坐下。

阿螺说："这些日子我一直在想，那天出现在妙山滑梯岩那熟悉的人影到底是谁，可想来想去就是想不出来。有一天，阿姆想起阿海又哭了，哭着哭着骂起了'无命'保长李有贵，是他带着国民党兵抓走阿海。阿姆这一骂，使我猛然想起那个熟悉的身影不就是这个李有贵吗？"

阿义说："这个李有贵我还记得，好像是隔壁后港村的。那年大年三十，就是他带着乡公所的护兵到我们家抓丁，当时哥哥不在家，就逼着我顶替哥哥当壮丁。这回，又是他带着国民党兵到我们家抓丁，我躲在木桶里都能听到他的声音。不过，阿螺你能确认那个身影就是他吗？"

阿螺说："没错，是他。哎，这个李有贵是不是不当保长改当特务啦？"

阿义转了个话题："这个……听说前几天区工委赵海峰书记到我们家啦？"

提到赵海峰书记，阿螺有些兴奋："有呀，是谢番薯带着他来的，大家都叫他赵书记。这人挺好的，讲话很和气。他还记得我和阿海结婚时到城关他开的照相馆拍过照片呢。他说咱钵头村女人多，光靠谢番薯一个'和尚'领头还不够，需要有个女人'喊头声'，帮着把妇女组织起来,下海捕鱼,上山种田,大家搞互助。赵书记和谢番薯还说这个'喊头声'的人就是我,阿义你说我能行吗?"

阿义鼓励道:"行,太行了!阿螺你人缘好,你来'喊头声'大家都会听你的。赵书记也会支持你的。"

阿螺说:"是啊,赵书记说了,对男人被抓壮丁的不幸家庭,政府会关心的。只是……只是乡亲们天天都在盼着亲人回来啊!阿义你说你哥什么时候才能回家?这一盼,要盼到哪年哪月呀?"阿螺说着说着,忍不住抽泣起来。

阿螺的话勾起阿义对哥哥的思念,他一阵沉默。

贺梅眼眶含着泪水,轻轻搂着阿螺,她感觉到阿螺的身子在战栗。此时,她特别理解阿螺内心的苦痛,新婚之夜丈夫被抓走,这一走,不知是十年、二十年,还是三十年、四十年,抑或是这辈子再也见不着?谁能告诉她?贺梅不知道该用什么语言来劝慰这位年纪和自己相仿的女人,唯有希望她坚强地活下去。

糯米婶很快张罗了一桌简单却热气腾腾的农家饭菜。吃饭的时候,糯米婶不忘在桌上多放一副空碗筷,那是专为阿海留着的。

"姑娘,叫啥名字,今年多大了。"糯米婶一边给贺梅夹菜一边问道。

"阿姆,我叫贺梅,今年二十一岁了。"贺梅讲的也是闽南话,她顺着阿义的口吻,也称糯米婶为"阿姆",这让糯米婶乐得心都快化开了。

"姑娘,和人讲亲了没有?"糯米婶问道。

贺梅脸颊泛红:"阿姆,还没呢。"

糯米婶高兴地说:"太好了,姑娘今年二十一,我家阿义今年二十三,属相也合……"

阿义赶紧打断糯米婶的话:"阿姆,你说什么呢,我和贺梅只是同事。"

"同……同事是什么呀?"糯米婶问道。

阿义认真地说:"同事就是在同一个单位里共事,也就是说,我俩只是同志关系。哎,阿姆你别再问什么是同志关系了,反正……反正不是你想的那样。你一见面就说这些,人家以后都不敢来我们家了。"

贺梅轻轻踩了一下阿义的脚,用普通话小声说:"谁说以后不敢来你们家了……"

傍晚,阿义应贺梅的要求,在离开钵头村之前,带着她到月牙湾走走。此时正值退潮,海滩显得平缓而辽阔。贺梅脱掉鞋袜,卷起裤脚,光着脚丫踩在柔软的海滩上。

贺梅快步赶上阿义:"许副,能给我讲讲你小时候的经历吗,我有些好奇。"

阿义说:"我小时候先在村里读私塾,后来,到乡上读了小学,算是我们村里的知识分子了。阿姆和哥哥说我是块读书的料,家里就是再穷也要供我上初中,我到城关念了两年初中,就辍学回来跟着哥哥在月牙湾拉山网。我喜欢大海,喜欢那迎着风浪行驶的帆船,于是就跟着余满舱大叔,就是婉儿婶的丈夫出海捕鱼了。要不是后来发生这么多事情,我现在都成船老大了。好了,今天先讲这些,下回再给你讲讲我小时候到离岛掏鸟蛋,还有在月牙湾发现日本鬼子尸体的故事,更多精彩留在后头。"

贺梅埋怨道:"许副我发觉你有点坏,什么时候学会吊人家胃口了。"

阿义说:"你光问我,也说说自己呀,我也想听听呢。"

贺梅说:"好吧,我的经历很简单,我生长在厦门,父亲是小学教师,母亲是护士。我小时候特别喜欢看柯南·道尔写的《福尔摩斯探案全集》,一直幻想长大当一个女福尔摩斯。高中毕业后,正好碰到厦门市公安局招录公安干警,我就报名了,录取后参加华东地区公安侦查员的强化培训,当了厦门市公安局一名侦查员,在一次抓捕特务的行动中还立过功呢。后来,铜山岛解放,我就调到铜山县公安局来了。下回再给你讲讲我抓特务的故事,更多精彩留在后头。"

贺梅只顾着说话,不知不觉顺着沙滩的斜面往海里走,一个浪头打了过来,阿义赶紧拉住贺梅,贺梅顺势靠在了阿义肩上。阿义不好意思地说:"对不起,我是怕你被海浪拖下去。"

贺梅撇了撇嘴说:"告诉你,我是故意往海里走的……"

平安扣

第六章

无线电定位车在铜山古城街道穿行。演武亭176号牙科诊所，阿义造访了牙医白修德。老鹰岩前再次出现发报声。

"阿香鱼干店"里屋小阁楼，"章鱼"正踱着步，听着"青鳗"的汇报。

"根据卧底的'土龙'报告，利民旅社203号房留下的'线索'已经吸引了共党公安机关的视线，特别是那张没烧完的纸片，共党公安机关如获至宝，加上信号弹事件，还有台湾广播电台的呼唤，够他们查上一阵子了。"

"章鱼"问道："'土龙'那边还有什么消息吗？"

"青鳗"汇报："'土龙'还提供了一个重要情况，公安局新来一个有侦察经验的副局长叫许阿义，代号'剑鱼'，是负责政保的，哦，就反间谍的。因为他哥哥许阿海在金门当兵，共党的公安局长开始对他不信任，听说有位副局长还和他杠上了。"

"章鱼"停下脚步，说："很好，让他们内部折腾去吧，这正是我想要的。不过我觉得这个许阿义还是不可小觑，这条'剑鱼'也许是我们遇到的真正对手。你告诉'土龙'，想办法弄到这个许阿义的照片还有基本情况，包括婚姻情况以及性格、特征、爱好，对了，还有习惯性动作，越具体越好。不要人家哪天坐在你面前喝咖啡你还不知道。嗯，你接着汇报一下'海蛇'的情况。"

"青鳗"说："老板，我正要跟您报告，'海蛇'表现很好，这段时间，不显山不露水地就完成了对共军守岛部队四〇一、四〇二高地的工事地形图的绘制，有的地方还标出坑道的位置。现在只剩四〇三高地了。"

"章鱼"紧绷的脸上露出一丝笑容:"干得好。'海蛇'不愧是经过专业训练的特工,是党国的谍报人才呀!我要亲自见'海蛇'一面。"

"青鳗"提醒道:"老板您知道,台湾保密局特派员在撤离铜山时特地交代,潜伏组就像一只舰船,每个潜伏人员就像舰船里带水密门的船舱,万一哪一个船舱进水了,就把哪个船舱的水密门关死,不致影响整艘船。潜伏人员中,就我和报务员可以直接和您联系,为了确保您的绝对安全,我和报务员身上都带着氰化物,随时准备……"

"章鱼"打断"青鳗"的话:"我知道你对党国的忠诚。干我们这一行,是在刀尖上舔血,不得不小心。不过,'海蛇'是我的学生,本来和我就很熟悉,我见'海蛇'是还有重要任务要布置。"

"青鳗"问道:"那,见面地点还在这里吗?"

"章鱼"说:"不,不能在这里,包括以后你和我见面也不要到这里了,接头地点启用备用方案。对了,我还得提醒你,以后你自己也少到这里来,你应该懂得我的意思。"

"青鳗"连连点头:"我懂得,我懂得。老板是不是发现'阿香鱼干店'周围有什么异常?"

"章鱼"摇摇头:"不,是直觉。多年的谍报经验证明,直觉是一种潜意识的本能反应,是一种综合的感觉,直觉有时说不清道不明,但非常重要。"

这时,楼下传来嘈杂的人声。"章鱼"和"青鳗"不约而同地拔出手枪闪在门后,屏住了呼吸。

楼下的声音渐渐安静下来,阁楼响起有节奏的敲门声,"青鳗"确认是老板娘阿香的敲门暗号,慢慢把门拉开,阿香走了进来,脸色苍白。

"青鳗"惊魂未定："刚才楼下是怎么一回事？"

阿香说："是街政府干部，来查户口的。"

"青鳗"问："就查一家吗？"

"是沿街查过来的，挨家挨户查，这段时间查得特别紧。我刚才是担心他们万一上楼来……"阿香依然心有余悸。

"章鱼"用平缓的口气对阿香说："别紧张，这些街道干部只是例行公事。你下去照常卖鱼干，一定要淡定，等这些街道干部走远了再上来说一声。"

看着阿香走下楼，"青鳗"吐了一口气，对"章鱼"说："老板，我这会儿真相信您的直觉了。"

无线电定位车在铜山古城街道穿行。阿义同两名无线电侦测技术人员坐在车上，省公安厅密码破译专家鲁欣戴着耳机，眼睛盯着仪表，不断调整着无线电频率。侦测员郝明聚精会神看着地形图，随时报告无线电定位车所处的方位。鲁欣则适时通报无线电波侦测情况。

"现在进入打铁街，发现无线电波，讯号微弱，方向东南。"

"现在进入炮仔街，无线电波讯号时断时续，方向东南。"

"现在进入半壁街，讯号逐渐清晰，方向东南。"

"现在，正沿着海门路走。噢，再往前开就出城往海边走了。"郝明指着地图，向阿义报告。

"继续开，开到不能开为止。"阿义吩咐。

侦测车开出古城，在杂草和灌木丛中颠簸前行，终于，在一块岩石跟前停了下来，前面是大海。

鲁欣告诉阿义："许副局长，这里是澳仔角，无线电波中断了，应该是对方停止发报。我们是傍晚6点50分侦测到无线电讯号，现在是晚上7时整，和前两次侦测的时间段大体一致。"

阿义和侦测人员下了车，阿义拔出手枪，警惕地巡视着周围，问道："发报地点是不是就在这附近？"

鲁欣说："根据刚才讯号强度判断，发报地点距离这里应该还有两三公里，方向东南。"

阿义看见前方海面上有座一平方公里的离岛，岛的最高点有一座石塔。是塔屿，难道那就是敌特发报的地点？

阿义记得塔屿上有一座寺庙，寺庙里住有方丈还有几个小和尚。小时候，阿姆曾带着他和哥哥阿海乘渡船到岛上的寺庙烧香。岛屿上的石塔叫文峰塔，建于明嘉靖年间，是渔民和过往商船的航标。阿义想，如果敌特是在塔屿发报，那么发报机应该隐藏在岛上某个人迹罕至的地方，而且，发报员应是往返于主岛和离岛间渡船的常客。

阿义决定造访塔屿。

连日的劳累，让阿义的牙疼加剧，发着低烧。他靠在椅子上，坚持着听贺梅的汇报。

"许副，根据你的安排，我调查了'阿香鱼干店'的来历。老板娘真名叫白菊，广东澄海人。丈夫是国民党上尉军官，淮海战役中失踪，下落不明。这个白菊两年前到铜山岛做鱼干生意，后来在城关澳头街买下临街的一套老屋，开起了'阿香鱼干店'，平时人来人往比较多，据街坊群众反映，有位四十岁左右的中年男人经常到她家过夜。"

"这个中年男人有什么特征？"

"中等个头，很壮实，像是行伍出身，就是走路有点瘸。"

"还有什么情况？"

"还有，我找到老张头的女儿，也就是红树林酒家端菜的服务员，她提供了一个重要情况，那个经常和单占光一起吃饭的中年人也是中等个头，走路同样有点瘸。"

"噢，说下去。"

"有一回老张头女儿端菜走到包厢门口时，隐约听到包厢里单占光说到酱鱼什么的，一看有人端菜进来，立即打住，转到别的话题。我在想，闽南人发音容易'an''ang'不分，单占光说的'酱鱼'会不会是指'剑鱼'呢？"

阿义听了贺梅的分析，不由倒吸一口气，"剑鱼"不正是自己的代号吗。他对眼前这位厦门姑娘由心地赞赏："贺梅，你的侦查工作做得很好，今天汇报的情况非常重要，这些情况要严加保密。刚才，顾局找我说了，县工委石泰山书记十分关注我们工作的进展情况，希望我们尽快破获潜伏在铜山的敌特组织，务必做到一网打尽。我们现在已经把网撒开，关键是怎样才能做到一网打尽，这个任务很艰巨啊！"

贺梅问道："许副你说下一步我们该怎么做？"

阿义说："你稍微准备一下，近日和我去一趟塔屿，根据无线电侦测，那里很可能是敌特的发报地点，这或许是我们的突破口。"

贺梅说："我看你脸颊都肿起来了，这样还怎么去执行任务。你还是先去看医生，把牙齿治一治。前些天我看你牙疼得厉害，就联系了县医院院长，哦，是我在厦门的一个老街坊，他说铜山县医院口腔科刚刚成立，还缺有经验的牙科医生，他介绍城关演武亭176号有家私营牙科诊所，医生叫白修德，是日本留学回来的，听说医术很好。要不我陪你去看看。"

阿义右手捂着脸颊，说："也好，我先去看看，不过，不需要你陪，我是个渔民，你明白吗？"

贺梅会意地点点头："我明白了。"

石泰山在赵海峰和谢番薯陪同下走访了钵头村。

在月牙湾，他看到，钵头村的女人汗水夹着泪水，艰难地拉着网绳，唱着以前男人们拉网时唱的号子歌。号子声声，撕人心肺……

池塘边，钵头村的妇女为了给庄稼戽水，把扁担插在一头，将戽桶一端的绳子系在扁担上，自己背着孩子拽着戽桶另一端的绳子，一桶一桶地从池塘往庄稼地戽水。过去夫妻俩一起戽水变成了单人戽水。戽着戽着，扁担倒下了，戽桶撞碎了，女人的心也随之碎了……

榕树下，钵头村的妇女一边织着渔网，一边唱着自己编的《戽水谣》：

扁担无力好相帮，阿妹戽水真艰难。戽桶打散脚手软，婴仔田坎哭呛呛。阿兄被抓去台湾，阿妹身边无半人。唔知（不知）阿兄何时返，夫妻斗阵来种田。

歌声如诉如泣，催人泪下……

在这些女人的家中，石泰山见到饭桌上多摆的一副碗筷，那是特地为离别的亲人摆下的。她们用心收藏的一把手电筒、一块银圆、一只布鞋……这是她们的男人被抓壮丁时留下的。现在，见物如见人，见物不见人，女人的心在流泪、在流血。

石泰山特地带上一小坛米酒烧拜访了七叔公。

七叔公得知共产党在铜山岛最大的官居然上门来看望他，这位倔强的老人感动得流下热泪。

他握着石泰山的手说:"我谢明德出生在清朝,经历了民国,现在到了新社会。这辈子见过许多官,也见过许多兵,只有共产党的官、共产党的兵对老百姓好,得人心者得天下呀!"

石泰山说:"七叔公,你的情况我都听说了,你是抗日英雄,是功臣呀。以后,政府对你的生活,包括对村里所有孤寡老人的生活都会给予照顾,一定让你老人家过上幸福的晚年。"

七叔公用充满期待的眼神看着石泰山,说:"石书记,我老汉今天有一事求你了……"说着弯下双膝。

石泰山急忙蹲下身子,扶起七叔公:"七叔公,您老人家千万别这样,我受不起呀!您有话尽管说,我石泰山听着呢。"

七叔公说:"石书记,你知道,国民党军队撤离铜山岛时到处抓丁,我们钵头村男丁抓得只剩下阿义和番薯两个,许多女人都成了活寡妇,她们苦呀!共产党要救她们于苦难啊!"

石泰山扶着老人,眼眶湿了:"七叔公,你的话我都记住了。"

石泰山和赵海峰带着沉重心情离开钵头村。月色溶溶,渔村寂寂。赵海峰感叹道:"这是一座历经苦难、盛满悲伤的村庄啊!"

石泰山说:"是啊,一想起那些失去亲人的妇女无助的眼神,我心里就特别痛。七叔公说的话是铜山岛父老乡亲对我们的信任与期盼,我们不能让他们失望哪!我相信,这个历经苦难的村庄是正在迎来新生的村庄,铜山岛也是一座正在迎来新生的海岛!"

演武亭176号牙科诊所,牙医白修德认真询问了阿义牙疼的症状。他告诉助理:"我带这个病人到诊疗室,如果有其他人来看牙,你先接一下。"然后把阿义引进了诊疗室,他让阿义躺在专用椅子上，用医疗器械仔细认真检查着他的口腔。阿义感觉到这个白医生衣服上散发着一种气味，这气味好像在哪里闻到过。

"这位小兄弟，你是怎么找到这里的？"

"噢，这段时间我牙疼得厉害，我先到县医院，才知道医院现在还没有牙科医生，后来听说在演武亭有个牙科诊所，诊所的白医生是治牙疼的名医，我就找到这里了。"

"你早就该来看了，你的右下第一磨牙也就是大牙，龋齿很严重。"

"什么是龋齿？"

"哦，就是蛀牙，这龋齿的蛀洞已经很深，你的神经疼痛就是蛀牙引起的。建议你做根管治疗。"

"是吗，什么是根管治疗呢？"

"根管治疗就是把有病变的牙齿根管打开，把发炎、坏死的牙髓组织清除干净，再封上消炎药，最后做根管充填，还要给牙齿套上金属冠，以防牙齿裂了。"

"这么复杂呀，整个手术需要多长时间？"

"前后需要经过三次手术，每星期做一次，整个过程需要一个月时间。"

"我怕没有那么多时间来做手术，医生，能不能先帮我镇痛一下，以后再做那个根管治疗？"

"这个……我可以先给你磨牙的蛀洞塞些消炎镇痛的小棉球，不过要根本解决问题，还得做根管治疗。"

白修德拧开一个小瓶子的盖子，一股刺鼻的味道弥漫在空气中。阿义心里一震，这不正是在利民旅店203号房间闻到的气味吗？他瞄了一眼白修德手中的药瓶，只见上面写的正是"丁香酚"。阿义告诫自己,一定要保持镇定,千万不能表现出一丝的慌乱。

白修德用镊子小心地从药瓶里夹出含丁香酚的小棉球,用探针熟练地将棉球塞进阿义磨牙的蛀洞,上完药后,他拧上瓶盖,和阿义聊了起来。

"小兄弟是在哪儿挣钱,忙得连做根管治疗都没时间。"

"噢,我是讨海的,过几天又要出海了。"

"这铜山的鱼真好吃,种类又多,哎,这个时节什么鱼最好吃呀?"

"一鯃二红鲨,三鲳四马鲛,五鳘六鲛鳓,七鳗八鱿鱼,九蟹十青鲨,十一是红鲚,十二最美是龙虾。现在农历五月,白医生你可以多买些鳘鱼鳔滋补滋补。"

"噢,被你一说,我都快流口水了。我特别佩服你们讨海人,行走在浪尖上,每次出海,家里人都要为你们担心哪。对了,你们在海上捕鱼,遇到风暴怎么办?"

"行船讨海三分命呀!我们渔民出海捕鱼最怕'弯弓起'天气,就是西北边出现大片乌云,大风暴雨随着就到。这时如遇到刮西风,船又回不了港,情况就非常不妙。"

"那该怎么自救呢?"

"这时候,就要赶紧降下帆,调整船的朝向,让船头顶着风,然后在船头抛锚,这锚是最后的生命保障,我们渔民叫作'安家锚',如果这时万一锚绳断了,那只能葬身海底了。"

"如果这时渔船还拖着一网鱼怎么办?"

"那就把渔船退到渔网后面,让渔网牵住船头。如果风浪实在太大,那就斩断渔网,保命要紧啊!"

白修德感叹道:"做渔民真不容易啊!"

这时，诊疗室门外传来了助理的声音："白医生，有一位病人找你。"

白修德对阿义说："你先在这里躺一下，我出去看看，回来再给你开些止痛药。"

阿义看见白修德走了出去，迅速从手术椅上站了起来，他走到摆满药品的桌子跟前，找到了写有"丁香酚"的药瓶，拧开瓶盖，用镊子从药瓶里夹出一个小棉球放进口袋，又把药瓶的瓶盖拧上放回原处。他刚坐回手术椅，门口就传来了白修德的脚步声。

"许副，找我是有新的任务吗？"徐亮来到阿义办公室。

阿义指着放在桌子一张白纸上的小棉球，说："小徐你闻到这小棉球散发的气味了吗？"

徐亮说："我一进门就闻到了，是丁香酚的气味。"他再俯下身子嗅了嗅小棉球，忽然眼睛一亮："许副，这就是那天在利民旅社203号房闻到的气味。没错，就是它！"

阿义吩咐道："你把这棉球拿去化验一下，进一步确认它含的化学成分。"

徐亮掏出随身带的小玻璃纸袋，把棉球小心地放进袋子里，离开了办公室。

阿义一个人关在办公室思索着，丁香酚是牙科必备的外用消炎镇痛药，而在城关古城，牙科诊所仅此一家。他判断，这个牙医白修德很可能就是利民旅社203号房那个不翼而飞的神秘房客。今天的遭遇，可真是歪打正着呀。

阿义仔细回忆着在牙科诊所与白修德接触的每一个细节。白修德有一搭无一搭地和他聊起渔民出海捕鱼那些事，实际上是在试探他的真实身份，相信自己的应对没有露出破绽。从药瓶取出含丁香酚的小棉球，相信也没有被发觉。然而，如果公安局有内鬼的话，自己身份的暴露是迟早的事，那样就会打草惊蛇，一网打尽潜伏敌特的计划就会落空。下一步该怎么办？

一个大胆的行动计划在阿义脑海里形成。

阿义的判断没有错，这次让他无意中撞上的牙科医生正是潜伏在铜山的敌特组织负责人"章鱼"。此时，他正在诊疗室为"青鳗""看牙"。

"青鳗"把一个信封交给"章鱼"："老板，这里边是'土龙'提供的铜山县公安局分管政保副局长许阿义的照片和个人有关情况。"

"章鱼"接过信封，取出里边的照片，一看怔住了。

"青鳗"问："怎样，老板认识这个人？"

"章鱼"沉着脸："昨天刚认识的，到我这里看牙齿，我们还聊过一阵子。难怪我总感觉这个渔民不一般。"

"青鳗"紧张起来："老板是不是被这条'剑鱼'给盯上了。"

"章鱼"摇摇头："不，这个许阿义牙病是真的，他是先去县医院然后再找到我这里的。我相信，昨天的见面，是出于偶然。不过，这是一次危险的预兆，一次危险的预兆呀！"

"青鳗"说："要不要让狙击手找机会把他给……"

"章鱼"打住他的话："不，这样做风险太大。让我想想，应该有更好的解决办法。"

"章鱼"从信封里取出一张纸，上面写着许阿义的简介：

许阿义，男，现年23岁，文化程度初中，未婚，铜山县钵头村人，当过渔民。现为铜山县公安局副局长，特别行动组副组长（原为组长，因其兄的关系，被调整为副组长），代号"剑鱼"。之前为共军某部侦察排排长，某团作战参谋，具体部队番号不详。此人头脑敏捷，有军事素养，侦察经验丰富，且熟悉铜山岛情况。习惯性动作，思考问题时会下意识地用右手手指轻轻叩击桌子。

其兄许阿海，读过私塾，文化程度不详。现在金门服役。

其嫂谢阿螺（自幼为许家抱养，户口登记时随其养母即现在婆婆姓），在钵头村靠种田和拉山网维持生计。

母亲，谢糯米，年老在家。

"章鱼"看了简介，冷冷一笑："共党的警惕性不是很高吗，咱就再玩一把，来个一石二鸟。"

古城码头，阿义和贺梅装扮成一对到塔屿寺庙烧香的恋人，上了往返于塔屿和铜山主岛间的渡船。此时阿义并没有想到，这次和贺梅上塔屿有了意外的发现。他更意想不到的是，在他离开主岛后，发生了一件匪夷所思的事，而事件的发生地就在钵头村附近的妙山。

一早，顾秋生接到城关区派出所报告，在妙山背面一间废弃的旧房子里，有敌特留下的武器和相关物品，这是钵头村几个到这里玩耍的小孩发现的。顾秋生立即带上林保禄、徐亮和几名公安队战士，在派出所所长的带领下，来到旧房跟前。

派出所所长报告："这间房子是一位在妙山采石头的石匠临时搭盖的，由于当地百姓担心在这里采石会破坏妙山的风水，就把这个采石匠给撵走了。"

顾秋生一行走进房子，发现房间角落有一颗美制手雷、一条国民党军用毛毯，还有一件当地女人的上衣，一条粉红色围巾，围巾上绣着一个"海"字。地板上，还发现了柴火烧烤过的痕迹。

林保禄凑到顾秋生耳边，小声说："顾局，我认出来了，那天许阿义的嫂子阿螺就是穿着这件衣服到局里来找许阿义的，你可以了解一下那天值班的公安战士。据我所知，这围巾也是当地女人用的，主要是为了遮拦海边的风沙。"

顾秋生神情严肃地说："林副这事就交给你，查清这件女式上衣和围巾的主人，要快，但注意不要弄出动静。"

林保禄说："顾局，我明白。"

顾秋生走出房子，透了透气，点上一根烟，思索着：如果说，女式上衣和粉红色围巾的主人是阿螺，那么，那颗美制手雷和那条军用毛毯就是许阿海的了。如果是这样，情况就很严重了，这将涉及负责政保的副局长许阿义，而阿义的侦查工作已取得突破性进展，当前正是处于破获潜伏敌特组织的紧要关头，临阵换将，必将给工作造成损失。这会不会是"章鱼"制造的现场，布下的局呢？完全有可能。这种结果，不正是"章鱼"想要的吗？可是，如果女式上衣和围巾被证实是阿螺的，那又是怎么跑到这房子里来的呢？

顾秋生问站在一旁的派出所所长："是谁最早报告这房子情况的？"

派出所所长说："是钵头村的农会主席，叫谢番薯，人很可靠。他听跑回村里的小孩说到旧房子里的情况后，第一时间来派出所报告的。"

顾秋生说："告诉谢番薯，我想和他聊一聊。哦，约他到一个安静的地方喝喝茶，环境宽松点。"

阿义和贺梅上了塔屿，两个人并没有到寺庙烧香，也无心欣赏岛上的奇礁怪石，而是沿着石径向立着文峰塔的主峰攀登。阿义之所以选择文峰塔，一方面是这里是塔屿的最高点，可以俯瞰全岛，便于观测，一方面是他怀疑敌特电台就藏匿在石塔的某个地方。一会儿，阿义和贺梅来到文峰塔前，这里人迹罕至，周围一片寂静。两个人绕着石塔仔细观察，只见塔身为花岗岩砌成的八角形实心建筑，共有七层，每层有八个面，面面都有浮雕。塔顶由两个葫芦状石头叠成。看来这石塔不可能藏匿电台，而且在主峰顶端发报，虽然视野宽阔，但也容易暴露目标。那么，敌特会选择在什么地方呢？

阿义发现，主峰东面，怪石嶙峋，有的如渔翁垂钓，有的像仙女镜台，有的似神龟悟道，有的若展翅欲飞的老鹰。

阿义小声对贺梅说："走，下去看看。"

不一会儿，两个人来到老鹰岩前，阿义看看腕上的手表，时间是傍晚6:30，按以往无线电侦测，距敌特发报时间还有20分钟。阿义和贺梅隐蔽在岩石下一片灌木丛中，警惕地观察着周围的动静，只见周边除了巨石就是灌木，氤氲的雾气透着几分诡秘与莫测。

阿义向贺梅比了个手势，提示她朝右前方2点钟方向看，只见一个人影在灌木丛中忽隐忽现，然后消失在一片巨石后面。不一会儿，从巨石方向隐隐约约传出发报机的"嘀嘀"声，阿义一看手表，正是傍晚6:50。发报机的声音持续了十分钟停了下来，大约又过了十分钟，那个人影又出现在巨石前，很快就消失在灌木中。

阿义和贺梅来到巨石跟前，发现巨石旁长满茅草和灌木，在一丛灌木的后面，隐藏着一个石洞，两个人猫着腰进入石洞，发现这其实是由三块岩石拱起的天然石室，面积大约有六平方米。石室的角落放着一支小竹竿，明显是发报时用来架设天线的。阿义判断，电台一定藏在石室的某个地方，可他仔细搜索石壁四周，一时看不出藏匿电台的痕迹。

贺梅提醒阿义："许副，我们还是先撤吧，现在还可以赶上最后一趟返回主岛的渡船，再迟咱俩可就得在这小岛上过夜啦。"

阿义叮嘱贺梅："今天的情况，回局里对任何人都不能说，由我直接向顾局汇报。还有，回去在渡船上咱俩一定要像一对恋人，因为，发报的敌特有可能会和我们同乘一条船。"

贺梅从心底佩服阿义考虑问题的缜密，她瞥了阿义一眼，说："那你可得主动点，像不像恋人看你。"

公安局小会议室，顾秋生正听着林保禄的汇报。

"顾局，根据调查，那件女式上衣是阿螺的确切无疑，这点也得到了那天值班公安战士小廖的证实。还有，那条粉红色的围巾也是阿螺的，据了解，是前几天阿螺和村里的几个女人逛城关百货商店时买的，围巾上的'海'字是她后来绣上的。"

顾秋生点了一根烟，说"那你对这件事怎么看呢？"

林保禄说："顾局，情况已经很清楚，许阿海作为国民党特务被派遣回来了，而且和妻子谢阿螺见了面。本来他有一个投案自首的机会，可是他放弃了。不错，他被抓壮丁之前，也许是个朴实善良的农民、渔民，可人是会改变的，完全有可能在那边被洗脑了。还有……"

"还有什么？说下去。"

"顾局，那我就直说了，如果许阿海回来，他弟弟许阿义不可能不知道，许阿义本应动员哥哥投案自首，可是他没有，这性质就严重了。许阿义现在的身份是县公安局分管政保的副局长，还是特别行动组副组长，这可是一个十分敏感和要害的岗位呀！我觉得，至少在查清问题之前，他不合适在这个岗位上再干下去，万一他跟敌特有牵连，我是说万一，那后果将不堪设想。顾局，我觉得该当机立断了。"

顾秋生吸着烟，静静地听着林保禄把话说完，语气平静地说："你的意思我明白了，我会综合考虑的。事关重大，我得请示上级领导后再说。"

林保禄问："那对谢阿螺是不是要采取措施？"

顾秋生想了想，说："先不要惊动，我自有分寸。"

第七章

平安扣 *Blessed Jade Pendant*

一连几天见不到阿义的踪影，贺梅感到不安和困惑。白修德接过『青鳗』手中的钢笔，一脸狐疑。诱捕行动。

连续几天，岛上刮起了大风，黄沙差点把糯米婶两间低矮瓦房的门给封住。阿螺忙着用土箕往外搬沙，这些活，以前是和阿海一起干的，现在只能靠阿螺了。

糯米婶见阿螺头上脖子上沾满了沙土，心疼地问道："阿螺你不是有条围巾吗，怎么不围上？"

阿螺说："阿姆，我的围巾和那件带花格的衣服前些天晾在院子里不见啦，也许是被风给刮走了。"

糯米婶有些纳闷："前些天没起风呀！有一天晚上狗吠个不停，会不会是哪个贼娃子偷走的呢？"

阿螺说："可咱村从没出过贼娃子呀，过去在院子里晾衣服也没有被偷过。哎，丢就丢了，我再买一条就是。只是那条围巾颜色我很喜欢，上面还绣着阿海哥的名字，丢了怪可惜的。"

一听阿螺提起阿海，糯米婶不由伤感起来。这时，她又想到了阿义："阿义好久没回家了，这孩子不会出什么事吧？"

一连几天见不到阿义的踪影，这让贺梅感到不安和困惑。那天在塔屿发现了敌特发报员的踪迹，本来应该迅速组织力量到石室周边设伏，实施抓捕，可偏偏这个时候阿义却人间蒸发了，连个口信都没留下，到底出啥情况了呢？

在过道上，贺梅正好遇上了徐亮，她问道："小徐你知道许副去哪儿啦，怎么好几天没见他来上班呀？"

徐亮顾盼左右，小声对贺梅说："走，到你办公室说。"

办公室，徐亮向贺梅简要讲述了那天妙山发生的情况，他分析道："如果那件女式上衣和围巾被证实是阿螺的，那就反证出那颗美制手雷和军用毛毯是许阿海的。你想想，许副是许阿海的亲弟弟，这必然会牵涉到他。"

贺梅说："通过这段时间的接触，我对许副还是了解的，这肯定是敌特设下的局，上回在利民旅社203号房，敌特不就玩过这把戏吗？"

徐亮说："这回情况有些不同，如果是敌特故意设局陷害，那是怎样得到这些私人物品的呢？"

贺梅一时语塞，忽然，她想起那天在阿螺家门口帮着晾衣服的情形："我到过阿螺家，看到她家的衣服就晾在门口的桑树旁，会不会是……"

这时，门口传来通讯员的声音："贺股长，顾局长通知你到他办公室去一趟。"

贺梅来到顾秋生的办公室，见林保禄和单占光也在里面。

顾秋生说："现在开个碰头会，我通报一个情况，当前隐蔽战线的斗争尖锐复杂，对以'章鱼'为首的潜伏敌特组织，我们的侦破工作至今依然没有取得突破性进展。不久前，我们在利民旅社203号房发现了敌特的发报机，就在前几天，我们又在妙山发现敌特留下的美制手雷和相关物品。下一步，我们要抓住以上两条线索，加大侦破工作力度，你们治安股和政保股要加强配合，服从特别行动组的需要。对了，讲到这里，我还要说个事，最近，组织上决定调许阿义副局长到上海学习，政保股暂时由我管，贺梅股长的工作就直接向我汇报。"

贺梅忍不住了，问道："顾局，我能发表一下看法吗？"

顾秋生说："可以，你说吧。"

贺梅说："我觉得，这时候调许副去学习不合适。正如顾局你所说，当前正处于侦破潜伏敌特的关键时刻，许副熟悉铜山岛的情况，又有侦察经验，他的工作是其他人一时难以替代的，这时候调他去学习，犹如釜底抽薪，是对特别行动组的严重削弱，建议组织上重新考虑决定，等破完案后再安排他去学习。"

林保禄插话："贺梅你也太夸大许副个人的作用了，什么其他人难以替代？特别行动组的组长还是顾局长嘛！组织上让许副去学习，肯定有组织上的考虑，这对他，对工作都有好处。"

贺梅回道："什么对他，对工作都有好处？我认为是对他不公，对工作不利。我知道，林副你是指妙山那间废弃房子发现的东西牵涉到许副的哥哥和嫂嫂，我认为现在下定论还为时过早。"

林保禄说："现在即便还不能下定论，但也不能排除呀！我认为让许副离开岗位去学习的决定是正确的必须的。贺梅，你确实是很优秀，但注意不要被感情所左右。"

贺梅针锋相对："林副你这话是什么意思？是我被感情左右还是你被偏见左右？我认为你对许副就是有成见。"

屋子的气氛顿时紧张起来。单占光在一旁保持沉默，静观着林保禄和顾秋生的反应。

林保禄没想到贺梅为了许阿义，竟然当着单占光和顾局长的面跟他顶起来，心里特别不是滋味，他脸色铁青，正要发作，顾秋生发话了："这事就不要再争了，让许阿义去学习是我提议的，组织上也是经过慎重考虑的。在这里，我要特别强调，在座都是局里的骨干，有什么不同意见可以保留，但要服从组织决定，绝不可以影响工作。还有，有不同意见在我这里说说可以，走出这个门，就不要再说了。"

贺梅失望地看着顾秋生。

这一切，都被单占光看在眼里。

演武亭牙科诊所，"章鱼"一边煞有介事地给"青鳗"检查口腔，一边听着"青鳗"汇报。

"老板，根据'土龙'报告，公安局已经证实妙山发现的女式上衣和围巾是许阿义的嫂嫂谢阿螺的，许阿义已被列入重点怀疑对象，并调到上海学习，实际是共党在对他进行审查。现在公安局里正乱着呢，听说连个碰头会都吵吵闹闹。这下总算去掉一个心头之患，我们可以放心干了。"

"不，台湾来电让我们撤回去。"

"什么？让我们撤回去，老板我没听错吧。""青鳗"像触了电，从手术椅上弹了起来。

"章鱼"递给"青鳗"一张字条，上面的译电文写着：

章鱼 带上阵地图 全体撤离 时间地点待通知

"章鱼"问"青鳗"："你对这封密电怎么看呢？"

"青鳗"说："从考虑个人安危出发，当然撤回台湾最为安全，但从党国利益上看，经营这支潜伏队伍太不容易了，而且，正值即将反攻大陆之际，这时撤离，对党国损失太大了。"

"章鱼"说："难得你能站在党国的角度考虑问题，可万一真有危险，发生不测，那对党国的损失不是更大吗？"

"那老板您是怎么看的呢？""青鳗"问道。

"章鱼"面对墙壁，静静地站着，忽然，他转过身来，瞪大眼睛说："两种可能，一种是台湾方面从其他渠道得到我们面临重大危险的情报，而这个危险我们置身其中却没有察觉，安排我们全体撤退是不得已而为之。还有一种情况，那就是密电有诈。"

"密电有诈？那是不是意味着我们暴露了？""青鳗"不由紧张起来。

"淡定，这时候更需要淡定。我细细回顾了我们这一段的每个行动细节，并没有什么明显破绽。密电有诈，只是我的最坏假设。反过来，如果密电是真的，贻误了撤退的时机，那我将成为党国的罪人哪！""章鱼"长长叹了口气。

"青鳗"问："是不是有必要从海面上证实一下。"

"章鱼"说："有必要，很有必要。你稍候片刻。"

"章鱼"进到卧室，用隐形药水在一张小纸条上写上：

来电有关全体撤离之事请确认 章鱼

写完后，"章鱼"把字条放进钢笔帽，再套上钢笔拧紧。他回到诊疗室，把钢笔交给"青鳗"，叮嘱道："你去布置一下，要快。另外，告诉'海蛇'，原定的见面取消，下一步行动等候通知。"

红树林酒家包厢，"青鳗"把一支钢笔交给古城渔业队的船老大许大头，小声叮嘱道："密信就藏在这钢笔里头，小心收好。明天出海捕鱼，渔船会被台湾的炮艇'抓靠'，船上的渔民会被带上炮艇，然后被隔离起来，在船舱单对单询问。当对方问你叫什么名字、家住哪里时，你就说名字叫许大头，是船老大，家住铜山岛澳仔角。这时，对方会问你，天空怎么没有飞鸟的痕迹？你就回答，天空没有飞鸟的痕迹，但我已飞过。记住，别说错了，你复述一遍。"

许大头复述道："当对方问我叫什么名字、家住哪里时，我就说名字叫许大头，是船老大，家住铜山岛澳仔角。这时，对方会问，天空怎么没有飞鸟的痕迹？我就回答，天空没有飞鸟的痕迹，但我已飞过。"

"青鳗"满意地点点头，说："没错，最后这句是一位叫泰戈尔的印度诗人写的诗句。对上暗语后，你就把钢笔交给对方，对方取下密信后，会把回信放在钢笔里头，再把钢笔交给你，然后会放你们回渔船。"

许大头有些忐忑："这……不会发生什么意外吧？"

"青鳗"从口袋里掏出一沓钞票推到许大头跟前，说："放心，这段时间海上'抓靠'事件经常发生，而且是单对单询问，没人会怀疑你的。这钱你先收起来，等回来，还有重赏。"

贺梅失眠了，这是她调到铜山县公安局以来第一次失眠。林保禄说她被感情所左右，这是她绝不能接受的。她坚信，她提出在这个时候不能调许阿义去学习的建议是完全从工作需要出发的。她知道，许阿义的侦查工作已取得突破性进展，就像在足球赛场上，在经过满场运球就差临门一脚的关键时刻，教练却让射门的运动员下场，这算咋回事呢。对塔屿的重大发现，她不能说，尤其在碰头会那种场合绝对不能说。许阿义说过他要直接向顾局汇报，顾局对情况应该是清楚的呀！敌特随时可能转移发报地点，可顾局至今没有任何采取行动的迹象，却听信林保禄的话，把注意力放到追查妙山那间破房子的女人衣服、围巾上。顾局糊涂呀！

贺梅不得不承认，自己这个时候特别想念许阿义。她想象着，许阿义这时的心情肯定也很纠结。许阿义在她心目中，是个机智勇敢的侦察英雄，是个正直善良的渔民，是个阳光俏皮的大男孩。她不知道自己是在什么时候喜欢上许阿义的，是在月牙湾的沙滩上，还是在塔屿侦查行动中，抑或从他到局里报到见面那一刻开始，她不知道，感情这东西是说不清道不明的。总之，她喜欢上阿义了。

演武亭牙科诊所，"海蛇"苏雅茹的突然出现，让白修德感到吃惊。诊疗室里，白修德一边给躺在椅子上的苏雅茹"检查口腔"，一边小声地责问："没有得到允许不能到这里来，这是纪律，你怎么会犯这种低级错误？"

苏雅茹掏出一个小笔记本交给白修德："共军驻岛部队的三个核心阵地草图都画在上面，这东西老放在我这儿不安全。我想，还是把它交给老师比较妥当。"

白修德翻阅着笔记本，点点头："嗯，干得不错，特训班的测绘专业没有白学。这东西放在我这儿也好。回去后我给你请功。"

"回去？回到哪里去？"苏雅茹问道。

白修德声音低沉："最近接到台湾一封密电，要我们撤离铜山岛，这事我正在核实过程中。你这几天推说身体不舒服，尽量不要外出，随时等候通知。噢，你刚才到我这里时发现周边有什么异常吗？"

苏雅茹说："没有，没有任何异常情况。"

白修德说："那就好。这里不便久留，我给你开些药带上，你赶快走。对了，记得对'青鳗'不要提来过我这儿。"

苏雅茹说："知道了，老师。"忽然，苏雅茹的语调变得柔软起来："老师，这些天，我老回忆起我俩在一起的那段日子。我来一趟不容易，你就不想多留我一会儿吗？"

白修德摘下口罩，俯下身面对着苏雅茹轻声说："记住，现在不是儿女情长的时候，你是受过专门训练的特工，必须保持头脑冷静，懂得我的意思吗？"

　　苏雅茹咬了咬嘴唇："我懂……老师……"

　　红树林酒家包厢，许大头把钢笔交给"青鳗"。"青鳗"心情不错："大头你详细说说这次出海被'抓靠'的情况，越详细越好。"

　　许大头回忆道："我们渔船刚驶出公海，就遇到台湾的炮舰，渔船上的九个渔民都被押上炮舰。"许大头说着，给自己斟了杯酒，轻轻抿了一口。

　　"然后呢？接着说。"看着许大头慢吞吞喝酒的样子，"青鳗"有些不耐烦。

　　许大头说："然后一个当兵的端上一大盆红烧猪肉放在甲板上，让渔民围上抢着吃。哦，有位叫阿忿的渔民看到旁边有人在拍照，不想吃肉，还挨了枪托呢。"

　　"这段可以跳过去，后来呢？""青鳗"催促道。

　　"后来，让我们九个渔民排队逐个弯腰走进一个船舱，你知道吗，那船舱门很低，不弯腰走不进去呀。走进船舱，抬头才看见前面挂着个光头的相片，有个戴眼镜的躲在旁边拍照。"

　　"哎，这一段也可以跳过去，快说说单独和你谈话的情况。"

　　"你不是说越详细越好嘛！后来，每个渔民都被单独问话，找我问话的是位军官。就像你说的，那位军官问我叫什么名字、家住哪里。我都按着你事先的交代一字不漏地回答了。嗨，为了记住印度那个姓泰的老头写的那段又是天空又是飞鸟的诗，搞得我好几个晚上没睡好呢。"

"不错,接着说。"

"那军官看我对上了暗语,对我一下子客气起来,又是倒水又是递烟,问我东西带来了没有,我就把钢笔交给了他,他走进另一个房间,一会儿出来,又把钢笔交给了我。"

"能说说那位军官是长什么样子的吗?"

"身材偏瘦,留着分头,北方口音,额头边上有块黑斑,看样子对铜山岛的情况很熟悉。对了,好像听到有人叫他少校。"

"青鳗"听了舒了口气,从口袋里掏出一沓钞票放在餐桌上,然后轻轻推到许大头跟前,说:"任务完成得很好。这钱比你一年出海辛苦捕鱼所挣的要多得多,你悠着点花,别让人感觉你突然土豪起来。还有,将嘴把严,如果泄露了消息,你是知道后果的。"

许大头迅速收下钱,说:"我知道我知道。以后出海,你有什么任务尽管吩咐,那个少校和我也熟了,再接起头来就方便多了。"

"青鳗"端起酒杯:"来,喝酒,吃菜。"

演武亭176号牙科诊所,诊疗室里,白修德接过"青鳗"手中的钢笔,听完他对许大头出海情况的汇报,白修德一脸狐疑,问道:"你确认许大头所说的每个细节都是真实的?"

"青鳗"肯定地说:"可以确认。对渔船被'抓靠'的细节是编排不出来的。还有那个与许大头见面的少校,就是当年洪练达'军官团'的上尉营长刘耀宗,现在是台湾保密局的一名情报军官,负责收集福建东南沿海特别是铜山岛的情报,许大头描述的特征与刘耀宗完全吻合。"

"你能确定这个许大头没有被共党策反?"白修德追问道。

"青鳗"信誓旦旦:"我认为不会,至少目前还不会。许大头虽然只是个外围情报人员，但只有利用他的船老大身份，才能通过'抓靠'执行密电的核对传送任务。据我观察，这个许大头是个见钱眼开的财迷，从一定意义上说，这对我们反而安全。这一点请老板放心。"

白修德来到卧室，拧开钢笔笔帽，取出一张空白字条，用棉签蘸上药水均匀地涂抹在上面，只见字条慢慢显示出几行字：

密电属实 全体潜伏人员农历十五晚12时在屿仔尾集中上消音快艇 以三长两短灯光为信号 勿误

白修德看着字条，并没有感到兴奋，而是忐忑不安。密电内容已经被证实，撤离必须坚决执行，可是这一切来得太突然了，总感觉哪里不对劲。他仰头叹了口气，蹦出莎士比亚的一句经典名言："生存？还是毁灭？"

白修德回到诊疗室，把字条给"青鳗"看过，然后划了根火柴烧掉。

"青鳗"抱怨道："联系的灯光信号还搞个三长两短，一看就不吉利。"

白修德阴沉着脸命令："立即通知全体潜伏人员带上手枪，农历十五，也就是明天晚上11时50分务必赶到屿仔尾集合，搭乘前来接应的消音快艇撤离铜山岛。注意行动要隐秘，不得有误。"

屿仔尾位于铜山岛东南端的突出部。嶙峋的礁石在朦胧的月色笼罩下，仿佛是一群从天而降的神兽，让白修德不寒而栗。晚12时，正值海水涨满潮，海面上出现短暂的平静，这种平静，让他感到不祥。

"青鳗"小声报告："老板，人都到齐了，怎么不见消音快艇的动静呀?"正说着,海面上出现轻微的马达声,紧接着,出现三长两短的灯光信号,一艘消音快艇慢慢靠在一块礁石跟前。白修德带着一干人马迎上前去。

这时,从快艇上跳下七八个身着国民党军装、端着卡宾枪的士兵,一个上尉军官模样的人走到白修德跟前,客气地说:"你就是'章鱼'吧?请弟兄们赶快上船,刘耀宗少校在公海上等候你们呢!"

白修德心中一块石头终于落了地。他正要指挥潜伏人员上船,军官用手拦住,说:"弟兄们的安全就交给我们,根据上峰指示,上船之前,潜伏人员携带的武器必须先交给我们保管。"

白修德一阵犹豫,示意潜伏人员把武器交出来。几个"国民党士兵"上前接过潜伏人员交出的手枪和手雷。白修德不耐烦地问:"现在可以上船了吧?"

军官说:"请你们转身往后看。"

白修德回头一看,只见从礁石背后冒出二十几个端着卡宾枪的公安队战士。白修德恍然大悟,他摇了摇头,无奈一笑:"漂亮,干得真漂亮!"

两名公安战士迅速从白修德身上搜出小笔记本,从"青鳗"身上搜出氰化物。阿义身着公安制服,走到耷拉着脑袋的李有贵跟前,说:"李有贵,还认得我吧?没想到你不当保长改行当小偷啦!可你这个小偷很不专业也很不走运,到妙山滑梯岩放置信号弹,让上山的村民给撞着了,潜入钵头村偷阿螺的衣服、围巾,先让狗给咬上了,后来又让人给看到了。"

看着一脸沮丧的单占光,阿义讽刺道:"'土龙'先生,你这卧底虽然当得不怎么地,可蒋干的角色却扮演得挺不错啊!"

阿义来到苏雅茹跟前。大概是为了融进夜色便于隐蔽,今晚的苏雅茹身着一袭黑色的衣服，这让她不像孔雀，倒像只奔丧的黑天鹅。阿义说："你就是'海蛇'吧，你的孔雀舞跳得确实不错，可是，孔雀虽美，孔雀胆却有毒。你费尽心机绘制的解放军驻岛部队阵地图就是你的罪证。很可惜，你年纪轻轻，又有艺术天赋，却选择了一条与人民为敌的道路，最终毁掉了自己。"

阿义走到白修德跟前，停住了脚步："白医生，哦不，'章鱼'先生，我们又见面了。'感谢'你的配合，你今晚可是海底世界总动员，一个不漏啊！"

白修德冷冷地说："你是我谍报生涯中遇到的真正对手，能告诉我，你是怎么做到的吗，好让我输也输个明白。"

阿义说："我只能告诉你，你的确是一位老牌特工，可也有百密一疏的时候。你忽略了最重要的一点，那就是人民的眼睛，你的一举一动都逃不过人民的眼睛。奉劝你进去以后坦白交代，好好接受改造，不再与人民为敌，或许哪一天有机会出来，还能发挥你的牙医专长，为社会做点事。"

阿义转身对装扮成国民党上尉军官的县公安队队长纪国强说："纪连长，现在收队，顾局还在等着拉网鱼获的消息呢！"

阿义突然出现，让贺梅又惊又喜。一大早，她来到阿义的办公室，冲着阿义"发火"："好个许副，你兵不厌诈竟然诈到自己人头上了。你玩人间蒸发，也不打个招呼，害得我几个晚上没睡觉，脑细胞都死了多少你知道不知道？"

阿义笑道："都告诉你了，在顾局办公室你和林保禄的架还吵得起来吗？潜伏的单占光还会相信我到上海学习，向'青鳗'传送我们提供的假情报吗？"

贺梅说:"原来你跟顾局在演双簧,却把我蒙在鼓里呀!我是错怪顾局了,我还在心里骂过他老糊涂呢。哎,现在可以告诉我了,这几天你到底躲在哪里,都做些什么,算是对我的补偿吧。"

阿义故作神秘:"这样吧,这些天绷得太紧了,等会儿下班,我带你去一个地方转转,你到铜山岛工作,也要多了解这座海岛,咱边转边说。"

贺梅埋怨道:"到哪儿转呀,搞得神秘叨叨的,真受不了你。"

阿义和贺梅来到一处风化花岗岩的海岸,这里历经海浪冲拍,潮汐冲刷,形成罕见的海蚀奇观。走进其间,只见曲径蜿蜒,布满沟壑的岩壁,犹如气势磅礴的抽象画廊,有的如走兽追逐,有的如龙蛇漫游,有的如农夫劳作,有的如仙女漫舞,或写真,或抽象,惟妙惟肖,在像与不像间,给人以无限遐想……

贺梅感叹道:"真乃大自然的鬼斧神工,毕加索见了都会汗颜啊!"

阿义憧憬着:"是啊,将来,把月牙湾、古城墙、风动石还有这抽象画廊串起来,再加上塔屿的礁石林,一定会吸引许多游客到铜山岛来旅游的。只可惜岛上风沙大一些,如果能把这风沙治服,那铜山岛简直是放大了的盆景,缩小了的仙境啊!"

阿义提到塔屿的礁石林,让贺梅想起上回到塔屿礁石林侦查时发现敌特发报员的情形,她急于知道下文,于是提醒阿义:"许副,旅游和治沙的事等以后再说,你还是说说从塔屿回来以后躲在哪里,做些什么吧。"

阿义说:"对对,咱还是回到原点。塔屿回来以后,我立即将情况向顾局做了汇报。你知道,就在我们去塔屿那一天,顾局接到报告，亲自带队到妙山那间废弃房屋里搜出手雷、毛毯，还有女式花格上衣和围巾，那女式花格上衣和围巾确实是阿螺的。在这节点上，谢番薯向顾局提供了一个重要情况，有一天夜里，他正在村子里巡查，当走到我家附近时，突然听到一阵狗吠，他警惕地蹲在墙根下观察动静。贺梅你还记得我家的衣服是晾在院子里的桑树下吗？"

贺梅说："记得，我上回去你家时还在院子里帮阿螺晾过衣服呢。"

阿义说："谢番薯看到有个人手里拿着件衣服从我家的院子里跑出来，开始，以为只是个小偷，借着月光，谢番薯认出这人就是曾经多次带国民党兵到村里抓壮丁的伪保长李有贵，觉得事情不那么简单，于是当时并没有惊动他。谢番薯提供的情况非常重要也非常及时，既保护了阿螺，又戳穿了敌特的阴谋。于是……"

贺梅插话："于是，顾局就将计就计，假装中了敌特设下的圈套，一方面，宣布把侦查重点放在阿海和阿螺上面；一方面，决定调你去上海学习，造成对你不信任的假象，以迷惑敌特。"

阿义说："是的，我们利用单占光这条'土龙'向'章鱼'传递假情报。根据顾局安排，我秘密住进公安队，和纪国强连长组织力量到塔屿老鹰岩设伏，成功抓捕了敌特报务员。通过政策攻心，利用报务员向'章鱼'提供假密电。然而，有一个环节我们疏漏了，就是没想到'章鱼'会通过海上'抓靠'来核实密电的真实性。许大头接受'青鳗'布置传送密信的任务后，回到家里忐忑不安，在妻子田桂英的再三追问下终于说出原委，田桂英听了二话不说，拽着许大头去向当街道干部的妹妹田秀英坦白交代。田秀英感觉事关重大，就直接向城关区工委书记赵海峰报告，赵海峰书记自然就联系上我，你知道，我和赵海峰可是老接头户了。"

贺梅明白了："这么说，'章鱼'给刘耀宗的密信和刘耀宗给'章鱼'的密信都被置换了。原来一开始，你和顾局就精心设下诱捕潜伏敌特的局呀。可是，那消音快艇是从哪儿弄来的，是那艘消音快艇的出现才消除了'章鱼'最后疑虑，同意交出武器的。"

阿义说："这是这次诱捕行动的一个额外收获。我们根据敌特报务员交代，台湾急着要我铜山岛驻岛部队的阵地图，于是，我们就以此为诱饵，让许大头传给刘耀宗的密信内容是，铜山岛驻岛部队阵地图已绘制，农历十四日晚10时屿仔尾交接。落款为'章鱼'。农历十四日晚10时，刘耀宗乘消音快艇到屿仔尾准备与'章鱼'见面，结果被我们来了个人艇俱获，那艘消音快艇正好第二天晚上派上用场了。"

贺梅怔怔地看着阿义："听起来有点像侦探小说，还蛮跌宕起伏的，只是这些桥段我在《福尔摩斯探案全集》中还没看到过。告诉你许阿义同志，本来我都有嫁给你的冲动，现在开始犹豫了，为什么呢，因为我担心有一天被你卖了还傻傻帮你数钱呢。"

阿义认真地说："哎，那是对敌特斗争的需要，得斗智斗勇。对人民、对同志、对老婆，那必须得'俯首甘为孺子牛'。再说了，你这女福尔摩斯能让我这渔夫给卖了？就是能卖我也舍不得卖呀！"

贺梅扑哧一笑："别臭美了，谁答应做你的老婆啦。还跟我显摆鲁迅的诗句，你以为我这高中生是白当的呀。哎，你'失踪'那么多天，也该找个时间回家看看阿姆和阿螺了。好些日子不见，我也有点想她们了。"

阿义缓缓地舒了口气，说："是啊，是该回家看看。这下好了，清除了隐患，排除了干扰，县工委的'兵灾家属'政策可以全面落实了。"

第八章

平安扣 Blessed Jade Pendant

「兵灾家属」。泰山石敢当。临刑前，阿生说：「我怕喝了这碗酒，我的灵魂找不到回家的路！」

石泰山主持县工委五人小组会议，听取了顾秋生对破获敌特潜伏组织情况的汇报。石泰山激动地站了起来，说："这一仗打得漂亮，是铜山岛解放以后，开展隐蔽战线斗争、巩固新生政权的一次胜利。县公安局立了一大功啊！请顾秋生局长务必转达县工委对许阿义同志，还有所有为破案做出贡献的人员的充分肯定。"

　　石泰山喝了口开水，接着说："通过破获这起案件可以看出，敌特妄图离间我们与壮丁家属的关系，一再制造假象，诱使我们将这些壮丁家属推到对立面，最终达到破坏新生政权的目的。敌人从反面给我们上了一课呀。大家看看，我们铜山岛的人口只有83000多人，临解放时，先后被国民党军队抓走4000多名壮丁，一个人被抓走，他的家属，连带社会关系至少涉及十个人，这样涉及的人数接近全岛人口的一半，如果把他们推到对立面，新生的政权还怎么巩固？我们还依靠谁来建设新的家园？我们解放铜山岛的初衷是为了什么，是为解救被压迫的劳苦大众。这些被国民党军队抓走的壮丁，出身和我们一样，都是本分的、穷苦的农民，离开父母，抛妻别子，并非他们所愿，他们是受害者呀！他们的家人正承受着常人难以理解的痛苦。她们生活在冰雪之中，我们不能雪上加霜，而应该雪中送炭。我们应该相信，只要把她们当亲人对待，她们就一定会和我们党、政府一条心。为此，我提议，从今以后，把'敌伪家属'改为'兵灾家属'，对这些'兵灾家属'，在政治上不歧视，符合条件的，照样入党、当干部；在经济上平等对待，照样分给土地，参加互助组。对困难户予以照顾,孤寡老人由县、乡、村给予赡养。大家看有什么意见?"

与会人员纷纷发言:"说实在话,过去我对这个问题思想有顾虑,觉得这涉及政策定性问题,太敏感了,担心会犯阶级立场的错误,现在心里踏实了,完全同意石书记的提议。"

"同意石书记的提议。过去老担心,铜山岛刚解放,敌特活动那么猖獗,这和国民党兵的家属会不会有联系?现在看来,'兵灾家属'和敌特活动并没有必然联系,如果一定要联系起来的话,只能说明做好'兵灾家属'工作,才不给敌人以可乘之机。"

"我同意。"

"我完全同意。"

石泰山说:"好,就这么办。我是石匠出身,咱中国老百姓过去在建房子的时候,总要在墙根立一块石碑,上面刻着'泰山石敢当'。今天,为党的事业,为人民的利益,我们就要有一股'泰山石敢当'的精神。我想,只要我们做的事情对百姓有利,上级一定会支持的。"

石泰山坐了下来,给自己点了一根烟,深深吸了一口,神情严肃地说:"从顾秋生局长刚才的汇报中,我们得知,敌特千方百计了解我驻岛部队阵地布防情况,这意味着盘踞在台湾、金门的国民党军队有可能对铜山岛采取军事行动。我们要将这个情况及时通报给守备团雷挺团长,同时,加强海防建设,加强民兵训练,做好各项支前准备工作。"

坐在院子里的桑树下,阿螺告诉阿义和贺梅:"前些天,谢番薯通知乡亲们到祠堂里召开了村民会议,区里的赵海峰书记在会上讲了话,他告诉大家,县里已经做出决定,从今以后,被国民党军队抓壮丁的家属统统叫作'兵灾家属','兵灾家属'就是兄弟姐妹,都可以分到田地,可以参加互助组。还说,我们钵头村没有男劳力,割稻插秧的时候,还要组织邻村的青壮劳力来帮忙。像七叔公、婉儿婶这样的孤寡老人,政府还发给救济粮、救济金。区里的干部还和村里的困难户结亲帮扶。乡亲们听着都感动得哭了。"

阿义欣慰地说:"这下可好了,乡亲们可以挺直腰杆做人,日子也有奔头了。"

阿螺叹了口气,说:"这日子是有奔头了,可对被抓丁的亲人却还没个盼头呀!阿义你知道吗,婉儿婶整天捧着儿子留下的小人书,一边哭,一边叫着丈夫满舱和儿子添贵的名字,现在眼睛都哭瞎了,再也看不成歌册了。还有阿巧,每到农历十五的晚上,就站在月牙湾的海滩上望着月娘发呆。她说水旺临走时告诉她了,每到农历十五月圆时,都会对着月娘吹着她爱听的洞箫,还说她望着月娘,就能想象到水旺吹洞箫的样子。我最担心的是阿娇,最近她老念叨着,说阿生告诉她了,等第二年插秧季到了,一定会回来和她一块插秧。现在插秧时节快到了,每到傍晚,阿娇就自己一个人跑到望夫崖去等阿生,一站就是半宿。这姑娘性子烈,我真担心她一时想不开,从望夫崖上……"阿螺说着忍不住哭了起来。

阿义眼眶也湿了。他望着在屋里烧饭的阿姆,小声问阿螺:"阿姆最近身体怎么样,看她老人家又憔悴许多。"

阿螺抽泣着告诉阿义:"阿姆身体一天不如一天了,她老人家每天晚上都在哭,有时哭到天亮,劝也劝不住。阿义,你哥到底在什么地方,什么时候能回来?我怕阿姆她老人家等不了啊……"

阿义告诉阿螺:"我只知道他们被抓到金门,具体情况也不清楚,我也想念着哥哥和村里被抓走的伙伴呀!"

金门，夜，国民党军队某海岸营区驻地。阿海辗转难眠，他抚摸着挂在脖子上的平安扣，苦苦思念着阿姆、阿螺和阿义，回忆着在家乡生活的细节。一年来，他几乎每个晚上都是在这种回忆中入睡的。古时候即便是"烽火连三月"，都还有"家书抵万金"，而金门距离大陆这么近，却咫尺天涯，音讯全无，这让他感到痛苦和无助。来到金门后，阿生和自己同在一个班，何水旺被分配在附近的一个营区，偶尔还能见上一面，叙叙乡情。余满舱和余添贵被分配到大担，虽同属金门防区，却难得相聚。由于在各项训练课目中成绩靠前，阿海很快被提升为一等兵，并成了一名迫击炮手。然而，他心里明白，训练归训练，当官的天天叫喊着反攻大陆，要是有一天真的反攻大陆，他阿海能够把枪炮对准自己的兄弟吗？

这时，有个人摸索着来到他床前，俯在他耳边说："阿海哥，我是阿生，我睡不着，有件事想和你商量。"

阿海意识到什么，忙用手势制止住阿生，小声说："明天，明天晚饭后一块散步。"

营区蜿蜒的小道上，晚饭后的阿海和阿生边走边谈。

"阿海哥，我想游到对岸去，我要回家去插秧。"

阿生的话让阿海吃了一惊。这段时间，他老觉得阿生神情有些恍惚，这下明白了。他对阿生说："阿生听我说，你千万别做傻事。你的心情我很理解，论水性，我并不比你差，我也天天想着回去呀！可这事做不成。"

阿生问："为什么？就对岸这距离，我抱块木板就可以游过去的。"

阿海摇摇头，说："有三道坎你过不去。第一，这海岸线布满地雷,你下海之前随时可能踩上地雷。第二,你看了防区规定了吗,擅入海边、沙滩者,经制止无效后,得以诛杀之。你躲得过地雷,能躲得过机枪射杀吗?第三,即便你下得了海,可你并不了解这片海域的情况,这可不比咱家门口的月牙湾,这里洋流很复杂,万一被风浪刮了回来,根据条例规定,金门是战地,战地的逃兵是要被处死的。"

阿生说:"不就一死吗,我拼死也要游回去,见不着阿娇,我活着还有什么意思。"

阿海急了,抓住阿生的双臂:"你连死都不怕,还怕活吗?阿生你给我听着,一定不能做傻事,只要活着,就有希望。"

阿生眼里噙着泪水,木木地看着阿海:"见不到阿娇,活着不是比死了还难受吗……"

阿生终于没能听从阿海的劝告,这天夜里,他佯装起来解手,悄悄取下几个挂在墙上空的军用水壶,像幽灵一样融入夜幕,向着海的方向奔去。

他来到海滩,将空水壶绑在腰间,然后跳进了漆黑的大海……

阿海半夜起来发现阿生的被窝里没有人,又看到挂在墙上的军用水壶少了好几个,知道情况不妙,可为时已晚。阿海一宿没睡,海滩方向并没有传来地雷的爆炸声和枪声,可他有一种强烈的不祥之感,只能在心底默默为阿生祈福。

这天晚上,阿娇做了个梦,梦见天上出现一道绚丽的彩虹,瞬间,这道彩虹变成一座七彩桥,一群喜鹊衔着鲜花把彩虹桥装扮得格外美丽。桥的这一头,阿娇身着红色新娘妆,头上插着一朵石榴花,宛若《天仙配》中下凡的七仙女。桥的那一头,阿生身着家乡传统的新郎装，憨厚中带着几分帅气。两个人款款地走向桥中央。正当阿生张开双臂要拥抱她的时候，彩虹桥忽然断开，她和阿生双双从天上掉下来，冲向茫茫的大海……

阿娇惊醒过来，额头上沁满汗珠。她喘着气，喃喃自语着："阿生，阿生不会有事吧……"

阿海最担心的事情发生了。早上全连紧急集合，由连长训话。连长叫魏建筹，大家私下里叫他"鬼见愁"。因为平时对士兵特别狠，稍看不顺眼就一顿拳打脚踢，还罚过士兵吃沙土。他挂在嘴上的口头禅就是："小心我毙了你！"

队伍集合完毕，魏建筹铁青着脸开始训话："现在通报一件事情，昨天晚上半夜，一班的下士谢阿生企图下海叛逃，被我们抓住了。你们知道，等候谢阿生的判决是什么？是处决。我警告那些还想着下海的人，别心存侥幸，否则，谢阿生就是下场。大家能看清楚我身后这面墙上写的字吗？嗯，是主义、国家、责任、荣誉……"

有人在下面小声嘀咕："这'鬼见愁'是从石头缝里蹦出来的，说了那么多，唯独没有爹娘。"

"哼，每天晚上都跑去喝花酒，这回跟我们讲起什么国家、责任、荣誉来啦。"

"这家伙仗着和胡琏司令官是老乡，靠着抓壮丁当上连长的，听说最近又要升官了，我看他没有好下场。"

"阿生可怜啊！他就是想着家中的恋人，昨天我们还在一块儿喝闷酒呢。我是到药店给躺在病床上的阿姆抓药，走到半道上给抓来当兵的，我阿姆现在是死是活都不知道。"

阿海头脑一阵嗡嗡作响，只见魏建筹两片嘴唇在不停翕动着，其他什么也听不清了。

　　阿生被关押在专为下海"叛逃"军人设置的牢房。尽管他对死已有思想准备，但真正面对死亡，即将永远离开这个世界，离开心中的阿娇，他还是感到从未有过的恐惧、悲怆、无助和绝望。他曾歇斯底里地吼叫过、撞墙过、自残过。终于，一切归于平静。他躺在床板上，眼睛像死鱼一样直瞪着。

　　牢门打开了，进来的是军事法庭的法官。他走到阿生跟前，拿出一张判决书，宣读了对阿生执行枪决的判决。

　　阿生认出来，这位法官正是当年参与在钵头村抓丁的讲闽南话的中尉军官。到金门后，阿生曾经见过他，听老兵说他叫陆子明，厦门人，是东吴大学法学专业毕业生，原是中尉军官，到金门之后，转为军事法庭的法官。

　　陆子明宣读完判决，用平缓的口气问道："临刑之前你还有什么交代吗？"

　　阿生眼睛依然直瞪着，口气和陆子明一样平缓："我想见我的老乡，我的班长许阿海。"

　　在陆子明法官安排下，阿海见到了阿生。他紧紧搂住阿生，泪流满面："阿生兄弟，我没有保护好你，也没有办法救你，我对不住你呀！"

　　阿生哭着说："阿海哥，是我没听你的话。我真希望这是一场噩梦，噩梦还有醒来的时候，可这不是梦，不是梦呀！阿海哥，命运为什么对我这样不公？我死不瞑目呀！"

　　阿海努力克制住自己的情绪："阿生你还有什么事要交代吗？"

　　阿生抽泣着说："阿海哥，在我的枕头底下有一块折叠着的手帕，那是阿娇送给我的。我怕下海时弄丢了，没有带在身上。你替我保管着，有一天回家时，帮我交给阿娇，告诉她，一定要好好活下去。今生无缘，来生我一定娶她，好好待她。今生没能做到的，来世一定补上……"

阿海点点头："阿生你放心，我一定帮你办到。"

在看守人员一再催促下，阿海挥泪告别了阿生。他刚走几步，身后传来了阿生撕心裂肺的声音："阿海哥，你说人死后灵魂还在吗？"

行刑时刻到了，陆子明带着一瓶高粱酒和一个碗来到牢房，对阿生说："兄弟，行刑之前，你喝上一碗酒吧，喝了这碗酒，或许能减轻点痛苦。"

阿生摇摇头，说："不，我不喝酒。"

陆子明问："为什么？"

阿生说："我死了，我的灵魂还要回家。我怕喝了这碗酒，我的灵魂找不到回家的路！"

阿娇坐在望夫崖上，望着满天星斗，回忆着和阿生在这里相依相偎的情景。

"阿生哥快看，今晚的银河多漂亮啊！噢，那两颗隔着银河最亮的星星就是牛郎星和织女星吧？"

"是的，小时候听阿姆说，那就是牛郎星和织女星，他们每年要七月初七才能相会呢。"

"阿生哥，我和你可不当织女牛郎，一年才能见一次面，多熬人呀。"

"要是有一天我们真的成了牛郎织女呢？"

"那我就去求喜鹊帮忙，天天为我们搭鹊桥。我到鹊桥上接阿生哥。"

"要是喜鹊不愿帮忙，那我就跳进银河，游过去找你。小时候听阿嬷说过，人间的每个人在天上都有一颗属于他的星星，人死了，他在天上的那颗星星就会滑落下来。假如我死了……"

"乌鸦嘴。真要滑落，我陪着你一起滑落。让我一个人待在天上，多清冷多孤单呀！"

忽然，一颗流星滑落苍穹，接着，又一颗流星滑落，渐渐地，天空下起了流星雨。阿娇一阵惊惧，她感觉到从未有过的寒冷和孤寂。

这时，传来了熟悉的声音："阿娇，我们怕你一个人在这里没伴，特地过来陪你了。"阿娇一看，是阿螺和阿巧。她惊恐地抓住阿螺的手，说："阿螺姐你快看，那流星，满天的流星，我从没见过的。昨天晚上，我梦见和阿生就像那流星，从天上掉下来，掉进了冰冷的大海。阿螺、阿巧你们说，阿生他是不是出事了？"

一旁的阿巧安慰道："阿生不会有事的，这流星雨我小时候也看到过，世界这么大，就算真的像传说那样有人死了，那也不会轮到阿生呀。"

阿娇一脸忧郁："阿生说过插秧的季节会回来的，可我天天等啊等啊，就是等不回来。我知道阿生，他说了就一定会去做的。"

阿螺宽慰着："阿生今年回来不了，也许明年或者后年就会回来。阿娇你在等阿生，阿巧在等水旺，我在等阿海，咱姐妹仨做伴着等好吗？"

阿娇自言自语着："只要阿生活着一天，我就等着他一天。要是他死了，我也不活了……"

利用放假时间，阿海约了何水旺和刚从大担调防金门的余满舱一块到军营附近一家叫"古早味"的小饭馆吃饭，据小饭馆老板说，他的爷爷也是从铜山岛过来的，所以"古早味"也就成了阿海和军营的老乡、好友喝小酒叙乡愁的去处。

一见面，何水旺和余满舱不约而同地问阿海："阿生怎么没来呀？"

阿海含着泪说："今天约你们二位到这里，就是想告诉你们一个不幸的消息，阿生出事了。我这大哥没当好啊！"

何水旺和余满舱一听愣住了。

阿海说："有天晚上，阿生带上几个军用水壶下了海，被抓住了……"

何水旺焦急地问："阿生现在被关在哪里，我们去看望他。"

余满舱也催促着："是呀，阿海快带我们去看看阿生。"

阿海哽咽着说："看不到了，已经被……"

余满舱和何水旺听了泪如涌泉。

阿海擦着眼泪，说："阿生临刑前还在问，人死了灵魂还在吗，他是想着死后魂归故乡啊！我们都把酒杯斟满，送阿生魂归故里吧。"

三个人都在酒杯里斟满酒，面朝家乡的方向，把酒洒在了地上。

余满舱悲痛地摇了摇头："阿生这孩子，今年才20岁呀……"忽然，他愣着不说话了。

阿海见状，赶紧扶着余满舱："满舱叔你怎么啦，哪儿不舒服？"

余满舱半晌才回过神来："我想到添贵，添贵还在大担岛，这孩子也在念叨着要游回去，我怕他……"

阿海说："满舱叔，一定要劝住添贵，阿生的教训已经摆在那儿了，下海是凶多吉少啊！"

余满舱点点头，说："我知道了，我得想办法调回大担岛，看着我家添贵。我是炊事员，我做的饭菜岛上那些当兵的爱吃，都说有家乡的味道。对，就以这个理由。"

阿海说："我虽然也曾经劝过阿生，其实我何曾不想家呀！我做梦都想着跪在母亲跟前叫声'阿姆'，想着吃上阿螺为我做的饭菜呀！"

何水旺说："我也有过好几次下海的念头。每到农历十五的晚上，我都向着月娘吹洞箫，想着家里的阿巧，想得好苦啊！有一天，我忍不住爬上金门最高的太武山，站在山顶上，朝着大海吹着《望春风》，可被当官的发现了，说我吹的思乡曲涣散军心，下令把我从山上押了下来，还想没收我的洞箫，为了夺回我的洞箫，还挨了一顿毒打。前些天，我们连里的一个士兵想家想得受不了，自己一个人拉响了手榴弹……"何水旺说着说着，又忍不住哭了起来。

阿海叹了口气，无奈地说："我们虽然离大陆这么近，可音讯全无。现在岛上实行戒严，不准使用收音机，不准养鸽子。晚上10点全岛熄灯。我们像是关在与世隔绝的漆黑笼子里，这日子何时才到尽头呀！"

三个人默默地喝着闷酒。余满舱忽然想起了一件事，他环顾左右，小声对阿海和何水旺说："告诉你们一个情况，有一天晚上，几个当官的到伙房让我做了一些菜，然后凑在一起喝酒。听他们说，马上就要开展高强度的军事演习了，其中有抢滩登陆，还有什么陆海空配合。说是胡琏司令官亲自督阵呢。"

"抢滩登陆？陆海空配合？莫非是……"阿海陷入沉思。

第九章

军舰甲板上,一片钢盔在黑夜中闪着幽光。家门口,阿海取下平安扣,小心地系在门环上。妈祖庙里的一块大砖被慢慢挪开,一个蓬头垢面的女人气喘吁吁地从里面爬了上来。

1953年7月某日黄昏，国民党军一万余人，分乘兵舰六艘，炮艇五艘，离开金门料罗湾。各舰只关闭灯火并保持无线电静默，在黑暗中呈一字形向东南方向行进，欲造成"驶航台湾"的错觉，然后突然西折。

军舰甲板上，一片钢盔在黑夜中闪着幽光。望着漆黑的大海，阿海的心随同风浪中的兵舰上下起伏着，这就是当官的整天嚷嚷的"反攻大陆"吗？大陆的海岸线那么长，到底在哪儿登陆呢？登陆地点离自己的家乡近吗？

铜山岛，驻岛部队指挥部，雷挺召开紧急会议。

雷挺通报了军区紧急电报的内容："今晚，敌军舰载兵万余从金门出发，有对我进行大规模军事行动的企图。根据判断，这次军事行动的目标很可能就是铜山岛。其战略意图有两点，一是配合朝鲜战场，对我军进行军事上的牵制。二是将此役作为'反攻大陆'的一次前哨战。由于敌我力量对比悬殊，军区首长电示，守岛部队可作机动防御，于明天清晨以前撤出铜山岛，然后组织力量，准备反击。"

雷挺环视了四周，语气坚定地说："我认为，如果守岛部队撤出，国民党军队登陆后就会利用我们挖好的坑道、修好的工事，给我们实施反击造成很大麻烦。我的意见是，守岛部队节节阻击进犯之敌，然后向纵深后撤，坚守四〇一高地、四〇二高地、四〇三高地三个核心阵地，等待大部队增援。地方党政机关干部连同家属，在天亮以前全部撤出铜山岛，撤出时我派部队负责掩护！"

石泰山不停地吸着烟，听完雷挺的分析，他站了起来，说："我们完全赞同雷团长坚守核心阵地的意见，但是，铜山县工委、县政府、地方干部、民兵将会与守岛部队战斗在一起，决不撤出铜山岛。会后我们马上做部署，各乡镇自卫队、救护队在执勤地区集合待命。机关干部、武工队、民兵立即进入岗位，担任战勤和作战任务，全力支援守岛部队。"

雷挺说："好，尽管我们守备团只有1200人，但我们有83000多位铜山人民的支持，背后还有大部队增援，我们保卫铜山岛有底气了！我立即向省军区首长报告。"雷挺停顿片刻，说："我们除了团主力坚守三个核心阵地，在北部的戚伯渡渡口部署了一个水兵连，在妙山、虎山各布置一个连阻击上岸的敌人，以迟滞敌人对核心阵地的进攻，其中，妙山阵地交给县公安大队，任务艰巨呀！"

顾秋生报告："县公安大队已进入妙山阻击阵地，根据团首长的安排，由许阿义同志负责指挥，许阿义同志让我报告雷团长，县公安大队一定完成坚守妙山12个小时的任务。"

雷挺满意中带着几分忧虑："许阿义是我的兵，他机智勇敢，富有战斗经验，公安大队也是由1950年解放铜山岛的战士组成的，我相信，他们坚守12个小时没有问题，我担心的是他们坚守12小时之后能否全身而退呀！"

顾秋生说："雷团长，能不能再考虑一下，妙山阻击任务还是由我来负责，阿义的哥哥被国民党军队抓壮丁了，家中就剩下他一个男的，还没结婚，万一在战斗中……"

雷挺摇了摇头，说："顾局长你的意思我明白，不过，我和石泰山书记商量过了，你还是配合县武装部抓好全县民兵的动员组织工作,这对我们完成坚守待援任务非常重要。许阿义对当地情况熟悉,又有作战经验,妙山阻击的指挥就交给他了。"

望着影影绰绰的苏云山,阿海意识到这次登陆的地点竟然是在自己的家门口。舰船进入铜山海域后,进攻部队立即实施换乘,在海滩登陆。阿海发现登陆海湾正好与月牙湾紧密相连。黎明前的村庄一片寂静。他内心按捺不住回家的冲动。

少尉排长把阿海叫到跟前,吩咐道:"前面妙山有一股共军,数量不详。我们突击大队留下攻打妙山,然后向四〇一高地靠拢,参加攻打共军的核心阵地。你是本地人,交给你一个任务,趁着天还没亮,到这个村子侦察一下,看里边有没有民兵,防止部队被偷袭。快去快回,营座等着报告。"

阿海心想,真是瞌睡遇到枕头,正愁着没机会回家呢。他摘下帽子,脱掉外衣,消失在夜幕中。

一个黑影也在向着钵头村快速移动……

来到村口,阿海感觉有些不对劲,似乎在不远处有人一直在跟着他。阿海迅速闪到榕树背后,屏住气观察着周边动静,一切又归于平静。

在小矮墙院子里,阿海看到桑树还是那棵桑树,磨盘还是那个磨盘,两间破瓦房依然是走时的老模样。这就是家,就是他朝思暮想的家呀。而现在,他就站在家门口,只要推开门就能见到阿姆和阿螺了。

他抬手正要敲门,耳边又响起"鬼见愁"训话的声音:

这回"反攻大陆",你们绝对不能趁机跑回家,一旦被共党抓住,将被关到集中营,你们的家人也会受到牵连。当然,对逃兵,我们也要执行战场纪律……

"鬼见愁"的话明显带着恫吓。阿海记得阿义曾经说过,共产党是帮助老百姓翻身得解放的,解放军是咱穷人自己的队伍,这点,他信。也正因为此,在1950年国民党军队强行抓壮丁的那个晚上,他毅然做出暴露自己保护阿义的抉择。但是,现在自己毕竟是一名参加"反攻大陆"的国民党兵,两军对立,留下来,谁能证明自己?会不会给弟弟阿义、给家人带来麻烦呢?他犹豫了。

这时,窗户透出微弱的煤油灯光,那是暖暖的温馨的来自家里的灯光。阿海清楚地听见屋里阿螺和阿姆说话的声音。

阿姆:"阿螺,天还没亮,你今天怎么起得那么早。"

阿螺:"前些天老下雨,现在雨停了,我想把阿海哥的衣服拿出来洗洗,等太阳出来时拿出去晒晒,阿海哥回来时好穿。"

阿姆:"阿海离开家里已经三年了,他的衣服你都洗过多少回,晒过多少遍了。阿姆也是天天盼夜夜盼,这眼睛都快盼瞎了,也不知道我还能等多久呀!"

阿海泪如涌泉,双膝一软,跪在地上。

屋子里,阿姆说:"阿螺,要做节了,炊米粿拜祖宗、敬神明,磨米浆的米浸好了吗?"

阿螺说:"已经浸下了。"

阿姆说:"以前磨米浆,是阿姆往石磨的洞里添着水和米,阿海和你一块推磨,现在阿姆眼睛看不清了,阿海又不在,只好你一人推磨一个人添米了。"

阿螺哽咽着："阿姆……我一个人能行。"

阿姆说："我走路看不清楚了，找个时间，你搀着我上妙山，我要给妈祖娘娘烧个香，求妈祖娘娘保佑阿海平平安安，快点回家。"

阿螺说："阿姆，听说台湾整天叫着要'反攻大陆'，阿义他们正在妙山修工事搞备战呢！庙里的菜姑这些天也不在，等过些日子，菜姑回来了，我再陪着你上山烧香好吗？"

阿姆忧心忡忡地说："三年前那次抓丁，不知道拆散了多少人家，咱老百姓可别遭罪了。"

阿螺说："阿姆放心，现在有解放军保护咱们呢。阿姆你再睡一会儿，我给阿义他们烧些开水。"

阿姆睡下了。一阵寂静，屋子里传出阿螺凄婉的闽南语歌声：

站在风中的海岸，
思念心里的阿兄。
望着茫茫的海水，
等待心里的阿兄。
阿兄——阿兄——
你可听着，我的心声？
……

阿海在心底呼应着："阿螺啊，我已听到你的心声。无情的海水，将咱俩隔开，放你孤单，也放我孤单呀！现在，我就在家门，却无法与你见面……"

阿海泪眼模糊，取下戴在脖子上的平安扣，小心地系在门环上，然后，后退一步，再次跪在地上，隔着破旧的门板，向风烛残年的阿

姆、向心爱的妻子阿螺磕了三下头。他慢慢站了起来,用袖子擦拭着脸上的泪水,再深深地鞠了个躬,转身向村口奔去。

拂晓,传来一阵枪炮声,阿螺一听,这枪炮声就在附近不远,她忙打开门,只见妙山山腰处硝烟弥漫。她意识到,这不是在演习。这段时间天天搞备战演练,原来以为不过是为了让大家提高警惕而已,没想到这仗真的在家门口打起来了。阿螺一转身,猛然看到门环上挂着用红丝线穿着的平安扣,再看院子的沙地上有个明显膝盖跪过的痕迹,她明白了。

阿螺用颤抖的手取下门环上的平安扣,把门关上。她看到被枪炮声惊醒的阿姆正惊恐地坐在床沿上。

阿螺蹲在阿姆跟前,有些语无伦次:"阿姆,妙山……妙山在打仗。平安扣……这平安扣就挂在咱家门环上,阿海哥他……他回来了……"

阿姆接过阿螺手中的平安扣,喃喃自语着:"阿海回来了,又走了。老话说,知儿莫若母啊!我知道,阿海这孩子是怎么想的,他是怕连累我们哪。可这回他错了,怎么说都不应该到了家门口不进来呀!我知道,阿海这一离去,我是别指望再见到他了……"她把平安扣挂到阿螺脖子上,叮嘱道:"记住,这事除了阿姆,谁也不要说,知道吗?"

阿螺点点头:"阿姆我知道了。"

妙山方向的枪炮声又密集起来,阿姆对阿螺说:"孩子,快扶我到门口。"

阿姆被阿螺搀扶着站在门口,她面朝妙山,忧心忡忡:"我知道,阿义在山上,阿海在山下,两个都是我的孩子呀……"

153

妙山阵地，经过半天激战，阵地及周边100米半径的地面已经被炮火翻了好几遍，空气中弥漫着硝烟和烧烤过的树木、泥土混合的焦味。

利用战斗空隙，被炮火熏得脸庞发黑的阿义在战壕里听着纪国强连长报告战斗减员和武器受损情况："我们县公安队90名指战员抵挡了敌海上第一突击大队1000多人六轮进攻，给进攻的敌人以重创，我方战斗减员一半。重伤员已转移到妈祖庙内，林保禄副局长也在战斗中负伤了。现在能投入战斗的人员不足40人。六〇炮和重机枪被敌炮火摧毁，能使用的枪支和所剩子弹也不多了。天气酷热，战士们随身带的军用水壶那点水早喝光了。开始，一些战士还喝自己的尿，现在连尿都尿不出来了。"

这时，负责观察阵地的战士气喘吁吁地跑到阿义跟前报告："前方9点钟方向有个人正在向山上快速移动。"

阿义举起望远镜观察，只见一个女人挑着两桶水正朝着阵地方向奔来，背后，一阵枪响，子弹像雨点一样落在她身边，激起串串烟尘。

阿义说："是送开水的老乡，纪连长你负责掩护，我去接应。"不等纪国强反应过来，阿义已经跃出阵地。

很快，阿义移动到离挑水老乡不到10米的地方，他看清楚，送水的是一位中年大嫂，不知她是怎样从包围圈的空隙中钻进来的。这时，一颗子弹击中大嫂的腿部，殷红的鲜血染红了裤管，大嫂身子一晃，慢慢放下水桶，示意阿义把水带上阵地，然后转身一瘸一瘸地沿着小路隐入了灌木丛。

两名战士赶上来，帮着阿义把两桶水带回了阵地。这水送得太及时了！阿义望着那条滴过大嫂鲜血的小路，鼻子一酸，眼里涌出了热泪，多好的大嫂呀，也来不及问她是哪村的，叫什么名字，不知道她能否安全撤出？

喝了大嫂冒着生命危险送来的开水，战士们渐渐恢复了精神和体力。纪国强报告："许副，现在是下午6点5分，团首长给我们下达的命令是从早晨6点坚守到傍晚6点，我们用一个连的兵力拖住敌军一个突击大队整整12个小时，已经完成阻击任务。"

阿义看着弥漫着硝烟的阵地，说："现在关键是如何带着伤员突围。我们已经快没弹药了，准备退守坑道，等天黑时再找机会突围。"

山下小树林，国民党海上第一突击大队临时指挥部，大队长胡占彪气急败坏地向手下军官训话："上峰要我们两个小时内拿下妙山，结果从早上打到现在还没完成作战任务。军座来电催了，共军的核心阵地现在还没攻下来，而一座小小的妙山却拖住我们整个突击大队。再打不下来，我们都得军法从事。"

参谋长说："团座，看来我们低估了山上这股共军的战斗意志了。"

胡占彪眼睛发红，命令道："下一轮攻击，步兵不再搞什么轮番冲锋了，让舰炮掩护，整个突击大队从正面和两个侧翼同时给我上。让火力配备最强的魏建筹一营给我打头阵。"

一排炮弹呼啸而来，在阵地周围爆炸。阿义大声命令："除了我和观察员，全部进入坑道。"

纪国强报告："坑道口被炸塌，已经封死了。"

阿义果断地说："那就全体转移到妈祖庙里。快！"

一阵狂轰滥炸之后，国民党军第一突击大队全体出动，密密麻麻从三个方向涌向阵地。

山下突击大队指挥部，参谋长报告："长官，我刚刚从望远镜观察到，阵地上的共军撤到庙里去了，看来他们已经快没弹药了。"

胡占彪说："共军虽退守庙里，但肯定会做最后抵抗。我们要速战速决，通知部队暂停攻击，让舰炮连庙带人给我轰掉。"

参谋长报告："这座庙建在一块大岩石下面，是舰炮射程内的一个死角。"

胡占彪大声说："命令魏建筹，用迫击炮给我轰，迫击炮射角大，弹道弯曲，对山上的妈祖庙不存在射击死角。"

妙山妈祖庙，阿义来到身受重伤的林保禄跟前。林保禄满怀愧疚地说："许副我快不行了，这段时间，我有句话憋在心里，一直想找机会对你说，由于心胸的狭窄和思想的偏激，我伤害过你，也伤害了阿螺和那些'兵灾家属'，希望能得到你的谅解。"

阿义蹲了下来，说："林副，人这辈子谁都难免会有过错。你放心，只要能活着出去，我们还是战友、同事。不过现在不是说这些的时候，你先躺下。"

阿义站了起来，命令道："所有战斗人员到前殿，准备战斗。"

一根乌黑的枪管顶住阿海的脑门，阿海一看是刚提升少校营长不久的魏建筹。

魏建筹气势汹汹地说："在金门训练的时候，你发射的迫击炮炮弹都长了眼睛，一打一个准，今天你发射的炮弹都他妈的瞎了眼啦，老是躲着人。限你的迫击炮班五分钟内把山上的妈祖庙给我轰了，否

则，小心我毙了你。"

阿海转身面对魏建筹，一字一句地说："这妈祖庙炸不得！"

魏建筹打开了手枪保险："你说什么，这妈祖庙炸不得？你竟敢违抗军令？我再说一遍，限你五分钟内把妈祖庙给我轰掉，再敢抗命，我开枪打爆你的头你信不信？"

阿海怒视魏建筹："你开枪呀！告诉你，当年铜山军民在妙山抗击日寇时，最后也是退到了这座妈祖庙，日本鬼子那么凶残，最终也不敢炸掉这座庙，不是小鬼子发善心，而是害怕遭报应葬身海底。妈祖是海神，你要是不怕遭报应就把我毙了，自己向妈祖庙开炮。我敢肯定你将葬身海底你信不信？"

阿海一番硬话让魏建筹心里发虚。他倒吸一口冷气，悻悻地收起枪，转身命令副营长："让政工人员向庙里的共军喊话，限其立即缴枪投降，如拒不投降，三分钟后攻庙。"

半山腰一块岩石后面，传出扩音器劝降的声音："共军弟兄们，你们已经没有弹药，被重重包围了，给你们三分钟时间，赶快缴枪投降，否则，你们将被消灭在庙里……"

三分钟过去了，庙里没有一丝动静。魏建筹拔出手枪，对匍匐在岩石背后的士兵吼叫着："给我冲上去，攻进妈祖庙。谁活抓共军指挥员有重赏！"

魏建筹跟着队伍战战兢兢进入妈祖庙，却发现庙里连个人影也没有。他心里有些发怵，刚才的共军怎么突然都人间蒸发啦。他命令道："仔细搜查，看看有没有通往外面的暗道。"

经过一番搜查，几个连长先继报告："搜遍前殿后殿和庙的周围，没有发现共军，也没有发现暗道。"

魏建筹用枪管顶了顶头上的帽子，一脸狐疑地环视着四周，他望见正眯着双眼和他对视的妈祖塑像,不由一阵战栗:"莫非真的妈祖显灵了?"

15分钟前,正当魏建筹用枪逼着阿海向妈祖庙开炮的时候,妈祖庙里发生了一件令人意想不到的事情,一名战士向阿义报告,后殿供桌下面的地砖有响动。阿义来到供桌旁,拔出手枪机警地观察着动静,只见一块大砖被托起并慢慢挪开,一个蓬头垢面的女人气喘吁吁地从里面爬了上来。阿义吃惊地发现,这个女人竟然是阿螺。

这时,外面传来扩音器劝降的喊话声。

阿义正要问个究竟,阿螺催促道:"没有时间多说了,快,这个暗道连着一个隐蔽的山洞,大家赶快跟着我出去。"

阿义转身对纪国强说:"纪连长你和阿螺带着大家先走,注意照顾好伤员。我来断后。"

暗道口很窄,只能一个一个下去,等到最后一个战士下了暗道,庙外已经枪声大作,敌军很快冲进前殿。阿义迅速跳进暗道,从下面慢慢挪动大砖,严严实实盖住了暗道口。

带着公安队走出山洞,阿螺松了口气,说:"现在安全了,这条连着石洞的暗道是当年'天地会'留下的,这个秘密只有七叔公一个人知道,他老人家从来没有对人讲过。今天,你们在妙山被国民党军队包围了一整天,我们开水都烧好了就是没办法送上去。后来,听到山上枪声渐渐停了下来,知道你们一定是没有子弹,被国民党军队包围了。我和阿姆正在着急,还在生病的七叔公拄着拐杖来到家里,他老人家带着我找到这个山洞,告诉我沿着山洞里的暗道一直走,可以到达妈祖庙的后殿,一定要把你们从暗道带出来。还好我赶上了,要是再迟一点点就……"

纪国强看着浑身尘土、汗水淋漓的阿螺，感动地说：“刚才我们都已经上了刺刀，做好牺牲的准备了，你来得太及时了，是你和七叔公救了大家呀！”

阿螺说：“你说哪里话了，是解放军用生命保护了我们。今天，谢番薯，哦，就是我们钵头村的党支部书记带着担架队上四〇一高地支前去了，留下我和阿巧、阿娇接应你们。天快黑了，你们队伍带着重伤员转移不方便不安全，要不你们把重伤员留下来，我参加过救护队训练，家里还放着一个急救箱呢。”

阿义来到林保禄跟前，握着他的手说：“林副，阿螺说得有道理。根据团首长指示，我们完成庙山阻击任务后，还要赶回四〇一高地参加战斗。现在我们队伍中就你和倪刚受了重伤，跟着队伍行动确实不方便也不安全，看来先把你们安顿在村子里是唯一的选择。我安排两名战士把你们两位背到村里，再追上队伍。我给你和倪刚留下一把上了膛的卡宾枪、一枚手榴弹，记住，你们是在老百姓家，不到万不得已不要使用武器。预计明天天亮后，增援的大军就会发起总反击。你们一定要挺住，到时我来接你们到医院。”

林保禄被阿义的战友情深深感动："许副你放心，我们一定挺住。"

阿义转身对阿螺说："你们要特别小心，敌人在妙山扑了个空，一定不会甘心，很可能会到村子里搜查，千万注意安全。"

阿螺淡定地说："我知道了，你放心，我会应付的。"

阿义看着阿螺，忽然觉着眼前的嫂子与以前判若两人，血与火的考验使一个柔弱的女子竟然变得这样勇敢和坚强。从阿螺身上，阿义看到了铜山县工委将"敌伪家属"改为"兵灾家属"这项德政的人心效应，看到了这座海岛上历经劫难，枯木逢春的女人们命运的缩影。

把林保禄、倪刚接到家后,阿螺忙活开来,她让阿娇到村口观察动静、阿姆帮着熬地瓜粥、阿巧帮着照料伤员。

阿螺让阿巧当下手,用急救箱里的酒精为林保禄和倪刚清洗伤口,重新做了包扎,然后,给两个人喂了地瓜粥。这时,天已蒙蒙亮。只见阿娇气喘吁吁地跑了回来,对阿螺说:"不好了,有一支国民党军队正向村子冲来,已经到村东头榕树下了。"

阿螺问:"你确定是国民党兵吗?"

阿娇说:"没错,穿着和当年来抓阿生时一样的服装,只是衣服全换新的。我还听到一个当官的在叫喊,三个一组,挨家挨户搜查,别让共军伤员给跑啦。"

阿娇正说着,村头已经响起了狗吠声。

林保禄提着卡宾枪,对阿螺说:"我们不能待在这屋子里,这会连累你们的。"说着,扶着倪刚吃力地站了起来。

阿螺见状连忙制止:"你们都伤成这样了,怎么出去呀?阿义既然把你们交给我了,你们就得听我的!"

阿螺似乎早有准备,她让阿巧、阿娇帮忙,把倪刚藏到床底下,把林保禄藏到柴火垛后面,然后将急救箱连同沾着血的毛巾、棉球放进了灶膛。她特别交代林保禄和倪刚:"你们躲着别出声,没有我的招呼千万不要出来。"又吩咐阿巧、阿娇:"我们出去把这间房屋的门反锁了,你们两位先回家,等国民党兵走了再过来。"

阿螺找了把老式铜锁把门反锁上。阿娇走几步又返回来,她把阿螺拉到桑树下,小声问道:"阿螺姐,你说这次阿海哥和水旺、阿生他们会不会也回来了?我前天晚上又梦见阿生了。我天天盼着阿生回来,可不知怎么,这会儿又害怕他回来,我看今天阿巧也心事重重的。"

阿娇的话，戳到阿螺心底的痛处。妙山一天的激战，她和阿姆既牵挂着阿义，又牵挂着阿海，经历着难以名状的煎熬。现在阿义脱险了，阿海却生死未卜，她内心充满牵挂和担忧，然而，她现在只能把这份牵挂和担忧埋在心底。面对正在挨家挨户搜查的国民党官兵，她必须让自己保持镇定，全力保护好两个解放军重伤员。在她看来，坚守妙山的公安队也是解放军，是解放军就应该保护。此时，面对阿娇的发问，阿螺一时不知道该怎样回答才好，只能乏力地说："阿娇别想那么多，赶快回家吧……"

桑树下，阿螺不紧不慢地推着石磨，阿姆站在一旁往石磨上的圆洞里添着浸过水的糯米。阿姆的手有些颤抖，添的糯米老是对不准石磨上的圆洞。

三个国民党兵端着枪冲进院子，为首一个国民党兵用潮州话问阿螺："你有没有看见共军的伤员？"

阿螺说："我一早就和阿姆在这里磨米浆，没有看见什么伤员呀！"

有位国民党兵进到开着门的房间，看到里面没人，又回到院子里。他指着隔壁上了锁的房子问道："大白天的，这房子怎么锁着，里边有人吗？"

阿螺说："那间房子是我妯娌和小叔住的，他们夫妇这几天出门买农具去了。"

领头的国民党兵推开一个门缝，瞅见昏暗的屋子里除了一张空床、一个灶台、一堆柴火垛，什么也没有。他转身对阿螺说："里面真的没人吗？把门锁打开，我要进去看看。"

阿螺故作轻松地说："这位兄弟，里面真的没人，你还不相信我呀，我丈夫也在你们那儿当兵呢！"

领头的国民党兵将信将疑："是吗，他叫什么名字？在哪个部队？"

阿螺说："他叫许阿海，哪个部队我不清楚，听说是在金门。嗨，不信我让你看看照片。"阿螺说着，掏出一张和阿海结婚时的黑白合影照片。

领头的国民党兵接过照片一看，马上改变口气："阿嫂，你原来是阿海的'家后'呀！我是潮州人，叫陈三，哦，和潮剧《陈三磨镜》里的陈三名字一样的。阿海和我同个部队，是迫击炮班的班长，做人很硬直，我们是好兄弟。哎，他这次也回来啦，你知道吗？"

阿螺故作吃惊："阿海他回来啦？我不知道呀！"

阿姆焦急地问道："阿海这孩子平平安安吗？"

陈三顾盼左右，小声对阿姆说："老姆你放心，阿海'无代志'（没有事）。"他转身对另外两个国民党兵说："走，到别家搜查去。"

阿螺和阿姆刚松一口气，忽然听到有人大声喊道："慢着，那屋子的门锁着是怎么回事？"

阿螺心里一怔，看见一个国民党军官带着两个端着卡宾枪的士兵堵在院子出口。

陈三慌忙上前敬礼："报……报告长官，住这房屋的夫妇出门买农具了，我刚才从门缝看了，里面确实没有人。"

军官在上锁的房屋前徘徊着，突然他拔出手枪，叫道："不对，好像有酒精的味道，快，把门给我打开！"

几个国民党兵同时拉开枪栓，枪口对着房门。

躲在柴火垛后面的林保禄端起了卡宾枪，躺在床下的倪刚也悄悄拧开了手榴弹盖。林保禄示意倪刚,不要使用手榴弹,以免伤及外面的阿螺和糯米婶。

陈三凑到军官跟前,小声说:"长官,我刚才了解过了,这户人家没有问题。"

军官瞪着眼睛说:"有没有问题打开门再说!"

现场气氛紧张得让人窒息。阿螺努力让自己保持镇定:"长官,哪来的什么酒精味道呀!这门是我家小叔和妯娌外出时锁上的,我们也没有钥匙呀!"

军官命令陈三:"那就把门给我砸开。快!"

陈三不情愿地举起枪托……

这时,一个传令兵跑过来向军官报告:"长官,共军大部队已经登岛,上峰命令我们赶快向海滩撤退,抓紧时间上船。"话音刚落,远处已传来密集的枪炮声。

军官朝几个国民党兵喊道:"还愣着干什么,赶快给我撤!"

看着远去的国民党官兵,阿姆瘫软在地……

裴振华师长带着增援的解放军在守岛部队的配合下,一路追击向海边溃退的国民党军队。参谋长报告:"师长,有2000多名来不及上船撤走的国民党军队正聚集在狭长的海滩上。"

裴振华来到一个高地,用望远镜观察了海滩。他沉思片刻,吩咐道:"通知部队,对海滩上的国民党官兵先包围起来,不要开枪。只要他们放下武器,就留给活路。他们也有妻儿老小啊!"

第十章

阿螺伫立在家乡的海岸,唱着心底的《阿兄》。阿巧怀孕了,这个消息在钵头村传开后炸开了锅。风浪中,余满舱把篮球塞到余添贵手上,吃力地说:"孩子,抱紧这篮球,朝着北极星的方向,朝着对岸的灯光,游过去。"

驻岛部队团部，雷挺用拳头捶了一下阿义的肩膀："我说了，阿义你小子蹦来蹦去，还是蹦不出我这五指山嘛！你们这回妙山阻击战打得好，一个连的公安队拖住敌人一个突击大队，大大减轻了四〇一高地的压力呀！说实在话，你们完成阻击任务后能安全撤出是个奇迹，我真担心你们被敌人包了饺子，为你们捏了一把汗呢！"

阿义说："首长，这仗能打得好，多亏当地百姓的支持，要不然，我们恐怕坚持不了12个小时，也很难安全撤出。我们都准备好与阵地共存亡了。"

雷挺说："是呀，团主力能坚守三个核心阵地一直到大部队的到来，也是多亏了民兵和当地百姓的支持啊！对了，之前你们县公安局及时拦截了敌特绘制的我主阵地地形图非常重要，要不然，这次我们可就要付出惨重代价了。在这次保卫战中，我们有效利用事先在山上构造的坑道和土木工事，顶住了国民党军猛烈的炮火和飞机轰炸，抵挡住数量10倍于我的敌军一昼夜进攻。这也有你们立下的功劳啊！"

阿义深有感触地说："首长，我认为这次铜山保卫战，也是检验了我们的政策，把'敌伪家属'改为'兵灾家属'，这项德政暖人心哪！"

雷挺说："是的，在这次保卫战中踊跃支前的，就有不少是'兵灾家属'，她们用实际行动支持守岛部队，捍卫新生政权，表现特别英勇，你的母亲还有你的嫂子阿螺就是典型例子，她们冒着危险保护重伤员的感人事迹我都听说了。"

阿义说:"这回我们能安全撤出妙山,还多亏了钵头村的七叔公,是他老人家在危急时刻告诉了阿螺妈祖庙通往外面的暗道。还有一位不知名的大婶冒着敌人的炮火给我们送来了开水,腿都受伤了。"

雷挺感慨地说:"这就是英雄的铜山人民啊!没有他们的支持,就不可能取得这次保卫战的胜利,庆功表彰的时候可不能忘了这些功臣呀!"雷挺忽然想起一件事:"阿义你知道吗,还有一个人在关键时刻保护了你们。"

阿义问:"还有一个人,是谁?"

雷挺说:"这个人就是你的哥哥许阿海。"

阿义有些诧异:"我哥许阿海,他回来了?"

雷挺点点头,说:"我们从一个被捕获的俘虏口中得知,阿海是国民党军队第一突击大队的迫击炮班班长,当你们退守妈祖庙的时候,一位军官命令他向妈祖庙开炮,他坚决拒绝了。正是由于他拒绝开炮,使公安队免遭一场灭顶之灾,也为公安队的撤离赢得了宝贵时间。关键时刻,阿海再次做出正确的抉择。"

阿义听懂了雷挺所说"再次"的含义。他含着眼泪说:"没想到我们兄弟俩竟然一个在山上,一个在山下,离得那么近。我了解我哥,知道他当时是怎么想的。要是他能留下来该多好呀……"

阿海站在金门海岸的礁石上,望着海水发呆。他处于极度后悔和自责的煎熬之中。这次到了家门口,已经听到阿姆和阿螺说话的声音,却没能进去见上她们一面,他错失了一次,也许是今生唯一的一次与阿姆、阿螺见面的机会,他预感到,留给阿姆的时日不多了。这种后悔和自责,在他登上撤离铜山岛的军舰那一刻起,变得特别强烈。可是时间不能倒转,发生过的事情不可能重来,他感受到一种揪心的、无望的、难以言状的苦痛。

让他聊以慰藉的是，在妙山战斗中，他救了弟弟阿义。如果当时他没有在场，相信迫击炮班不能顶住"鬼见愁"炮轰妈祖庙的命令，那后果将不堪设想。他相信，阿义一干人马并不是什么人间蒸发，而是安全转移了。

离开铜山岛，阿海心头还叠加着沉重的负疚感。那天黎明前，他挥泪跪别了家人，跑到村口时，猛然想起阿生生前的嘱托，他摸了摸随身带着的折叠手帕，转身又往村里跑。

他来到阿娇家门口，正要敲门，听到了屋里传出阿娇断断续续的抽泣声："阿生你说好要回来和我一块插秧的，可秧都插好了，你怎么还不回来呀！你一定要好好活着，只要你活着，我就有盼头，每年到了插秧的时候，我都会到望夫石等你，阿生你可别断了我的念想呀……"

阿海的心像被电击一般激烈颤抖着。他知道阿娇的刚烈性格，如果她得知阿生死了，肯定也活不成，这岂不是害了阿娇吗？阿海掏出手帕，摇了摇头，又放进怀里，心里默默地说："阿生，对不住你了，我没能完成你的嘱托呀！"

正当阿海陷入沉思时，身后传来带着潮州腔的熟悉声音："阿海哥，我找了你半天，有件事要跟你说呢。"

阿海转身一看，是一等兵陈三。阿海是一连的，陈三是二连的，两个人平时特别聊得来，加上潮州话和铜山话本来就相通，一来二往，陈三竟然和他认起老乡来了。阿海比陈三大几个月，陈三就称他为哥。这个陈三爱交往，在下层官兵中人脉广，小道消息也多。在实行战地管制的金门，阿海的消息，多半是从他那里听来的。

阿海问道："陈三，是什么事把你急的？"

尽管周边没人，陈三还是放低音调："阿海哥，我这回在铜山岛见到阿嫂和老姆了。"

阿海吃了一惊："你是怎么见到她们的？快跟我说说。"

陈三说："妙山战斗结束后第二天'透早'（清晨），我们连奉命到钵头村搜查共军的伤员。我带的搜查组正好到你家。当时阿嫂还有你阿姆正在院子的桑树下磨米浆。"

阿海说："没错，我家院子里是有棵老桑树，桑树下放着一副石磨。那后来呢？"

陈三说："我当时看到有一间房屋的门锁着，就叫阿嫂把门锁打开，哦，当时我还不知道她就是阿嫂呢。阿嫂告诉我，那是她妯娌和小叔住的房子，他们出门买农具去了。"

阿海想，难道阿义结婚啦？他前一天还在妙山上，怎么会出门买农具呢？不，不可能。那么，莫非真是解放军的伤员藏在家里……

陈三看阿海有些走神，问："阿海哥你在听我说吗？"

阿海回过神来："嗯，我在听着呢。"

陈三接着说："阿嫂告诉我，她丈夫也在我们这儿当兵，叫许阿海，还拿了一张结婚照给我看，我一看就认出你来了。本来想让跟着我的那两个兵到隔壁搜查，我再和老姆、阿嫂聊聊，看她们有什么交代，没想这时候该死的连长闯了进来，非要砸锁开门搜查不可。"

阿海一惊："那锁砸了没有？"

陈三说："没有。刚要砸锁，连长接到传令兵报告，共军的大部队打过来了，弟兄们紧急集合向海滩撤退了。慌乱中那张照片我也来不及还给阿嫂了。阿海哥你看，照片我给你带来了。"

阿海接过陈三手中的照片，没错，这就是结婚时和阿螺到古城照相馆拍的那张黑白合影照片。看着照片，阿海忍不住热泪盈眶。他抬头望着大海，心里在说："阿螺啊，你现在在哪儿呢？"

此时的阿螺正捧着平安扣，伫立在家乡的海岸，迎着海风，唱着心底的《阿兄》：

站在风中的海岸，

思念心里的阿兄，

望着茫茫的海水，

等待心里的阿兄。

阿兄——阿兄——

你可听着，我的心声？

阿兄——阿兄——

何时回来，我的阿兄。

待到风平浪静，

鹊桥接我阿兄，

相依相偎，不再分离。

待到风平浪静，

鹊桥接我阿兄，

月圆梦圆，家也团圆。

阿义结婚了。用顾秋生的话说，乘着铜山保卫战胜利的东风把婚结了，喜上加喜；用糯米婶的话说，乘着她眼睛还没瞎，赶快生个大胖孙子给她看看；用贺梅的话说，乘着她还没反悔，赶快娶了她，不然等她"觉悟了"，就没他阿义的份儿了。

洞房的布置很简单，按当时的流行做法，一间宿舍，两张单人床铺拼到一块，再添上一床双人被，就可以办事了。当然，房间里还多了一面写着"新婚志喜"的镜子，一个写着"百年好合"的脸盆，一只贴着"琴瑟和鸣"红纸的热水瓶，那是局里同事相贺的。在医院疗伤的林保禄特地请人剪了一幅"福娃"剪纸，让徐亮送过来，祝阿义和贺梅早生贵子。

婚礼也简单，不像农村闹洞房那么折腾，顾秋生带着局里同事热闹一阵子，宣布："上半场的活动到此结束，现在我们该撤了，下半场就留给阿义和贺梅两位新人自己去'划龙舟'啦！"顾秋生走到门口，又转身交代阿义："记得以后要常回家看看噢！"

送走客人，贺梅问阿义："哎，刚才顾局说你以后要常回家看看是啥意思？"

阿义说："是这样的，最近，县工委调城关区工委书记赵海峰到县海防部任部长，组织上决定让我到区里接任他的工作。"

贺梅埋怨道："许阿义同志你真沉得住气啊！这么重要的事怎么没告诉我？"

阿义笑着说："这不告诉你了嘛，组织上也是今天刚找我谈话，本来想等会儿告诉你的。"阿义说着，坐到桌子跟前，俯身写起材料来。

贺梅有些不高兴："今天是什么日子，还在伏案疾书呢！什么材料那么急，比我还重要，就不能等明天再写吗？"

阿义带着歉意："贺梅，我在赶这次妙山阻击战的总结报告呢。顾局要求明天上午交稿，这也是我离开公安局之前顾局交给我的最后一项任务，得完成好呀！快了，我已经写到最后一段了，要不你先睡吧。"

贺梅噘着嘴："亏你说得出口，新婚之夜，你让我一个人先睡？"

171

阿义笑道："也对。嗨，这写总结对我来说真比攻克阵地还难，要不干脆你帮我看一看，也省得老催着我。"

贺梅拿过稿子，一边看一边点评着："嗯，妙山阻击战的过程写得蛮翔实感人的，看得出是用你自己的语言在写。就是结束语这部分形容词用得不准确。哎，许阿义同志，看你平时人很机灵，口才也蛮好的，可写起材料来怎么像南极的企鹅从海里爬到冰面上，笨拙得很。你看，明明是'出乎意料之外'，你却整出个'出乎意料之内外'。这是典型的用词不当知道吗？我看你小时候一定不好好念书，上课不是爱做小动作就是老偷跑出去掏鸟蛋。"

阿义连连点头："嗯，都被你说中了。这古人说得在理，书到用时方恨少，事非经过不知难呀！我发觉这写材料比打仗还难。不过，以后我不怕写材料了。"

贺梅问道："为什么？"

阿义说："因为有你呀，有你帮着我，就没有攻不克的阵地。对了，咱俩订个协定，以后，文字上你多帮着我，其他方面我听你的，可以吗？"

贺梅小声地"命令"道："许阿义同志，你大小也是个领导了，说话可要算数。那现在就听我的，赶快脱衣关灯上床睡觉。今晚不好好珍惜你会后悔一辈子的……"

贺梅关上灯，房间里弥漫着柔软的温馨的多情的浪漫的橘红色的烛光。阿义猛然抱起贺梅："那，我们就开始'划龙舟'啦！"

重新开灯，贺梅眼角闪着泪花，依偎在阿义肩膀上。

"阿义，你会珍惜我一辈子吗？"

"会的。"

"你会和我白头到老吗？"

"会的。"

"如果我们不能白头到老,有一个先走,那个人只能是我,不能是你。你不能只顾自己先走了,把痛苦留给我。明白吗?"

"明白了。哦不,我们两个人一起慢慢变老。等我们老了,互相搀扶着,漫步在夕阳中的月牙湾沙滩,那该多好呀!"

贺梅有些感动:"看你这渔夫,还有那么一点浪漫情怀呢。"

阿义说:"那是因为碰上有浪漫情怀的老婆呀!"阿义忽然叹了一口气:"可一想到那些夫妻分离的家庭,想到阿螺和我哥,我的心情就浪漫不起来了。"

贺梅问:"阿义你说,那些被抓丁的男人如果回来没有希望,他们在那边会再娶吗?如果他们再也回不来,他们的女人会再嫁吗?这些女人最后的命运会怎么样呢?"

阿义猛然间被问住了:"这……不知道。贺梅你怎么会问起这个问题呢?"

"因为……我是女人……"

阿巧怀孕了,这个消息在钵头村传开后炸开了锅,有责备的,有猜测的,有理解的,有保持沉默的。随之而来的是各种关于阿巧"找契兄"(有外遇)的传言。有人说,阿巧是在参加修渠道时,和邻村的一个男的好上了,自从那次修完渠道后,她肚子也跟着"修"大了。也有人说,阿巧是在参加互助组时和人家搞上的,白天和男人在田头互助搞生产,晚上和男人在床头互助搞那个。

听到议论后最气愤的是阿娇,有一回,她抓起一把剪刀冲到一位饶舌女人家里,"啪"的一声把剪刀扔在桌子上,瞪着眼睛说:"都是女人,你嘴巴积点德好不好?以后再听到你背后损阿巧,我剪掉你的舌头信不信？"吓得那个女人差点尿裤子。

可是，阿巧的肚子一天天大起来是不争的事实。阿娇找到阿巧，劈头盖脸就是一通责问："阿巧你也太让我失望了，水旺哥才离开几年，你就跟别的男人有了孩子。等水旺哥回来了看你怎样面对他。告诉我，那个混蛋男人是谁，我找他算账去！"

阿巧哭着说："阿娇你别问了，我不能告诉你……"

阿娇听了气得直跺脚，她找到阿螺诉说了情况，没想阿螺非但没有生气，反而平静地劝她："阿娇你就别逼阿巧了，她不肯说出这个男人是谁，肯定是有她的苦衷，我们还是想着怎么帮帮她吧。"

阿娇愣愣地看着阿螺，问道："阿螺姐，你是不是知道那个男人是谁？"

"古早味"小饭馆，阿海约何水旺、陈三一块小聚，借酒排解思乡的愁绪。

何水旺问阿海："满舱叔怎么没来呢？"

阿海说："满舱叔调回大担岛当伙夫去了，是他自己要求回去的，他做的饭菜合当兵的口味，上司也就同意了。"

何水旺说："我知道，满舱叔是不放心添贵，怕他走阿生的路子。他们父子都被抓丁，家里剩下婉儿婶孤身一人，满舱叔这头担心着添贵，那头牵挂着婉儿婶，他心里苦呀！"

阿海充满忧虑："添贵还是个孩子，也不知满舱叔能不能劝得住他。想要联系他们也没有办法联系上，不知道为什么，我老担心他们父子俩在大担那边会出事。"

陈三叹了口气，说："命运无常，世事难料，只能自求多福了。其实，我们每个人都想家呀！咱潮汕和闽南地区的'普度'又要到了,这'普度'是祭拜孤魂野鬼的,说不定哪一天,我们也成了孤魂野鬼了。"陈三说着不由伤感起来。

看到气氛有些沉重,阿海岔开话题,招呼何水旺和陈三喝酒。几杯高粱酒下肚,陈三有些醉意,他神秘地对阿海说:"阿海哥,我给你透露一个消息,驻守金门的部队要调防台湾啦。"

阿海听了一怔,半天不出声。

何水旺问道:"陈三,这消息是真的吗?"

陈三说:"没错,你别以为我喝多了在说胡话,我的一个潮州老乡在当医官,他在准备着给调防台湾的老兵做体检呢!"

阿海感叹道:"在金门,心里总觉离家很近,或许还有机会回去,到了台湾,也许这辈子再也回不了家了。"

何水旺焦急地问陈三:"有办法不去台湾吗?"

陈三说:"有个办法可以不再当兵,就是让体检不过关,到时候你们再要求在金门退伍。"

阿海催促道:"陈三有什么办法快说,我本来就不想当这兵了。如果像当年我阿爸和七叔公保家卫国打小日本,我保证第一个冲在前头,可现在枪口是对着自家兄弟,我扣得下扳机吗?"

陈三环顾左右,小声说:"我偷偷告诉你们,其他任何人都不能讲……"

利用"岛休",余满舱带着儿子余添贵来到位于大担岛北端的北山寺烧香,这座寺庙的前身叫宝灵寺,相传是施琅征台凯旋后所建,寺里供奉着海上保平安的妈祖。余满舱觉得,这里供奉着妈祖,家乡的妙山也供奉着妈祖,两尊妈祖一定是相通的,到这里烧香,心灵深处有一种找到家的亲近感。还有,来这里烧香,一来为妻子婉儿祈求平安，二来父子俩借此有一个安静的讲话环境。

烧完香，父子俩走出北山寺，找一僻静处坐下。余添贵说："阿爸，我知道你这次回来是为了我，怕我下海出事。可我还是要告诉你，我是铁了心要游回去的。"

余满舱生气了："你这孩子怎么这样不听话呀！都跟你说多少遍了，阿生的教训就摆那里，这海下不得，你是游不过去的。你本来是想回家看阿姆，可要出事了，不是害死你阿姆吗？"

余添贵说："阿爸，我想过了，我的情况和阿生不一样。阿生是在金门岛下海，而我是在大担岛下海，这里与鼓浪屿、浯屿岛相距不到3海里，一下子就游过去了。还有，我身边不是有你吗？你当过船老大，懂得'洋流'，帮我看看什么时候下海不会被漂回来，这样我不就多一分成功的把握吗？"

余满舱说："我观察过了，这大担岛是哑铃形状，一头是南山，一头是北山，中央是一条宽约50米、长约200米的低平沙滩，从这片沙滩下海，想避开地雷阵和机枪射杀很不容易。还有，这里虽然离鼓浪屿、浯屿岛很近，但水流湍急，洋流复杂，即便是下得了海，要想成功游过去希望也不大。孩子听我的话，还是打消这个念头吧。"

余添贵说："阿爸，要是在过去，我还可以听你的，可这回不行，我如果再不游回去，以后就再也没有机会了。你没听说吗，我们马上就要调防台湾了，到了台湾还能游过海峡吗？阿爸，你年纪也大了，其实我也舍不得离开你，可那里有阿姆，有我们的家，我多想咱父子俩能一块回去，一家人团圆呀！可是，我只能一个人先走了，正因为下海有危险，我们父子俩不能一起冒这个险，至少得有一个活着呀！"

余添贵一番话深深触动了余满舱，他泪如泉涌，对余添贵说：

"孩子,咱回去吧,这事让我想想,再想想……"

钵头村的人们惊奇地发现,已经沉寂几年的婉儿婶忽然又唱起了歌仔册,从《杨令婆》到《穆桂英挂帅》,到《薛丁山征西》,再到《万花椿》一出一出唱下来。也不知双目已近失明的婉儿婶是怎么记下这么多歌仔册内容的。有人说她最近做了个梦,梦见余满舱和余添贵回来了,她认为这梦是个好预兆。也有人说她遇到一个算命先生,这个算命先生收下她过去卖鸡蛋攒下的钱,然后让她抽了一支与家人团聚的上上签,这让她高兴了好几天。她眼睛虽然瞎了,但还能隐约感觉到人影,逢人就说,我家满舱和添贵就要回来了,快了。街坊邻居听了摇摇头,默默地走开了。

入夜,余满舱辗转难眠。白天上北山寺时余添贵的一番话让他感到震撼。他在心里忽然做出一个决定,不再阻挠余添贵下海,而是陪着余添贵一起游回去。这是一个大胆而孤注一掷的决定。他认为,这至少比余添贵一个人下海胜算大一些,当然,如果出问题,将付出双倍的代价,这是拿生命在豪赌啊!他必须想得周到一些,更周到些。

他想到了偷一条冲锋艇,冲锋艇速度快,等到被发现,也许已经越过了中线,可转念一想,不行,听说前不久有一个当兵的在金门偷了一条冲锋艇开到小嶝岛,这种事不可能再发生第二次。那么只能靠游泳了,然而,要想游过这片风高浪急的海域,必须借助救生设备,可救生衣除了那些派遣出去的特务,其他人是很难接触到的。

怎么办?他想着各种可以利用的漂浮物,木板、小木桶、空水壶、篮球。对,篮球!岛上设有简易篮球场,对篮球管理也比较宽松,悄悄收集两个篮球没有问题。那么,剩下的就是要看风向和潮水了。

177

余满舱琢磨着，大担岛在厦门的东南边，退潮时，海水由北向南流，涨潮时，海水由南向北流，而且海水流向和海浪大小还受到风向和风速的影响。如果在退潮时逆流下海，再迎面遇上西北风，那肯定被漂回来的。必须选择在低潮转涨潮时刻、而且是东南风时下海，这样就能顺风顺水游到对岸。此外，还要根据潮汐规律，精确算出夜间下海的最佳日期和时间节点。所有这些，都必须考虑到，不能有丝毫的疏漏。

余满舱告诉自己：细心准备，寻找时机。事成事败就看运气了。

又轮到"岛休"时间，余满舱和余添贵再次上了北山。父子俩来到一块清乾隆年间留下的"闽南保障"摩崖石刻跟前。余添贵小声对余满舱说："阿爸，两个篮球我已经准备好了，我们什么时候下海？"

余满舱指着沙滩北侧与礁石接合部告诉余添贵："我已经算好潮水了，今天晚上12点，咱俩就在那礁石旁边会合，记得上回有位大官带着一帮人到那里视察，我想，那位大官走过的地方估计不会有地雷。我们就从那里下海，然后朝西北的方向游。"

余添贵问："那我们在哪里上岸呢？"

余满舱说："我了解过了，如果是在大金门下水，最近点是晋江的围头。如果是在小金门下水，最近点是大嶝岛、小嶝岛。而在大担岛下水，最近点是浯屿岛，但那里水流湍急，根本游不过去。厦门胡里山炮台附近的沙坡尾虽然稍远一些，水流却比较平缓，我们就朝那个方向游。"

余满舱从身上掏出一张纸，只见上面画着七个黑点，这些黑点用线条连起来，像一把勺子，他告诉余添贵："这就是北斗七星，你看，顺着勺口前面这两颗星的连线再向前延伸五倍，有一颗明亮的星，那就是北极星。北极星所在的方向就是正北，到时我们朝北偏西游。你现在先看清楚了，到晚上下海时我再指给你看，你就明白了。"

余添贵看着图纸，说："阿爸，我记住了。"

余满舱叮嘱道："还有，记住晚上多吃一点，下海游泳耗体力。"

余添贵按捺不住激动："我明白了，我一定吃得饱饱的。今晚我们就要回家了，就要见到我阿姆了。"

余满舱小声提醒道："添贵听我说，这个时候要特别注意保持镇定，不要让人感觉出有什么异常。走，跟我到寺里给妈祖娘娘烧炷香，保佑今晚顺风顺水，让我们平安游回家。"

余添贵望着波澜不惊的海面，眼里噙着泪花："保佑今晚顺风顺水，我和阿爸平安回家。"

入夜，大担岛，观察哨的国民党兵向班长报告："前面沙滩发现两个人影，噢，其中一个像是伙房的满舱叔，要不要……"

班长说："伙房的满舱叔？天这么黑，有没有看走眼呀？"

士兵领会了班长的意思，应声："是！"

余满舱和余添贵一人抱着一个篮球，躬着身迅速穿过沙滩跳进海里。余满舱小声对余添贵说："儿子，跟着我，朝北游。"

今晚的海水软软的，海浪也缓缓的。游离海岸一段距离，余满舱紧绷的一颗心稍微放松一些，他指着前方星空，问余添贵："儿子，看到北斗七星了吗？"

"看到了，跟阿爸画在纸上的一模一样。"

"顺着勺口往前，看到北极星了吗？"

"看到了,特别明亮。"

"儿子,朝着北极星方向再偏西一点,加把劲游一段,就要过中线了。"

"哎,我正使劲游呢!阿爸,回家后你还讨海吗?"

"讨海呀!咱家的渔具肯定还在呢!我要多捕鱼多挣钱给你娶房媳妇,让你阿姆也高兴高兴。"

"那我跟着阿爸一块出海,阿爸把捕鱼的本事全教给我。"

"你还年轻,要去念书,以后做个文化人。"

"好,听阿爸的,到时候我去念书,阿爸去讨海,阿姆在家里唱歌仔册。咱一家子'吃番薯,配海鱼',快快乐乐过日子。"

"是呀!'七月半'快到了,你阿姆一定没想到我们会回家和她一块过'普度',我在想着,当她见到咱父子俩突然回来时,会高兴成什么样子呢!"

余添贵忽然看到远处有闪烁的灯光,他兴奋地告诉余满舱:"阿爸,快看,远处有灯光。"

余满舱欣喜地说:"那是对岸的灯光,再游一海里就到了。"

这时,海面上突然刮起大风,渐渐地风越刮越猛,刚才还很平静的大海顿时像激烈摇晃的大锅,波涛汹涌。余满舱和余添贵慢慢地被海浪拉开了距离。

余满舱大声说:"不好,刮的是西北风。添贵,把球抱紧,靠紧我。"

余添贵喊道:"阿爸,风浪太大,我靠不过去。"

正说着,一个巨浪打来,余添贵的惊呼:"阿爸,篮球,我的篮球被海浪卷走了!"

余满舱预感到情况不妙,在这风高浪急的夜晚,球一旦被海浪

风浪中,余满舱把篮球塞给儿子余添贵:"抱紧这篮球,千万别松手,朝着北极星的方向,朝着对岸的灯光,游过去。"

卷走，那就别想再找回来了。而经历一番风浪折腾，已经耗掉许多体力，如果没有篮球的辅助，在这大风大浪中，肯定是游不过最后一海里的。他使尽全力终于游到余添贵身边，把手中的篮球推给了余添贵："孩子，风浪很大，快把球抱紧。"

余添贵见状，忙把球推回给余满舱："阿爸，我能游，你年纪大了，这球你更需要。"

余满舱渐渐感到体力不支，他再次把篮球塞到余添贵手上，吃力地说："孩子，别推了。听我的，抱紧这篮球，千万别松手，朝着北极星的方向，朝着对岸的灯光，游过去。记住，替我照顾好你阿姆……"

又一个巨浪打来，余满舱消失在黑暗中。余添贵感受到一种从未有过的慌乱和恐惧，他声嘶力竭地哭喊着："阿爸，你在哪里呀？阿爸，咱们说好了一起回家见阿姆的，你别丢下我呀！"然而，除了凄厉的风声和咆哮的波涛声，没有任何阿爸的声息。

刚刚还在身边的阿爸，瞬间被无情的海浪吞噬了。余添贵孤身一人，无助地漂泊在漆黑的大海中。他万万没有想到，和阿爸竟然诀别在这离家仅仅一海里的海面上。所有的憧憬，所有的梦想，所有的期盼，都被那无情的海浪彻底击碎了。这一切，来得这样突然，这样的残酷。余添贵一阵眩晕，感觉整个大海、星空在旋转。

这时，他脑海中重现了阿爸把篮球塞给他的情景和最后嘱咐："孩子……抱紧这篮球，千万别松手，朝着北极星的方向，朝着对岸的灯光，游过去。记住，替我照顾好你阿姆……"

他告诫自己，要坚持住，一定要坚持住！他紧抱着篮球，强忍着巨大的悲痛，朝着阿爸指引的方向奋力游去……

第十一章

望夫崖上传来了阿娇悲凉的令人心颤的哭声,终于有一天晚上哭声停止了。迫击炮炮膛发生爆炸,阿海倒在了血泊中。

赵海峰和阿义再次来到了古城墙。望着海面上点点白帆，阿义说："海峰书记，我猜这次接你的岗是你提议的。"

赵海峰说："这是县工委经过慎重考虑后做出的决定。当然，石泰山书记事先有征求过我的意见，我也是负责任地提出建议人选。"

阿义问："老书记你对城关区情况熟悉，走之前还有什么吩咐吗？"

赵海峰说："前几年，我们把主要精力放在战备上，当然这是必需的，这次铜山岛保卫战就是证明。我想，接下来，在加强海防建设的同时，应该把建设家园、改善群众生活作为重中之重来抓。咱城关区是渔区，一定要想办法把渔业生产搞上去，增加集体和渔民收入。还有，我们铜山岛风沙灾害和干旱这么严重，应该把植树造林、治理风沙提上议事日程了。这事石泰山书记非常重视，找我谈过好几次了。"

阿义说："是呀，记得我们铜山岛有一首民谣，'春夏苦旱灾，秋冬风沙害。一年四季里，季季都有灾。'解放前近百年来，铜山岛就有14个村庄被埋在黄沙中。都解放几年了，到现在还有村民外出逃荒，我们心里难受啊！只有植树治沙，才能改变我们海岛的生态环境，老百姓才能安居乐业。只要县工委下定决心，我们就有信心带领群众干。"

赵海峰转了个话题："阿义同志，我今天找你来，还有一件事要告诉你，你们钵头村的余添贵回来了。"

阿义吃了一惊："添贵回来了？是怎么回来的？他阿爸满舱叔呢？他们父子俩同时被抓壮丁的。"

赵海峰说："是这样，五天前的夜晚，他们父子俩一个人抱着一个篮球，冒着危险从大担岛下了海，没想到游到半道上，海面上刮起大风，添贵的篮球被海浪卷走了，满舱把唯一的一个篮球给了添贵。天亮后，我前沿部队战士救起了抱着篮球在海上奄奄一息的添贵，而余满舱却再没能回来了……"

阿义沉痛地说："满舱叔是个厚道仗义的渔民，我曾经跟他出海捕鱼。记得有一回为了抢救海上落水的渔民，他毫不犹豫地斩断拖满鱼的渔网。他这一生没有太多奢求，就想辛劳捕鱼养家糊口，过一个普通百姓的日子，可那场兵灾拆散了他的家庭，而现在，又撕碎他的团圆梦，夺去了他的生命。命运对他太不公、太残酷了。"

赵海峰说："是呀，我得知这个消息心里也很难受。添贵回来后，我们了解到他确实是因想家而逃回来的，及时送他到医院进行康复治疗，还对他做了心理疏导，明天就准备送他回家了。他这趟回来真不容易，我们一定要让他感受到家的温暖。对婉儿婶也要做好安抚工作，我过去到钵头村调研时曾经走访过她，我想，余满舱的不幸消息肯定对她打击很大的。另外，我想添贵这次回来会在'兵灾家属'当中产生一定的反响，要注意掌握动态，做好疏导工作。"

阿义说："我明白了，我下午就到钵头村找谢番薯商量，做好安排。"

余添贵的回来，给婉儿婶带来大喜，更带来了大悲。她被余满舱的不幸消息击垮了，连续几天躺在床上，眼泪都哭干了。阿螺每天都要腾出点时间过来陪她、安慰她，劝她喝下一些米汤。

有一天，婉儿妳强打精神坐了起来，对一旁的余添贵说："孩子，不能让你阿爸在海上成了孤魂野鬼，一定要把他的灵魂招回家。"

余添贵问："阿姆，怎样才能把阿爸的灵魂招回家？"

婉儿妳说："按咱渔家的习俗，到海边招魂。添贵，帮阿姆找一件你阿爸过去穿过的衣服……"

阿义约谢番薯一道看望了余添贵和婉儿妳，两个人来到了海滩上。

谢番薯告诉阿义："村里的'兵灾家属'一听添贵回来了，都想找他打听丈夫、儿子在那边的消息。我们分头做了工作，告诉她们，满舱叔海上遇难了，婉儿妳和添贵正处在悲痛之中，现在先不要去打扰母子俩。"

阿义说："这些女人急于找添贵了解亲人的情况，心情可以理解，但现在都拥过去找添贵确实不合适。你的考虑是对的，跟她们说明情况，劝她们缓几天再去。"

谢番薯说："我私底下找添贵聊过一次，有两个情况要向你报告。"

阿义问："什么情况？"

谢番薯说："听说最近在金门的部分老兵要调防台湾，1950年咱铜山岛被国民党军队抓到金门的壮丁都算是老兵了，可能都会被调到台湾去。还有，阿生前不久在金门下海想游回来，可没成功，被抓回去了。"

阿义着急地问："被抓住后怎么样了？"

谢番薯沉重地说："根据国民党军队的战地管理条例，被枪决了。"

阿义的心像遭到电击，悲愤地说："又是一条年轻无辜的生命，太残酷，太残忍了！"他忽然想起了阿娇，叮嘱谢番薯："告诉添贵，这事千万不能说，尤其是对阿娇。"

谢番薯说："我交代了。可这不能瞒着阿娇一辈子呀！"

阿义说："是的，这事迟早得让她知道，但不是现在。现在让她知道了，会出人命的。"

谢番薯说："还有一件事，糯米婶准备带着添贵到海边给满舱叔'招魂'，这会不会是搞封建迷信呢？是不是要劝阻她？"

阿义说："到海边为在海上遇难找不到尸体的亲人'招魂'，然后用遇难亲人的衣服代替遗体下葬，以寄托对亲人的哀思，这是咱铜山岛渔民过去的习俗。虽然现在到海边搞'招魂'的逐渐少了，我们也不提倡，但婉儿婶想做也就不要阻挡她了，这对她也是一种心灵的慰藉啊！"

夜，海水初涨。沙滩上，余添贵一只手搀扶着双目失明的婉儿婶，一只手举着一株连着根的竹子，竹子上面挂着一只"镇煞"的白色雄鸡。母子俩迎着凄厉的海风，朝着大海呼唤着：

"满舱，回来吧，咱们回家吧。到家里，逢年过节，我给你烧香，供你喜欢吃的饭菜，还给你烧纸钱。满舱，听到我的呼唤了吗？别待在海上了，那边冷，风浪大，咱们回家吧……"

"阿爸，回来吧，我和阿姆来接你了。你救了我，却孤身一人漂泊在海上，咱们说好了要一起回家的……阿爸，涨潮了，跟着潮水回来吧……"

"满舱，回来吧……"

"阿爸，回家吧……"

挂在竹子上的白鸡在风中扑腾着，哀鸣着……

婉儿婶在乡亲们的帮助下，在后山为丈夫余满舱修了座衣冠冢，并在衣冠冢旁边为自己留了一个墓穴位。那天，她在丈夫的衣冠冢前长跪不起，以惊人的记忆和超常的耐力，一口气唱完闽南语《雪梅思君》。

这是钵头村的乡亲们最后一次听婉儿婶唱歌。

一个月后，婉儿婶永远离开了儿子余添贵，离开了喜欢听她唱歌的钵头村乡亲，长眠在丈夫余满舱的衣冠冢旁。

接连失去亲人，余添贵沉浸在无比悲痛之中。开始一段时间，钵头村的女人们不敢打扰他，慢慢地，开始有人忍不住找他打听亲人在金门的情况。尽管余添贵了解的情况很有限，还是尽量把自己看到的听到的告诉乡亲们，至少让她们知道，亲人还活着。余添贵清楚，这对她们很重要。

这一天，阿娇找到了余添贵。

"添贵，阿生他到底怎么了？"

"阿生他……好好的。"

"怎么好好的，你能说具体一些吗？"

"他在金门，我在大担，我们不在一块，他的情况我不太清楚……"

"我看你对阿海、水旺的情况都很了解，怎么对阿生一点消息都没有呢。添贵你是不是有事瞒着我？"

余添贵支吾着："阿海、水旺的情况我也是听我阿爸说的……"

阿娇紧追不舍："那你从没听满舱叔说过阿生的情况吗？"

余添贵一时语塞："有……噢没……"

阿娇从余添贵的反应中感觉到情况不妙。她对余添贵说："阿生说过，第二年要回来和我一起插秧，可我等了一年又一年，却等不到他一点音讯。不知怎么了，这段时间我心里老发慌，总怕他出事。过去我是盼着他快点回来，现在我只盼着他好好活着，只要他活着，我就等他一辈子。添贵兄弟你是个厚道人，我知道你是不会说谎的，求你了，请告诉我，阿生他到底怎么啦？"

余添贵终于忍不住了："阿娇，你别再问了好吗……"

阿娇不再问了。

连续几个夜晚，望夫崖上传来了阿娇悲凉的令人心颤的哭声。开始几天晚上，谢番薯、阿螺、阿巧还到崖上陪她劝她，可阿娇除了哭就是发呆。她说，这望夫崖是她和阿生两个人约会的地方，过去是，现在依然是。她不希望有人打扰。

望夫崖的哭声持续了十几天，终于有一天晚上哭声停止了。第二天，阿螺带着村里一帮姐妹寻遍了望夫崖周边的海岸，始终找不到阿娇。谢番薯组织渔船在附近海上找了三天三夜，也见不着阿娇的踪影。

总之，阿娇从此消失了，彻底消失了。有人说她跳海了，到海上陪阿生去了；有人说她飞到天上了，银河那无数星星中，有两颗就是阿娇和阿生；也有人说，阿娇就在望夫崖附近，夜深人静的时候，还能听到从望夫崖传来阿娇的哭声……

"阿海哥，满舱叔和添贵下海了，你知道吗？"陈三问阿海。

阿海愣了一下，问道："两个人都平安游回去了吗？"

陈三悄悄说："那天晚上，我的一个老乡正在大担岛观察哨执勤，当作夜黑没看清，放他们下海了。能不能游回去就看他们父子俩的运气了。"

阿海说："满舱叔是个好舵公，但愿他能够带着添贵平安游到对岸。"

陈三看阿海忧心忡忡，说："阿海哥，我看你到金门以后心情一直不好。要不，去'军中乐园'，哦，就是'特约茶社'放松放松？"

阿海瞪着陈三："家中的亲人天天都在盼着我们回去，你竟然叫我去逛妓院？陈三你浑不浑哪！"

陈三悻悻地说："长官不是说特设军中乐园是'鼓舞士气，服务三军'吗？阿海哥不愿意，我以后不提就是了。"

阿海认真地说："不是不提，你以后也不可以去。"

糯米婶在阿螺的搀扶下，来到了妙山妈祖庙。历经过一场战火的妙山恢复了往日的宁静，妈祖庙里香火依旧旺盛。

烧完香，糯米婶想起了善解人意的菜姑。她问阿螺："菜姑在哪儿，怎么不见菜姑呢？"

一位年轻的道姑迎了上来，问道："请问二位香客就是糯米婶和阿螺吧？"

阿螺有些吃惊："是的，道姑是怎么知道的？"

道姑说："请二位到厢房喝杯茶，月乡菜姑知道你们来了，在厢房等着呢。"

厢房里，菜姑热情地为糯米婶和阿螺沏了壶香茶。她对阿螺说："我就要去新加坡了，走之前还有件事要拜托你呢。"

阿螺听了觉得很突然："菜姑怎么要去新加坡了？"

糯米婶也感到失落:"菜姑你人这么善,我们舍不得你走呀!"

菜姑眼眶有些湿润:"阿婶、阿螺你们先喝杯茶,慢慢听我说。在妙山的这些日子里,月乡耳闻目睹了人间别离的万般苦痛,心里备受煎熬。月乡一直在想,有生之年能为骨肉分离的乡亲们做些什么。就在前不久,收到了父亲从新加坡寄来的一封'批'(闽南语称书信为'批'),就是这封'批',促使我做出了到新加坡的决定。"

阿螺问:"这'批'里说些什么?"

菜姑说:"父亲在'批'里说,在新加坡直落亚逸街的牛车水(唐人街),有一座福建乡亲修建的天福宫,庙祝是父亲的好友,想找个帮手。父亲希望我能去帮忙,他说,天福宫也是妈祖庙,到了那里,同样可以为乡亲们祈福。父亲还说,这几年母亲身体不太好,特别想见到我。"

阿螺说:"二老是希望菜姑能够回到身边呀!"

菜姑说:"是啊,我理解父亲和母亲的心情,可是,让我决定去新加坡还有更重要的原因。抗战胜利后,我有个堂哥到台湾教书,父亲这次还汇来堂哥寄给铜山古城伯父的500美元,并在'批'里夹着一封台湾堂哥写给伯父的信。我猛然间想到,现在两岸间书信无法往来,可新加坡与中国大陆及台湾地区之间的通信却还畅通。可以利用这一点悄悄建立起两岸亲人的联系通道。"

阿螺高兴地说:"这太好了!可这边的'批'怎样才能寄给菜姑呢?"

菜姑说:"我把在新加坡的通信地址留给你。我打听过了,咱铜山古城有一家'顺兴信局',是民营信局。乡亲们可以通过'顺兴信局'将'批'寄到新加坡给我,我再想办法把'批'转给在台湾的收信人。现在,需要先弄清这里的通信地址和两岸收寄信人名字。这事不便张扬，我想找你商量个办法。"

阿螺想了想，说："我可以告诉村里的乡亲，让她们这几天到妙山妈祖庙烧香，向菜姑提供在台湾亲人的名单和这边的通信地址。可台湾那边收信人的地址没办法知道呀！"

菜姑说："是的，当年被抓的壮丁不少现在还在台湾当兵，通信地址不详。这样，在收到这边寄到新加坡的'批'后，可以先由我直接把'批'带到台湾，再通过台湾的堂哥还有妈祖庙庙祝帮助找到铜山岛的老兵，把家里的信直接送到他们手中，我再把他们写给家的'批'集中起来带到新加坡，再从新加坡寄回家乡。这样就很妥当了。"

菜姑的一番话让阿螺感受到人世间的真情和温意。糯米婶感动地说："这么周折，菜姑得费多少精神（精力）呀！"

菜姑说："阿婶，我一个弱女子，虽然不能像妈祖那样救航海者于危难，却可以当鸿雁为断肠人传送家书。这一生能为饱受分离之苦的乡亲们做点事，再辛苦也值得。"

糯米婶热泪盈眶："菜姑……你真是活菩萨啊！"

金门岛，阿海和何水旺正悄悄进行着一项计划。按照陈三提供的办法，他们一人准备了一瓶酱油，约好体检前喝下，以便在X光透视的时候造成"胃变黑"的假象，然后再争取在金门退伍。可就在这个节骨眼上，阿海所在的部队接到通知，在调防台湾之前必须参加一场实弹演习，正是这场演习，不仅打乱了阿海的计划，还让他遭遇了一场意外的横祸。

在那次实弹演习中，迫击炮炮膛发生爆炸，站在不远处的阿海倒在了血泊中……

阿海遭遇不幸的消息犹如晴天霹雳，让何水旺陷入极度悲痛之中。他一病不起，迷迷糊糊被送进了医院。三天以后，他被告知身体已经恢复，但要留在医院参加体检后才能回部队。他叫苦不迭，那瓶酱油没有带在身边呀！结果体检没有发现明显问题，他被通知调防台湾继续当兵。

乘上开往台湾的兵舰，何水旺充满迷茫和绝望。金门给他留下太多痛苦的记忆，在这个充满火药味的海岛上，他失去了阿生和阿海两个好兄弟，那么到了台湾，等待他的命运又会是怎样的呢？他不知道，也无能为力。一想到去了台湾，这辈子或许再也见不到阿巧了，他的心就像扎了根箭，有一种难以名状的苦痛。他取出随身带着的洞箫，轻轻抚摸着，他告诉着自己，只要有一口气，别说是隔着一道海峡，就是到了天涯海角，也要回去和阿巧团聚。

阿巧生了，是个女孩。当听到孩子第一声啼哭时，阿巧忍不住号啕大哭。怀孕这10个月，对她太不容易了，她是在风言风语、戳戳点点中挺过来的。现在，有了小生命，她人生就多了一份寄托一份希望，哪怕今后还要承受多少艰难委屈，哪怕前路还要历经多少风刀霜剑，她都要坚强地走下去。

一个月后，阿巧请"乌鸡秀才"给孩子起个名字，"乌鸡秀才"想了想，说："就叫明月怎么样？唐朝诗人张九龄《望月怀远》有'海上生明月，天涯共此时'的诗句，意思是说，辽阔无边的大海上升起一轮明月，使人想起远在天涯海角的亲人，此时此刻也在望着同一轮明月。"

阿巧觉得"乌鸡秀才"的话说到自己心坎上了，兴奋地说："这名字好听也好记，起得真好！"为了表达谢意，阿巧特地买了两只猪蹄贴上红纸给"乌鸡秀才"送去。"乌鸡秀才"高兴地直说不要不要，完了又补充了一句："以后要给小孩起名字还来找我。"

阿螺特地到城关一家竹器店买了一只摇篮送到阿巧家。她抱起小明月，仔细端详着："这小姑娘长得真水灵，这一头黑发，还有这小嘴长得像你阿巧，长大以后肯定像你一样有一对梨窝。这眼睛嘛像水旺，真的越看越像。"

阿巧问："阿螺你就不想知道这孩子是……"

阿螺打断阿巧的话："阿巧你不用说了，我猜得出来。你呀比我有福气。"

阿巧把阿螺送的摇篮当成婴儿的小床，她在篮子上面铺了一件何水旺留下的旧棉袄，把小明月放在棉袄上面，每天晚上轻轻摇着篮子，哼着闽南语《摇婴仔歌》哄小明月入睡：

婴仔婴婴困，一暝大一寸；
婴仔婴婴惜，一暝大一尺。
摇子日落山，抱子金金看，
你是我心肝，惊你受风寒。
婴仔婴婴困，一暝大一寸；
婴仔婴婴惜，一暝大一尺。
一点亲骨肉，愈看愈心适，
暝时摇伊困，天光抱来惜。
婴仔婴婴困，一暝大一寸；
婴仔婴婴惜，一暝大一尺。
同是一样囝，哪有两心情，

查埔也着疼,查某也着晟。

婴仔婴婴困,一瞑大一寸;

婴仔婴婴惜,一瞑大一尺。

细汉土脚爬,大汉会读册,

为子款学费,责任是咱的。

婴仔婴婴困,一瞑大一寸;

婴仔婴婴惜,一瞑大一尺。

毕业做大事,拖磨无外久;

查埔娶新妇,查某嫁丈夫。

婴仔婴婴困,一瞑大一寸;

婴仔婴婴惜,一瞑大一尺。

痛子像黄金,晟子消责任,

养甲恁嫁娶,我才会放心。

正当阿巧沉浸在初为人母的喜悦中时,小明月的户口申报却遇到了麻烦。

派出所年轻的民警问阿巧:"孩子的父亲叫什么名字?"

阿巧回答:"叫何水旺。"

民警抬头瞥了阿巧一眼:"你丈夫何水旺不是被国民党军队抓壮丁了吗?"

阿巧说:"丈夫被抓壮丁,我就不能当母亲了吗?"

民警说:"这种事我还没有遇到过,不知道怎么办理。"

阿巧恳求道:"我这有孩子的出生证明行吗?"

民警摇摇头,说:"你还是先回去吧。"

阿巧终于忍不住了,她站起来,把孩子搁在桌子,说:"不让上户口，那这孩子就交给你了。难不成你把她扔到海里？"

民警一时蒙住了。

阿巧说："石泰山书记到我家做客时都说了，政府对'兵灾家属'政治上不歧视，生活上要关心照顾。你这同志可好，别说关心照顾，还不让报户口，连婴儿都歧视上了。我们找石书记评理去！"

民警被阿巧的气势镇住了，忙抱起桌上的孩子交给了阿巧，口气和缓地说："大姐你别生气，我也不是说这户口不能上，只是说这种情况还没有碰到过。大姐你说，这孩子叫什么名字？"

"叫明月，何明月。"

"何明月，这名字起得不错。噢，还有出生证明，出生证明给我看看……"

平安扣

第十二章

台北机场，林月乡拖着行李箱来到登机口，她转身朝善良的关长鞠了个躬。阿巧请德纯先生在信的角落里画上一颗花生。《针线情》。

台北机场，林月乡提着行李箱正准备过安检。

一年前，林月乡到了新加坡，在天福宫妈祖庙当庙祝的助手。她对妈祖的虔诚，对香客的和善，对签书的诠释，受到庙祝的赞赏和旅新乡亲的信赖。因庙祝年事已高，不久，林月乡便接替庙祝管理天福宫。

林月乡陆陆续续收到铜山岛乡亲寄来的信。她深知，每封信都倾注着母亲对儿子的无尽期盼，倾注着妻子对丈夫的深切思念。这是沉甸甸的浸满相思泪的家书啊！她铭记着自己在离开妙山妈祖庙时对乡亲们做出的承诺。

父亲和母亲得知林月乡要到台湾为两岸传送书信，担心着她的安全，极力劝阻。月乡告诉父母，信奉妈祖，不仅要有慈悲之心，还要有慈悲之行，要像妈祖那样，不惧风险，救人于危难。她说，慈，是给人以快乐，悲，是解除人们的痛苦。而要帮助他人得到快乐，就应该把他人的快乐视作自己的快乐，要帮助他人解除痛苦，就应该把他人的痛苦视作自己的痛苦。

终于，林月乡说服了父母，踏上了到台湾寻觅老兵的行程。到了台湾，在堂哥和当地妈祖庙庙祝的热心帮助下，林月乡见到了不少来自家乡的老兵。当老兵们从林月乡手中接过家书时，竟然一个个像孩子一样哭了起来。短短几天，林月乡就收集了一箱子老兵们写给家人的回信。提着这箱家书，林月乡感觉特别沉重，它承载着太多老兵们思乡、思亲的深情。此时，林月乡愈发坚定自己的抉择，为了这个抉择，即便前路有多少风险，要付出多大代价，她都在所不辞。这次台湾之行，让她感到强烈不安的是听到了阿海在金门遇难的不幸消息，她不知道如何面对阿螺和糯米婶那充满期盼的目光……

"这位女士，请你打开行李箱。"机场安检人员的声音打断林月乡的沉思。

林月乡忐忑地打开箱子。看到箱子里边装满了信，安检人员说："请你跟我们到旁边的房间接受检查。"

林月乡恳求道："先生，我没有什么需要接受检查的，登机时间就要到了，还是让我赶快登机吧！"

机场安检人员坚持道："这位女士，请你务必配合我们检查。"林月乡只好带着行李箱跟着安检人员来到旁边的房间。

安检人员拿起几封信，看了看信封，说："这都是写给大陆的信件，按规定，你必须留下来接受进一步审查。"

林月乡急了："你们凭什么把我留下来审查？请叫你们上司过来，我有话跟他说。"

安检人员看着林月乡讲话的气势，只好给机场海关关长挂了电话。

见到匆匆赶来的海关关长，林月乡索性把话说开："我是新加坡'天福宫'妈祖庙的庙祝林月乡，你们台湾的北港朝天宫、鹿港天后宫、大甲镇澜宫、嘉义天后宫的庙祝都认识我。我乘坐的航班已经开始登机了，你们凭什么把我扣留在这里？"

关长翻看着林月乡的护照，说："按照规定，台湾和大陆不能通邮，你却带着那么多写给大陆的信，是需要接受审查。"

林月乡义正词严："你们规定台湾的信不能寄往大陆，有规定台湾的信不能带往新加坡吗？再说了，这都是在台湾当兵的写给在大陆的母亲、妻子的信，不信你可以随便拆开看看。请问，全世界有哪个地方规定儿子不能给母亲写信、丈夫不能给妻子写信？两岸都是中国人，关长你用良心告诉我，如果你的母亲、妻子也在大陆，一家人骨肉分离，你难道不想给她们写封信报个平安吗？"

关长抽出一封信，打开看完，怔住了。一阵犹豫后，关长双手把护照交还给林月乡，轻声说："对不起林女士，耽误你时间了，你赶快带上行李登机吧。"

这时，传来机场广播："林月乡女士，请你赶快登机，你乘坐的班机很快就要关闭舱门了……"

林月乡拖着行李箱快步走向登机口。她不经意回头时，看到关长站在不远处向她招着手，林月乡眼睛湿润了。她转身朝这位正直善良的关长鞠了个躬，代表所有给家人写信的老兵，代表在水一方的所有妻子和母亲……

钵头村的女人们陆陆续续收到林月乡从新加坡寄来的信。这些字字含泪句句带血的家书，在饱受亲人离别之苦的女人中引起了强烈的震撼。孤寂多年的"乌鸡秀才"突然间成了村民们尊敬的不可或缺的公众人物，他一天到晚，忙着为女人们念信写信，家里也堆了一些地瓜、小鱼干还有老母鸡刚下的鸡蛋。

让"乌鸡秀才"意想不到的是，这些识字不多的女人和台湾老兵竟然不少是以诗诉衷情。有人说，这是缘于"歌仔册"在钵头村的普及和传承，"乌鸡秀才"则坚持认为是他长期传播《笠翁对韵》《声律启蒙》的结果。"乌鸡秀才"委婉地告诉前来求他念信写信的女人，"乌鸡秀才"是村里顽皮的孩童叫出来的，他姓纪，祖上和大文人纪晓岚是远亲，他的名字叫德纯，源于《诗经》中的"于乎不显，

文王之德纯",也就是品德纯正的意思。钵头村的女人们不知道纪晓岚是谁,也不明白什么是《诗经》,却懂得从此改称"乌鸡秀才"为"德纯先生"。

阿巧终于盼来何水旺的来信,她拿着信直奔德纯先生家。德纯先生告诉阿巧,何水旺在信中写了一首诗,这诗写得真好。他展开信纸,动情地念道:

一湾海峡隔西东,浊酒难解乡愁浓;月下吹箫思巧妹,何时共续《望春风》。

德纯先生正要向阿巧解读诗的内容,阿巧含着眼泪说:"先生不用说了,我都听得懂。你能帮我给水旺写封回信吗?"

德纯先生满口答应:"可以,当然可以。我马上就写,不过要写些什么呢?"

阿巧念道:

门前海水平波波,哪知人间有银河;多少年来断七夕,何时鹊桥接阿哥?

德纯先生感叹道:"好诗在民间,真情出诗人哪!"他提笔很快就把诗写好了。阿巧又请德纯先生在信的角落里画上一颗花生,德纯先生不解:"画花生做什么?"

阿巧脸颊泛红:"请先生照着画就是了。"

正当钵头村越来越多的"兵灾家属"收到新加坡转来的信时，阿螺却始终得不到阿海的任何消息。她找到德纯先生，向他打听其他台湾老兵来信有没有提到阿海，先生告诉她，信很简短，写的都是自家的事，没有人提到阿海。阿巧也四处帮着打听，依然没有半点阿海的消息。这让阿螺心里忐忑不安，糯米婶也在焦虑中病倒了。

有一天，妙山妈祖庙的道姑突然造访阿螺家，阿螺感觉到有什么事情发生。

道姑告诉阿螺："师姐带着乡亲们寄到新加坡的信专程去了趟台湾，她通过台湾的堂哥和台湾妈祖庙的庙祝，终于找到了几个铜山岛的去台老兵，这几个老兵又帮着联系了一批铜山岛的乡亲。"

阿螺忙问："有我阿海哥的消息吗？他现在在哪里？"

道姑说："这也是我今天来拜访您的原因。师姐打听到，有个叫许阿海的铜山籍老兵几年前在一次实弹演习中发生了意外……"道姑说到这里戛然而止。

阿螺头脑"嗡"的一声，感觉整个房子都在旋转。她想到正躺在病榻中的阿姆，努力让自己镇静下来。她对道姑说："这不可能。菜姑一定是听错了，阿海他不可能出事的！"

道姑说："我也是犹豫很长时间，最后觉得还是要告诉你。师姐也说，我们铜山岛叫阿海的人很多，也有可能是同名同姓。她会求妈祖保佑的，说不定会有奇迹出现。"

阿螺泪眼婆娑："我知道了，你和菜姑都尽力了……"

糯米婶的病情每况愈下，终于走到了生命的尽头。弥留之际，如油灯耗尽前蹿出一缕微弱的火苗，昏迷几天的阿姆突然恢复了清醒，她对守在床前的阿螺、阿义和贺梅说："孩子，我快不行了，有些话想要跟你们说说。"

阿义含着眼泪说:"阿姆,你的病会好起来的。贺梅已经怀上了,你很快就要看到孙子了。"

糯米婶摇摇头说:"阿姆看不到了,阿姆就要离开你们了。你阿爸走后,阿姆的最大心愿就是尽心尽力把你们抚养成人,都能成个家,过上安稳的日子,这样我见到你们阿爸时对他才有个交代,可我没有做到啊!我走了以后,你们把我葬在对面屿,和你阿爸在一起。你阿爸在那荒凉的小岛上,太孤单了,我该去陪陪他了。"

阿义哭着说:"阿姆,你的话我记住了。"

糯米婶拉着阿螺的手说:"孩子,你很不容易,这个家全靠着你呀!阿姆谢谢你了。"

阿螺哭着说:"阿姆,是你救了我。这就是我的家呀!"

糯米婶说:"阿姆想告诉你的是,千万不要埋怨你的生母,是她生下了你,给了你生命。她当年把你'放生',肯定是有不得已的苦衷。哪个母亲愿意抛弃自己的孩子呀!你的生母给你留下平安扣,就是她对你的祝福啊!"

阿螺从心底感受到阿姆的宽厚与善良。她含着眼泪对阿姆说:"阿姆,听你的,我不埋怨。"

糯米婶对阿螺说:"孩子,那天道姑跟你说的话阿姆都听到了。阿海虽然和你圆房了,可这孩子没有福气啊……孩子,听阿姆的,趁着还年轻,有遇到合适的,你就再嫁了吧,不能耽误你一辈子啊……"

阿螺泣不成声:"阿姆你别再说了……道姑说了,也许那个发生意外的许阿海和我阿海哥是同名同姓,只要有一线希望,我就等着阿海哥……"

糯米婶声音渐渐变得微弱:"如果……如果我死后有灵……会保佑你们的……"

糯米婶走了,她还是没能见到即将出生的孙子,没能盼到阿海的归来。一个柔弱而坚强的女性,一个宽厚而善良的母亲,她含辛茹苦一路走来,却带着太多的苦痛和悲伤,带着对孩子们的无限眷念而离去……

阿义病倒了。哥哥阿海遭遇不幸,阿姆的溘然长逝,使他陷入极度悲痛之中,他连续发了几天的高烧。在昏迷中,嘴里不停地喊着:"哥哥……阿姆……"

在贺梅的悉心照料下,阿义的烧慢慢退了,脑子也在恍惚中清醒过来。哥哥和阿姆离开,使他忽然间觉得自己成了孤儿。然而,肩负的责任告诉他,还有许多重要事情等着他去做,他必须振作起来,把这份刻骨铭心的伤痛埋在心底。

看到阿巧的来信,何水旺激动得有些不知所措,特别当他看到信角落画的那颗花生时,他的眼角闪动着久违的幸福的泪花。

何水旺的思绪回到一年前登上铜山岛的那个夜晚。

何水旺所在的部队登岛后驻扎在钵头村附近。望着熟悉的家乡熟悉的村庄,何水旺的心早就飞到阿巧身边。一阵纠结,他找到少尉排长,请求让他回家一趟。何水旺敢斗胆找少尉排长是有原因的,在金门的一次手榴弹实弹投弹训练中,一个新兵不小心把拉了弦的手榴弹甩到少尉排长跟前。在这千钧一发之际,站在排长身边的何水旺飞起一脚,把正在冒烟的手榴弹踢开。过后这少尉排长还特地请何水旺喝了一回小酒。

听了何水旺的请求，少尉排长犹豫片刻，说："给你一个任务，到宿营地附近侦察一下，天亮以前务必赶回来。你要是天亮前没有回来，就把我给害了，明白吗？"

何水旺说："长官放心，我天亮前一定赶回来。"

何水旺来到村口，感觉前面有个人影在晃动，他赶紧隐蔽起来，等到人影消失以后，迅速朝自己的家奔去。

在家门口，何水旺听到屋里有勺水和灶膛烧火噼噼啪啪的声音。不一会儿，传出阿巧用闽南语唱的《针线情》：

你是针我是线

针线永远连相偎

人说补衫针针也要线

因何放阮在孤单

啊你我本是同被单

怎样来拆散

有针无线阮是要按怎

思念心情无地看

……

何水旺感觉血液在沸腾，他轻轻而急促地拍打着门环。

"谁呀？"屋里的阿巧问道。

门外，何水旺小声说："是我，阿巧快开门，我是水旺。"

阿巧听出是何水旺的声音，可真是何水旺吗？外面天还暗着，她又惊又喜又怕，忐忑地打开门，当她看到何水旺真真实实地站在跟前时，简直不敢相信自己的眼睛，她一头扑在何水旺身上，使劲地咬着何水旺的肩膀，不让自己哭出声来。

何水旺拥着阿巧进到屋里，闩上门，两个人忘情地亲吻着。何水旺抱起阿巧，将她轻轻地放在床上。看着散开长发的阿巧，虽然比过去憔悴许多，可脸上的梨窝依然那样的迷人，何水旺仿佛回到那"老鼠在吃谷子"的新婚之夜。他迫不及待地想解开阿巧衣服上的布纽扣，可双手哆嗦着不听使唤。阿巧轻轻抓住何水旺的手，从床上坐了起来。她褪去自己身上的衣服，也帮着何水旺一个一个解开衣服的扣子……

拂晓前的小渔村，破旧的瓦房里，两个饥渴的胴体紧紧融合在一起，犹如干涸的土地遇上瓢泼的春雨，犹如原野上的茅草遭遇熊熊的烈焰，犹如涌动的岩浆冲出沉寂多年的火山……

激情过后，阿巧才想起问何水旺："你是怎么游回来的？这下好了，咱俩可以好好过日子了。你不是想生好多好多孩子吗？我给你生。"

何水旺说："阿巧，我不是游回来的，是跟着国民党军队登陆的，我还得回部队去。"

阿巧瞪大眼睛，吃惊地问："怎么，你是跟着国民党军队回来跟解放军打仗的？到时候我去给解放军送开水，难不成你也对我开枪？水旺你可别糊涂啊！你知道吗，咱铜山岛解放后，政府不但没有歧视我们这些'兵灾家属'，还处处给照顾，你可别恩将仇报呀！不行，我不能让你回去。"

何水旺含着眼泪说："阿巧你放心，我是绝不会对解放军开枪的。我也很想留下来，我做梦都想着和你在一起啊！可是，我不能，我还得回去啊！"

阿巧不解："为什么？这到底是为什么？"

何水旺说:"一上铜山岛,我就想着逃回家,可一直没机会。是我们排长特意让我回来的,我如果在天亮前不赶回去,那就是害了排长,咱做人可要讲信义讲良心啊!"

阿巧听了一阵发呆。

何水旺扶起阿巧,叮嘱道:"巧妹听我说,这两天你一定不要出门,外面在打仗,很危险。还有,我走后,你对外千万不要说我回来过。巧妹,我向你发誓,我一定会回来和你团聚的。一定!"

阿巧泪流满面,捶打着何水旺:"你索性不回来好了,刚见面又要走,太折磨人了……"

何水旺从回忆中走了出来。他反复看着阿巧的来信,再摇摇信封,从信封里抖落出一张红色小纸片,何水旺仔细一看,这是一张涂着胭脂的小纸片。何水旺记得结婚那一天,阿巧曾经用嘴抿这种纸片来染红双唇。何水旺明白了,聪明的阿巧是通过一颗花生、一片胭脂纸告诉他,她已经生了,而且生的是一个女孩。何水旺闭上眼睛想象着,这女孩是像他还是像阿巧,如果像阿巧,脸上是不是也有一对漂亮的梨窝?

此时此刻,他特别想把这份喜悦悄悄告诉身边最好的朋友。他想起了阿海和阿生,原来朝夕相处的好兄弟,现在却阴阳相隔,不由黯然神伤。要是阿海、阿生还在,也和自己一样收到家人的来信,三个人坐在一起分享着阅读亲人来信的喜悦,一块倾诉着思乡的衷肠,该有多好啊!

两年以后,阿义的儿子许潮平已开始咿咿呀呀地学说话了。

"潮平"这个名字还是贺梅给取的,据说是取自唐代诗人王湾《次北固山下》中"潮平两岸阔,风正一帆悬"的诗句,阿义也觉得这名字意境挺好的。

阿义和贺梅一有空就启发潮平说话，希望有一天潮平开口说的第一句话是"爸爸""妈妈"。终于，有一天小潮平开口说话了，然而，他说的第一句话不是"爸爸""妈妈"，而是地道的闽南话"鸡仔胎""蚵仔煎"，这让阿义和贺梅哭笑不得。夫妻俩经过一番认真的"排查"，终于闹明白，每天晚上街上都会传来卖"鸡仔胎""蚵仔煎"的吆喝声，这对正在学说话的小潮平起到了潜移默化的影响。

贺梅数落着阿义："一天到晚，除了工作还是工作，老婆不顾上，孩子总不能不顾吧。难怪孩子管你叫'鸡仔胎'。"

阿义笑着回道："你也比我好不了多少，不然孩子也不会管你叫'蚵仔煎'呀！"

贺梅说："跟你商量个事，咱俩都忙着上班，孩子老麻烦隔壁的阿姨照看也不是个办法。我想把我妈从厦门接过来帮着看小孩，你看怎么样？"

阿义满口答应："好呀！你现在工作越来越忙，我呢，接下来也要组织植树造林和修建海堤，如果你妈能来帮着看孩子，我们就能安心工作了。你妈还是退休教师，这对孩子的启蒙教育还有帮助呢！只是辛苦她老人家了。"

贺梅问："阿义你说咱还生吗？"

阿义的回答干脆利落："生呀！干吗不生呢。咱生了个男孩，等过一段再接着生个女孩，这样品种就齐全了。老话说，有女有子才是好嘛！"

贺梅笑道："这生男孩生女孩能由着你吗？"

阿义说："贺梅，说到生孩子，我有个想法，能跟你商量一下吗？"

贺梅说:"什么时候变得这样客气,什么事?说吧。"

阿义神情有些凝重:"我在想,我哥遭遇不幸,阿姆也走了,现在阿螺是孑然一身,我们能不能生个孩子给她抚养,这样她在精神上有个寄托,将来也有个依靠。"

贺梅想了想,说:"我不赞同你的想法,阿螺年纪还轻,我们要关心她,就应该鼓励她重新建立家庭。"

阿义说:"是啊!阿姆临终前也有这样的交代。我也是怕阿螺不愿再嫁才想出这个补救办法。以后有遇到合适的对象,我们也帮着撮合撮合。"

春节快到了,按照闽南的习俗,钵头村的女人们开始准备"炊粿"(蒸年糕)过年。这"炊粿"有讲究,农历二十二炊"甜粿",农历二十六炊"豆包粿",农历二十八炊"咸粿",有条件的还要炊"菜头(彩头)粿",所谓:"甜粿过年,发粿发钱,豆包包金,菜头粿食点心。"

这个时候,钵头村来了个修补蒸笼的年轻师傅。这位师傅来自邻村,名叫林树枝。铜山岛解放之前正好到莆田学绑蒸笼,所以逃过了抓丁一劫。他身板结实,话不多,憨厚中透着几分腼腆,晚上住在钵头村的祠堂里,白天为钵头村的女人们修补蒸笼。经他修补过的蒸笼箅子紧、子口紧、笼帽紧,盖严、扣严、把手严,蒸出来的年糕特别的香,而且收取补蒸笼的费用很公道。消息传开后,钵头村的女人纷纷请他到自家门口修补蒸笼。

这一天,林树枝带着修补蒸笼的工具和材料来到阿螺家院子的桑树下。

阿螺找出了已经破旧不堪的蒸笼,问道:"师傅,你看看这蒸笼破得厉害，炊的粿老是不熟，你看还能修吗？"

林树枝看了看，说："阿姐，你这蒸笼破损很严重，修补起来比较困难，不如我按同样尺寸重新做一个送给你。"

阿螺说："那怎么可以，你挣的也是辛苦钱。"

林树枝说："那我就收个修补蒸笼的钱，你看好吗？"

阿螺不好再推托："那就太感谢师傅了！"

林树枝在院子里摆开木夹、竹刀、手钻、垫板、柳木片和竹片，围上裙兜，开始忙活起来。一段青竹，经过林树枝的裁、劈、剖、削、撕、匀、刮，很快就成了编蒸笼的竹篾，阿螺在一旁看呆了。

"师傅，你这手艺是跟谁学的？"阿螺好奇地问道。

"阿姐你别叫我师傅，就叫我树枝好了，我小时候很瘦，长得跟树枝似的，大人就叫我'树枝仔'，叫着叫着就叫上了。我是在莆田湄洲岛拜师的，按规矩拜师学艺要三年，这三年没有工资，只给一些零花钱，以后，又帮着师傅做了三年，最近才自己出来做。"林树枝一边说着一边低头干活。

"湄洲岛，那不是妈祖娘娘林默的故乡吗？师傅家里还有谁呀？"听说林树枝是在湄洲岛学艺，阿螺带着几分敬意。

林树枝依然低头干着活："父亲去世得早，老娘去年也走了，家里那间破瓦房因年久失修，在不久前的台风中也倒塌了。我现在是挑着担子走四方，破庙、祠堂就是我的家。不过只要有手艺就不怕饿着，我现在是一人吃饱，全家不饿呀！"

阿螺鼻子一阵发酸，她看着林树枝额头、肩膀沁出的汗珠，转身回到屋里，打了一脸盆水，放上毛巾，端到林树枝跟前，说："树枝师傅休息一下，擦擦汗吧。"

林树枝擦着汗说："阿姐，天不早了，我先收工回祠堂去，明天再来，这蒸笼明天上午就做完了。"

阿螺看着林树枝和自己年纪差不多，就说："我叫阿螺，叫我阿螺就行了。"

第二天一早，林树枝就带着做蒸笼的工具材料来到阿螺家院子的桑树下。林树枝发现，阿螺家的瓦片上盖上了一层黄沙，院子外面，被风堆积起来的小沙丘已经快漫过矮墙了。

林树枝问阿螺："阿姐，这里风沙怎么这么大呀！"

阿螺说："听老辈说，我们铜山岛东南部本来风沙就大，过去曾经淹没过不少村庄呢。原来在村东头有一片小树林，还能挡挡风沙，后来，林子被人砍去当柴火烧了，我家的房子就处在风口上了。我每天清晨都要起来清理沙子，有一回门都差点被沙子堵住呢！"

林树枝担忧地说："阿姐一个人，万一沙子把门堵住怎么办？"说着，林树枝围起了裙兜，坐下来熟练地盘制腰箍、编织底座、绑接竹篾，很快，一个蒸笼就成型了。阿螺不知不觉被林树枝娴熟的手艺吸引住了。

林树枝告诉阿螺，看一个蒸笼好不好，最重要的是看这个蒸笼做得圆不圆，密实不密实。如果蒸笼漏气，这年糕就蒸不熟了。说着，林树枝拿起一把像弓一样的手钻，他拉动竹弓上的绳子驱动中间的短竹转动，安在短竹上的钻钉便在笼圈上钻起孔来。

看着林树枝师傅低头拉手钻的模样，阿螺忽然想起了阿海在家时拉大广弦的情景，心里不由暗自吃惊。

这时，刮起了大风，扬起的黄沙像在空中行走的沙墙般扑面而来。林树枝双手捂着眼睛，说："阿姐，我眼睛进了沙子，睁不开了。"

阿螺搀着林树枝说:"树枝师傅,快进屋子避避风沙。"

进到屋里,阿螺忙用湿毛巾帮着林树枝轻轻抹去眼睛周边的沙子,可眼睛里的细沙是不可能用毛巾擦的,阿螺急得团团转,在这偏僻的小渔村,既没医生又没药,手艺人靠的是一双眼睛,要是眼睛弄坏了那该怎么办?

林树枝反倒安慰阿螺:"阿姐不急,我慢慢走回祠堂去,休息一下就行。"

阿螺说:"你连眼睛都睁不开,怎么走回祠堂呀?再说了,就是回到祠堂,沙子还留在眼睛里也不行啊。"

情急之下,阿螺想起自己小时候有一次眼睛进了沙子,阿姆用手指头撑开她的眼皮,然后用舌头在她眼球上舔了一圈,把沙子给舔出来了。要不也试着用舌头把林树枝师傅眼里的沙子舔出来?可她又犹豫了,一个单身女人,用舌头去舔一个陌生男人的眼睛,这合适吗?让人看了会怎么说呢?很快,她自己对自己说,这是在帮助人,就像医生在给病人治病一样,自己问心无愧就行。

终于,阿螺鼓起勇气对林树枝说:"树枝师傅,你先坐下,我试着帮你把沙子弄出来。"她学着阿姆,用手指头撑开林树枝的眼皮,用舌头在他眼球上舔了一圈,结果一下子带出好几粒沙子,她漱了一下口,又在林树枝眼球上舔了一圈。

林树枝眨了眨眼睛,高兴地抓着阿螺的手说:"阿姐,我现在感觉好多了,可以睁开眼睛了!"看到阿螺下意识地往后退,林树枝忙松开手,涨红着脸说:"阿姐对不起,我……我刚才是有些感动。我做蒸笼去了,那蒸笼再刨平一下就好了。"

阿螺平静地说:"没事的树枝师傅,现在外面风沙还很大,蒸笼改天再做,你还是先回去休息吧。"

这天晚上,阿螺没睡好。整个晚上,风在不停呼啸着,被大风卷起的沙子不停地撞击着屋顶的瓦片,沙子不断从瓦片的缝隙中漏下来。黑暗中,孤身一人的阿螺有一种随时被风沙埋葬的恐惧。天快亮时,她想打开房门,可门被外面的沙子死死顶住,门闩怎么拔也拔不动。

正当阿螺感到惊恐无助的时候,门外传来铲沙的声音。约莫过了一个小时,阿螺把门打开了,她看见林树枝拿着一把铲子,浑身泥沙站在门口。阿螺眼眶湿润了。她忙让林树枝进到屋里。

阿螺打了一盆水放上毛巾端到林树枝跟前,问道:"树枝师傅,你怎么知道我家的门被沙子堵住了呢?"

林树枝一边用毛巾擦着脸一边说:"昨天早上我来绑蒸笼时,看到阿姐家屋顶的瓦片上盖着一层沙子,院子外面高高堆起的黄沙都快漫过矮墙了,昨天晚上听到整晚都是风声,我一宿没有睡,老在想着,阿姐的家就处在风口上,万一门被沙子堵住了怎么办?正好祠堂的门后放着一把铲子和一只搬沙土用的畚箕,于是,天一亮,我就带着铲子和畚箕过来了。"林树枝说着,憨憨地笑了。

阿螺给林树枝倒了一碗水,感动地说:"谢谢树枝师傅,多亏你来得及时。"

林树枝双手接过阿螺手中的碗,看着阿螺说:"阿姐不用客气,只是阿姐自己一个人,要是门再被沙子堵住怎么办?"

阿螺眼睛不经意间和林树枝对视一下,心里忽然一阵悸动,凭着一个单身女人的直觉,阿螺从林树枝的眼神中不仅感受到一份真挚的关切,还隐约感受到一种来自异性的爱意。

阿螺心里依然装着阿海。她避开林树枝的目光,用平淡的口气说:"谢谢树枝师傅,等我家阿海回来就好了。"

林树枝明白了阿螺的意思，他眼里闪着泪花，捧着碗把水喝完，断断续续地说："阿姐，我听说过你的身世，你真的很善良……感谢你那天帮我从眼睛里舔出沙子……我当时直想哭……我……干活去了。"

第二天，阿螺打开房门时，看见门口放着一个崭新的蒸笼。阿螺打开笼盖，看到里边放着一叠皱巴巴的钱，还有一张字条。

阿螺不久前刚到文化夜校上过速成班，能勉强看懂林树枝留下的字条：

阿姐，我走了。我没有家，走到那（哪）里那（哪）里就是我的家。感谢阿姐这些天对我的光（关）照。这点钱是我最近补（此处画了个蒸笼）挣下的，你留着，找个师传（傅）把院子的（这里画了一段矮墙）再加高一下，这样可以多挡风沙。这个（此处又画了个蒸笼）很结实，可以用很多年，等到用坏了的时候，我再回来给阿姐重新绑一个。

阿螺攥着钱冲到祠堂，祠堂里空无一人。阿螺问坐在祠堂门口晒太阳的老人有没有看到补蒸笼的师傅，老人慢悠悠地抽着旱烟，半天才说，一大早就看见那个后生收拾补蒸笼的家私（工具）走了，去哪里不知道，总之是离开钵头村了。

阿螺追过一个沙丘又一个沙丘，爬过一个山岗又一个山岗，可前面，除了漫漫黄沙，根本见不到林树枝师傅的踪影。

林树枝始终没能兑现再回来帮阿螺绑一个蒸笼的承诺，从此以后再也没有任何音讯。

第十三章

面对麦迪的真诚表白,阿螺有些感动,同时又有些不知所措。菜姑林月乡回来了。听说阿海还活着,阿螺泪如泉涌。

接到县委通知，阿义来到石泰山书记办公室。

"石书记，通知我过来，有什么紧急任务吗？"

石泰山开门见山："今天叫你来，主要是商量关于植树治沙的事。铜山百姓苦呀！他们不仅饱受'兵灾'人祸之苦，还饱受风沙灾害这个天灾之苦。我们虽然解放了铜山岛，但我们还没有搬掉风沙灾害这座压在铜山百姓头上的大山，我们愧对铜山岛的父老乡亲啊！"

阿义说："石书记，我是铜山人，我知道铜山百姓的感受。前段时间，县工委提出改'敌伪家属'为'兵灾家属'，是暖了人心。现在，县委提'上战秃头山，下战飞沙滩，绿化全海岛，建设新铜山'是振奋人心哪！"

石泰山说："在征服风沙灾害的过程中，我们历经了多次的失败，好不容易找到能够抗盐碱、抗干旱、抗风沙的先锋树种木麻黄。可是春季种下的一批木麻黄，却遭遇了倒春寒，几乎全军覆灭。我想搞个20亩的试验林，采用排除法，每十天种一次木麻黄，看哪个时段种下的木麻黄成活率最高，就像我当年在太行山老家打石头一样，去掉不合适的，就是合适的，从中总结出在铜山岛种植木麻黄的最佳时机和科学方法。"

阿义瞪大眼睛："书记是想把这个任务交给我吗？"

石泰山说："县里准备成立个造林试验小组，我当组长，你和县林业局林细顺局长当副组长，你来具体抓，再配上技术员。还有，对在种植试验林中投工投劳的群众不要搞摊派，在经济上要给予适当的补偿。"

阿义站起来，用军人的口吻说："请书记放心，保证完成任务！"

石泰山若有所思，叮嘱道："对'兵灾家属'，我们不仅要关心照顾，还要让她们在建设家园中感受主人翁的尊严，让她们在劳动的收获中淡化心灵的创伤。"

阿义从石泰山的话语中感受到充满人性的温情，他感动地说："书记，我懂得你的意思。"

经过一番实地勘察，阿义决定把试验林地点放在钵头村东头一片荒地上。谢番薯组织村里的劳力平整荒地，阿义也带着区机关干部参加义务劳动，没几天工夫，20亩试验林基地就整出来了。

这一天，谢番薯带着一个戴眼镜的年轻人找到了阿螺，介绍道："这是我们钵头村刚选出来的妇联会主任阿螺，是钵头村的'查某头'，在村里的女人中可有威信了。"又向阿螺介绍年轻人："这是县林业局派来指导试验林的专家叫……麦什么来着？"

年轻人自我介绍道："我是林业技术员，不是什么专家。我姓麦，叫麦迪。因为兄弟多，出生的时候阿爸阿姆怕养不起，就把我送给了姨妈，是奶奶把我给讨了回来。因为阿爸阿姆差点不要我了，我们闽南话管'不要'叫'麦迪'，所以登记户口时索性就叫'麦迪'了。不知道的人还以为我起了个外国名字呢！"

年轻人说着自己笑了，阿螺发现他笑起来有两个酒窝，男人居然也有酒窝，这麦迪真有意思。阿螺笑着说："叫麦迪挺好的，以后我们就叫你麦迪师傅了。"

谢番薯对阿螺说："区里要求我们村组织20名青壮劳动力配合麦

迪师傅，哦不，是配合麦迪技术员开展植树试验。可咱钵头村除了我这个少根手指头的'杨宗保'，全都是'穆桂英'，想让你组织一支由年轻妇女组成的'突击队'参加试验林植树，你看怎么样？"

阿螺爽快地答应了："没问题，村里的姊妹们听说县里要组织植树治沙，都来了精神头。这风沙再不治，咱钵头村迟早也要被淹埋了。这事交给我，我那帮姊妹肯定争着要参加。"

谢番薯对阿螺说："那好，阿义说了，我们通过种试验林，总结好经验，对在全县成功开展大规模植树造林是一个贡献呢！对了，试验林每10天就要种下一批木麻黄，麦迪技术员白天夜间都要跟踪观察，积累那个什么数据。我们准备在试验林旁边盖几间临时工棚，你从突击队中挑几名队员住在工棚，配合麦技术员工作。"

阿螺说："好的，我带上几个家庭比较没有负担的姊妹一块住到工棚，给麦技术员搭个帮手。"

麦迪很快赢得突击队的女人们的喜欢，他不仅告诉大家许多种树的知识，还向大家讲了许多关于铜山岛的故事。今天，女人们种完树，又围着麦迪要他继续讲故事。

麦迪说："今天，我给大家讲个咱铜山老百姓当年捐款买飞机的故事。抗日战争期间，铜山老百姓配合守军打退了日本鬼子的进攻，鬼子为了报复，派飞机多次到铜山岛狂轰滥炸，炸死炸伤了很多百姓。铜山百姓省吃俭用，自发捐钱买一架飞机打日本。我们铜山有一首民谣'查埔俭烟支，查某俭胭脂，拜神俭纸钱，俭俭抗战买飞机，扒死（打死）日本鬼子坏东西'说的就是这个事儿，当年的捐机纪念碑还在铜山古城立着呢！"

女人们听得津津有味，一位叫彩琴的女人说："那飞机也有我阿姆的份，听我阿姆说，当年捐了一支娘家陪嫁的银钗呢。"

麦迪话题回到木麻黄："我们在试验种植木麻黄，我就给大家讲讲这木麻黄的故事。这木麻黄可是英雄呢！"

"这木麻黄还当上英雄了，怎么回事？"女人们很好奇。

麦迪说："木麻黄主要分布在热带和亚热带，哦，就是天气比较暖和的南方沿海地区。别看木麻黄没有榕树那样长着美丽的树冠，可它却非常了不起，它的树根能在地下扎得很深，别的树喝不到水，它能喝得到，所以特别耐干旱。它还练成一身不怕盐碱的本领，在环境恶劣的盐碱地上照样可以生长，就像新疆的胡杨生长在戈壁滩一样，特别的顽强。还有，它的树叶长得像胡须，为什么呢？这是为了减少水分蒸发，同时又减少受风面积。它不仅能挡沙还能固沙，涵养水分。有了它挡住风沙，其他的树就好种了，所以我们也称它为先锋树种。"

女人们说："这么说，这风沙干旱好比是老虎，这木麻黄好比是武松了。"

麦迪笑着说："你们说得很对，这风沙干旱遇上木麻黄呀就像老虎遇上武松了。"

女人们说："那就赶快种呀，还搞什么试验呢？"

麦迪解释道："是这样，这个木麻黄是从南半球'移民'过来的，比较怕冷，各地的气候不一样，木麻黄种植的最佳时机也就不一样。"

女人们明白了："这么说，要是木麻黄种植时间不对，也会跟人一样会水土不服。"

麦迪连连点头："你们说得太对了，我们就是要通过试验，弄清楚在我们铜山岛的环境下，选择木麻黄的什么品种、在什么时间种植最合适。还有，种植的间隔需要多远、穴要挖多大多深，带土种植还是不带土种植，是晴天种植还是雨天种植，这些都要通过试验进行观察总结。这就是我们正在做的事，大家说重要不重要啊？"

阿螺一旁听了心里暗暗佩服，这麦迪技术员还蛮有学问的呀！

入夜，阿义没有入睡。躺在一旁的贺梅小声埋怨道："这么晚了还不睡，又在想什么呢？"

阿义感叹道："我今天到试验林基地了，我看到钵头村的女人热火朝天种树的场面，还听到了她们的笑声，特别感动。你知道吗，有多少年没有听到她们的笑声了。我想起了石泰山书记的话，对'兵灾家属'，我们不仅要关心照顾，还要让她们在建设家园中感受主人翁的尊严，让她们在劳动的收获中淡化心灵的创伤。这话说得多好呀！"

贺梅感慨道："这些女人还那么年轻，总不能一辈子守活寡呀！"

阿义说："贺梅你知道吗，我发觉那个叫麦迪的技术员对阿螺很好，阿螺对他也蛮关心的。那个麦迪的情况我侧面了解过了，爱学习，特别敬业，性格也好。年龄嘛和阿螺差不多，关键是还没谈对象。"

贺梅问道："你什么意思？"

阿义说："我的意思是能不能帮他们撮合撮合，这事你出面比较合适。"

贺梅说："那个麦迪我不认识，撮合不好说，不过我可以找阿螺聊聊，如果人家对她有意思，就主动一点，不要有思想顾虑。哎，赶快睡吧，我妈就和我们隔着一个布帘子呢，别让她以为我们半夜三更在干什么。"

阿义说:"今晚我们调个位子睡吧,我睡里侧,陪陪我儿子。"

一会儿,阿义推了推贺梅:"贺梅快看,潮平怎么啦!"

贺梅爬起来看了看孩子,说:"潮平睡得好好的呀,干吗一惊一乍的。"

阿义说:"我怎么觉得他没有呼吸。"

贺梅有些紧张:"被你这么一说,看起来还真像没有呼吸,怎么办?"

阿义说:"快,掐人中,我在部队时学过掐人中。"说着抱起小潮平,用手使劲掐他的口鼻处。正在熟睡中的小潮平"哇"的一声哭了起来。

贺梅心疼地说:"有你这样当爹的吗?半夜三更把睡得好好的孩子抱起来给掐哭了,以后孩子长大了要是嘴唇翘翘的全怨你。"

连续几天,麦迪不讲故事了。接连种下的三拨木麻黄全都蔫了,这让他寝食不安。傍晚,麦迪独自一人坐在木麻黄跟前发呆。天上下起了淅淅沥沥的小雨,他的头发、身上的衣服都被淋湿了。这时,身后传来一个女人的声音:"麦技术员,下雨了,别着凉了,快回去吧,我在工棚厨房给你熬了些红糖姜汤呢!"

麦迪转身一看,是阿螺。麦迪用手抹去脸上的雨水和泪水,说:"没事,我在观察木麻黄呢!"

阿螺说:"我知道,你是在为木麻黄发蔫着急。我不懂得种树,但我了解咱铜山的节气,不知道对你有没有用。"

麦迪来了精神:"咱铜山的节气?快说来我听听。"

阿螺说:"在咱铜山,春天经常会遇到冷天气,也就是你们说寒

221

什么……"

"寒流，乍暖还寒，也就是忽冷忽热。"麦迪说。

阿螺点点头说："我们当地也有句老话，叫作'春天后母脸，说变就变'。现在是5月初，还是春天的尾巴呢！在咱们这儿，5月底到7月，也就是芒种到夏至，气候就比较稳定了，而且雨水也多，我想，那时候种下的木麻黄一定会长得比现在好。"

麦迪高兴地说："真是智慧在民间，阿螺你的话给了我信心啊！"麦迪笑起来脸颊又出现了两个酒窝。

阿螺说："看你高兴得像个小孩。我还有一个发现要告诉你呢？"

麦迪迫不及待地问："什么发现快告诉我。"

阿螺说："前面种下的木麻黄虽然大部分蔫了，可有一棵胡须长得特别短的木麻黄还是绿绿的。"

麦迪眼睛一亮："那棵木麻黄在哪儿？我怎么没有发现。"

阿螺说："这棵木麻黄刚好种在试验林的中间，个儿又比较小，被其他木麻黄挡住了，站在外头不容易看到。你跟我来。"

来到那棵木麻黄跟前，麦迪蹲了下来，轻轻地抚摸着翠绿的树叶，眼里噙着泪水："这是短叶木麻黄，来自广东电白，她找到新家了！"

阿螺被深深感动了。这时麦迪忽然一阵战栗，身子在发抖。阿螺见状，用手摸了摸他的额头，感觉有些烫，忙将他扶了起来："麦技术员，你正在发烧，一定是刚才淋雨了，我扶你回工棚喝些姜汤，暖暖身子。"

回到工棚，阿螺对麦迪说："你浑身都湿透了，赶快换上干衣服，我到厨房去倒碗姜汤，一会儿再过来。"

喝了热气腾腾的红糖姜汤，出了汗，麦迪感觉好了许多。他对阿螺说；"以后你就别再叫我麦技术员，听起来既生分又拗口，还是直接叫我麦迪好了。"

阿螺笑了笑，说："也好，我也觉得麦技术员叫起来有些别扭，你知道吗，我都好几次差点把你叫成麦师傅呢！对了，你怎么有那么多的故事，知道那么多东西呀？我们村里参加试验林种树的队员中，有几个还没出嫁的姑娘都在偷偷打听你结婚了没有呢！"

麦迪有些不好意思："我是学林业的，除了学习本专业外，也爱看其他的书，也特别喜欢咱铜山岛的历史。毕业后赶上县里号召植树造林，我学的专业正好用得上，于是就回来了。有位福州的女同学对我挺好的，劝我留在福州，她说铜山岛风沙那么大，回去干什么。我说正因为风沙大才需要回去种树呀！她扔下一句那你回去和树过日子吧，就再也没有联系了。"

"那你后悔了吗？"阿螺问道。

麦迪说："不后悔，一点不后悔。我这人也没别的本事，这辈子就认定做一件事，种树。"

阿螺看着麦迪，说："我觉得你就像一棵树。"

"什么树？"

"木麻黄。"

一个月后，试验林基地，雨后的木麻黄一片郁郁葱葱，格外翠绿，那挺拔昂扬的身姿，就像整装列队的小战士等候出征的命令。那在微风中摇曳的轻柔须叶，宛如少女妩媚的刘海儿，焕发着青春的神采与活力。

石泰山带着阿义和林细顺来到试验林基地，看望为试验林做出贡献的技术员和阿螺带领的"突击队"。他站在木麻黄跟前，充满感慨："这些年，我们为了治服风沙，经历了太多的艰辛。通过对海岛二百多个流动沙丘的实地勘测，才摸清风沙运行的规律，找到了'风口''沙喉'。经过无数次植树的失败，才找到挡风固沙的先锋树种木麻黄。经过倒春寒的教训和这次试验林的种植试验，终于找到了在我们铜山岛种植木麻黄的最佳时机和科学方法。这里，我特别要感谢林业技术员麦迪同志，还有钵头村妇联主任阿螺带领的全体'突击队'女同胞们，通过你们的努力，不仅总结出在我们铜山岛找到种植木麻黄的最佳品种最佳时机，还总结出'良种壮苗、适时种植、带土栽种、大穴种栽、适当密植、雨天造林'六大技术要点。有了这些科学总结，我们下一阶段在全县开展大规模植树造林就有底气了。"

"石书记，你说植树造林以后，我们的铜山岛会是什么模样呢？"一位钵头村的女人忍不住问道。

石泰山说："到时候呀，是抬头不见秃头山，低头不见飞沙滩，走路不被太阳晒，树林底下找村庄。"底下一片笑声。

"那太好了，这木麻黄的脾气性格呀我们都知道了，石书记，这木麻黄树我们是种定了。"女人说。

石泰山风趣地说："那好呀！有你们的宝贵经验，我们种木麻黄就再不会遇到'麻烦'了。"又是一片笑声。

清晨，麦迪约阿螺一块到试验林看木麻黄，两个人一前一后穿行在静谧的小树林中。

麦迪说："阿螺，告诉你一个事儿，接县林业科通知，全县要建立一批苗圃基地，为大规模植树造林准备木麻黄树苗，过几天我就要到各乡镇去指导苗圃育苗了。"

阿螺说："试验林基地的姊妹们听说你要走了，还真有点舍不得呢！"

麦迪有些吞吞吐吐："这段时间特别感谢你……我……真的很感谢你……"

阿螺笑着说："你今天怎么啦，突然变得客气起来了。"

麦迪鼓起勇气说："我……昨天晚上梦见你了。"

阿螺脸颊泛红，低声说："天天见面，梦什么梦呀？"

麦迪一鼓作气："梦醒以后，我忽然觉得，你不仅进入我的梦里，而且已经进入我的心里。"

阿螺的心怦怦直跳："你说什么呀，我是结过婚的人，而且还是个农民。"

麦迪说："农民怎么啦，我也是农民的孩子。我知道，你结过婚，是那场该死的'兵灾'拆散了你的家庭。我还知道，你丈夫遭遇了不幸，你是很重情的人，心里一直怀念着你的丈夫。可你总不能孤身过一辈子呀！你有追求幸福的权利，有爱和被爱的自由。我觉得，我们的相遇是一种缘，是木麻黄树为我们牵的缘，阿螺你说呢？"

阿螺问："你是在同情我吗？"

麦迪说："不，同情不能代替爱。通过这段时间的接触，我感受到你的聪慧、温柔和善良，这正是我所追求的。阿螺，我真心爱你喜欢你，你能接受我的这份感情吗？"

面对麦迪的真诚表白，阿螺有些感动，同时又有些不知所措："这……太突然了，让我想想，好吗……"

月牙湾，阿义和谢番薯行走在瓷实的沙滩上。

阿义问道："番薯哥，听说你最近结婚啦？新娘子是谁，怎么事先没告诉一声呀！"

谢番薯笑着说："不是提倡婚事新办吗，所以也就不敢太张扬。

娶的是咱村的翠妹，找时间请你到家里喝小酒去。"

"翠妹，是不是过去和水旺一块演《桃花搭渡》的那个翠妹？哎，她是怎么搭上你这个艄公的？"阿义揶揄道。

"咱钵头村的男人少，她又不肯嫁到外村去，就只好嫁给我了。"谢番薯自嘲道。

阿义说："好个番薯哥，你可是'肥水不流别人田'呀！不过你别光顾着自个儿过滋润的小日子，你还要关心一个人。"

谢番薯问道："关心一个人，你是指……"

阿义说："我是指阿螺。据我了解，那个叫麦迪的林业技术员正在追求她，她对麦迪印象也不错。可我知道，阿螺是个重情的人，尽管我哥哥已经遭遇不幸，可她心里依然放不下我哥哥。还有，她也是一个很传统的女人，对再嫁思想顾虑太多，一时迈不过这个坎。我已经让贺梅做她的工作。你是支部书记，阿螺是妇联主任，你也可以出面做做工作，消除她的思想顾虑。"

谢番薯说："这个事我也有听说，我觉得那个麦迪人挺好的，是个有追求的年轻人，石泰山书记都表扬了。这样，我找时间找阿螺聊聊，还有，也让她的闺密阿巧从侧面帮着促一促。"

阿义说："番薯哥，我今天找你还有一件事，最近县文化馆准备招收几个初中以上文化程度的年轻人，馆长正好和我比较熟悉，我想起我们村里的余添贵，他年纪轻，又是初中文化程度，而且从小受他母亲婉儿婶唱歌仔册的熏陶，到文化馆工作正合适，于是就向馆长推荐了。你让添贵明天到县文化馆参加面试，如果被录用了，还要送去进修呢！"

谢番薯高兴地说："太好了，你这一推荐可能影响到添贵的一生呢，咱钵头村又出了一个人才了。哎，你给我布置那么多任务，可得答应我一件事。"

"什么事？"

"到我家喝'地瓜烧'去呀！我让桃花，哦不，让翠妹做几个小菜，咱哥俩喝几盅。"

阿螺独自一人长跪在傍晚的沙滩上。她面朝大海，含泪诉说着心声："阿海哥，我是阿螺，你能听到我说的话吗？我有很多心里话要对你说啊！我阿螺是个弃婴，是慈悲的老阿婆救下我，是好心的阿姆收养了我，给了我新的生命给了我温暖的家。在这个家里，你就像对待亲妹妹一样疼爱我呵护我，我们一起讨小海，一起推石磨，一起拜妈祖。我多少回在想着，这辈子只要能跟阿海哥一块过日子，我就是世上最幸福的女人了。可是，那场'兵灾'毁了我们家、毁了我们的幸福啊！我知道，那天晚上你回到了家门口，给我留下了平安扣，在妙山，你还保护了阿义。阿海哥，我阿螺知道你的心哪！我一直相信，阿海哥你总有一天会回来的，我就是等到地老天荒也要等着阿海哥，是这份等待这份期盼支撑着我。可没想到你却惨遭不幸，半道上离开了我……阿姆她老人家……也走了，我的所有等待所有期盼都断了呀！阿海哥，今天要告诉你的是，阿螺遇到一个好心人，他真心实意地喜欢我关心我，阿义、番薯哥还有阿巧也都说他人很好，阿螺就要跟他结婚了，阿海哥你能应允吗？我知道，你会应允的。阿螺这辈子没缘分和阿海哥在一起，如果有来生，阿螺还做你的妻子，把这辈子欠下的都补上……"

阿螺伏在沙滩上，号啕痛哭着。

一双男人的手扶起阿螺的肩膀，阿螺转身一看是麦迪，她一头扑在了麦迪身上……

227

麦迪告诉阿螺，他已经做通父母亲的工作，等过几天见了两个老人，就一起去民政局办理结婚手续。阿螺在麦迪的陪同下，来到古城一家照相馆照了张合影照。

回到家里，阿螺搬出以前装地瓜丝的空木桶，清洗后倒进了大半桶热水。她闩上门，褪去身上的衣服，静静地浸泡在热水中。

氤氲的热气中，她眼前浮现出阿姆临终前的叮嘱："阿海虽然和你圆房了，可这孩子没这个福气啊……孩子，听阿姆的，趁着还年轻，有遇到合适的，你就再嫁了吧，不能耽误你一辈子啊……"

她回忆起在小树林里麦迪的表白："通过这段时间的接触，我感受到你的聪慧、温柔和善良，这正是我所追求的。阿螺，我真心爱你喜欢你，你能接受我的这份感情吗？"

她承认，通过这段时间的接触，她对麦迪也有好感，并且被他的真情所打动。她想着，自己曾经是阿海哥的新娘，而现在却要做另一个男人的妻子了，这难道是命运的安排吗？她百感交集，趴在桶沿上抽泣着……

菜姑林月乡回来了。她在妙山道姑陪同下来到钵头村。在祠堂，这位"活菩萨"很快就被钵头村的女人团团围住了。过去，台湾亲人写的信都是由林月乡带到新加坡，再从新加坡寄回来的，而这回不一样，是林月乡亲自带回来的，她可是当面见过在台湾的亲人啊！

"菜姑，我儿子康厚朴还好吗？我是他的阿姆林彩茶呀！上次我让德纯先生帮忙写的'批'他有收到吗？"

"菜姑，有我们家蔡鱿鱼写给我的'批'吗？他现在在哪儿呢？人都好吗？我是他'家后'谢苦妹呀。"

"菜姑,我家潘细狗小时候手老爱脱臼,听说在那边演习的时候老要扔手榴弹,他的手还脱臼吗?"

林月乡对照着信封上写的收信人名字,逐一把信交到女人手中,并凭着记忆,尽量详细地向女人们描述见到她们儿子、丈夫在台湾的情况。看着女人们激动的神情,林月乡心里充满了欣慰。她告诉女人们,过几天自己就要回新加坡了,趁着她还没走,抓紧把要带给台湾亲人的信交给她。

林月乡离开祠堂后,在妙山道姑的引领下直奔阿螺家。

林月乡菜姑和道姑的突然到访,让阿螺感到特别意外,她忙把两人让进屋里坐下,倒上了开水。林月乡顾不上喝水,对阿螺说:"我这次回来,有一个好消息要告诉你。"

阿螺有些错愕:"菜姑有什么好消息要告诉我?"

菜姑说:"阿海还活着。"

听了林月乡菜姑石破天惊的话语,阿螺愣住了:"阿海哥还活着?"

菜姑林月乡说:"是的。我上次到台湾,听铜山的老兵告诉我,阿海在金门演习中受了重伤,因为失去联系,大家都以为他遭遇了不幸,最近,我又到台湾,没想到在台北妈祖庙遇见阿海了,他在庙里当义工呢!"

阿螺问道:"阿海哥身体好好的吗?他这些年是怎么过来的?"

菜姑林月乡说:"他人还好,只是感觉有些消瘦。由于时间紧,来不及细谈,只听他说退伍后到阿里山当茶农,后来又到了台北妈祖庙当义工。当他知道我是为传送两地书信而来时,特别高兴,立刻给你写了一封信,还让我带来200美元。他说不能在阿姆跟前尽孝心,这点钱让你买些滋补品给阿姆补补身子。还有，阿海还让我转告，他很想念弟弟阿义。"说着，林月乡把信和200美元交给了阿螺。

阿螺的眼泪夺眶而出："我阿姆她老人家已经走了……"

菜姑听了潸然泪下。

阿螺颤抖着拆开信封，信中写道：

阿螺贤妹，至爱吾妻，南门一别，七载有余，在水一方，鱼书难寄，潮涨潮落，对月哭啼，日思夜想，梦中相聚，兵演遇险，命悬一线，幸得康复，巧遇菩提，鸿雁传书，心飞故里，执子之手，生死相依。

阿螺泪如泉涌。造化弄人哪！

小树林里，麦迪静静地听着阿螺讲述见到林月乡菜姑的过程。他摘下眼镜，用手帕擦了擦眼里的泪水，再把眼镜戴上，努力用平和的口气说话："阿螺，你心里不要太纠结。毫无疑问，阿海还在，只能是我选择离开。是命运捉弄人，我们谁也没有过错，如果说有过错，那也是错在我身上，我是在错的时间遇到对的人，我们俩是有缘无分呀！"

"那你父母那边要怎么说，让你为难了。"

"照实说，我们都是诚实的，我想他们会理解的。阿螺，你很不容易，我真心地祝福你能等待到自己的幸福。我会把我们这段美好的感情珍藏在心底的。"

"我也是……那你以后有什么打算呢？"

"大规模植树造林马上就要开始了，我会全身心投入植树造林中

去。至于个人婚姻问题,那就看缘分吧,我这人还是相信缘分的。或许真如我那位福州的女同学所说,这辈子就和树过日子了。"麦迪的话中带着一丝伤感。

阿螺忍不住泪水夺眶而出:"麦迪,你能抱我一下吗?就最后抱一次……"

平安扣

Blessed Jade Pendant

第十四章

阿里山的邂逅。如果是人,你是我眼中的圣女。如果是神,你是我心中的菩提。

几年前金门那次军演事故中，阿海差点命丧黄泉。当时，阿海的迫击炮班奉命向目标连续发射炮弹。不巧，负责将炮弹从炮口滑进炮管撞击底火的炮手是刚调来的新兵，慌乱之中，这名新兵在前一枚迫击炮弹还没有射出的时候，就鬼使神差地往炮管投入第二枚炮弹，站在不远处的阿海发现后要制止已经来不及了，他迅速就地卧倒。这时迫击炮炮膛发生爆炸，那名新兵被炸碎了，阿海背部也被多块弹片击中，身负重伤，经抢救后被送到台北医院救治。

几个月后，阿海出院退伍，他留在金门伺机回家的梦想彻底破灭了。经历身体和精神的巨大创伤，阿海沮丧到了极点。这个时候，一位他在住院时认识，名叫柳怀安的福建同安籍退伍老兵邀他一块上阿里山走一走，调整一下身心。

阿海和柳怀安搭乘蒸汽小火车上山。车上，在他们对面碰巧坐着一位姑娘。只见姑娘长着高高的鼻梁，一双明亮的大眼睛，微微前翘的下巴，纯净中透着秀气，质朴中带着热辣，宛如车窗外绽放的带着泥土芳香的山花。

开始，姑娘只是静静地听着阿海和柳怀安讲话，也不知什么时候，三个人一块聊上了。

姑娘问："两位阿哥是第一次到阿里山的吧？"

阿海告诉姑娘："我们两个刚刚在台湾退伍，听说阿里山很美，就相约来看看。"

姑娘听到有人赞美阿里山，特别高兴："我们阿里山的日出、云海、晚霞、樱花、森林，可美了。对了，还有受镇宫、慈云寺、吴凤庙，香火可旺呢！"

阿海好奇地问道："姑娘是当地人？"

姑娘爽快地说："我叫高彩凤，你们叫我阿彩好了。我家就在阿里山的半山腰，我阿爸年轻时候是个猎人，后来改当茶农了，我们家还有个茶园呢。我中学毕业后回来给阿爸当帮手打理茶园。每年阿爸都让我坐一次阿里山小火车，穿过一年四季的森林带，观看阿里山沿途的风光，还到受镇宫烧烧香。阿爸要我记住，我是阿里山的女儿。"

柳怀安问道："这高山铁路是什么时候修的？"

姑娘收住笑容："是早年日本人为砍运木材而修的。我们阿里山原来生长着大片的巨木红桧，被称为神木林。日本人把这里当作伐木区，巨木红桧被砍伐运回日本，还销售到许多地方。日本很多神社都是用阿里山的巨木红桧建的。原来阿里山30万棵红桧，现在只剩下三十几棵了。"

阿海和柳怀安来到原始神木群遗址，看着一个个巨大的红桧木树桩，还有痛苦挣扎的残枝，联想起当年日本鬼子侵犯铜山岛的暴行，阿海不由捏紧拳头，骂道："这伙强盗！"

阿彩说："阿哥，我带你们看看幸存的神木。"

来到一棵参天的红桧跟前，阿彩告诉阿海和柳怀安："听长辈们说，这棵神木已经有2000多岁了，前几天我们寨子还有一对恋人到这棵神木下海誓山盟，交换信物呢！"

一路上，阿彩热心地为阿海、柳怀安做着向导，最后，她盛情邀请两个人来到位于阿里山山腰的村寨。

望着岚烟叠嶂的层峦，高低起伏的茶园，星星点点的草屋、飞越山涧的彩虹，还有远方那神秘的玉山，阿海陶醉了。

山间的茅草屋里，阿彩父女用阿里山的烤野山猪肉、清蒸高山鳟鱼、山竹笋、山葵豆腐、高山野菜接待来客。阿里山清新的空气和高山族父女的热情使阿海暂时忘却了心中的烦愁与忧伤。

阿彩的阿爸是位热情纯朴的老人，他告诉阿海和柳怀安，他的名字叫高仰溪，族群里叫巴苏雅。老伴前几年去世了，他现在管理着一片茶园，一个制茶小作坊。老人得知阿海和柳怀安来自福建，特别高兴，告诉他们，阿里山的乌龙茶就是清朝时从福建传过来的，被称为"阿里山神"的吴凤也是来自福建平和。他带着阿海和柳怀安参观了他家的制茶小作坊，讲述茶叶制作的过程，阿海和怀安听得入了迷。

时间不早了，阿海和柳怀安依依不舍地向父女俩告别。老人恳切地说："我现在年纪大了，女儿阿彩虽然对种茶制茶很感兴趣，但毕竟是女孩子，应该学茶艺才对。我想找一个年轻的后生做帮忙，不知两位有谁愿意留下来。"

柳怀安带着歉意："我很喜欢这里的环境，也很感谢大叔的热情邀请，但前不久我已经和台北一个卖烧肉粽的女人结婚了，要在家里帮着做肉粽，实在脱不开身。"

阿海也如实告诉老人："我从小生长在海边，只会种田和拉山网，没有种茶制茶的经验，怕帮不上忙。"

老人说："没经验没关系，我原来也不是种茶出身的，只要肯学就行。"

阿彩也在一旁说："我阿爸可是种茶制茶的行家呢！不懂他会教你的。还有，我也可以帮你呀！"

面对父女俩期待的目光，阿海犹豫了。

一个月后，阿海成了高仰溪老人的助手。在老人的精心指导下，阿海用心学习，辛勤劳作，不到两年时间，阿海就掌握了茶园整修、施肥、病虫害防治、茶树修剪的知识，还有茶叶晾青、摇青、杀青、包揉、揉捻、烘焙的全套技术。他渐渐融入了这个高山族家庭，老人把他当作自己的儿子，他也像对待自己父亲一样孝敬着老人，闲暇的时候还陪着老人喝上两盅。而阿彩则自然地成了他的妹妹。阿海从心底感谢这热情善良的阿里山父女，在他最痛苦最迷茫最失落的时候，给了他精神和生活上的寄托。

然而，他心里依然牵挂着阿姆和阿螺。他经常对着夕阳，用树叶吹着阿螺喜欢听的《行船歌》，回忆和阿螺在一起的情景。

这一天，阿彩悄悄坐到阿海身边，听他用树叶吹完《行船歌》。

"阿哥，你是在思念家乡的阿妹吧？"

"是的，你怎么知道啊？"

"阿哥吹的曲子总是带着忧伤，而且，每次吹完树叶，眼里总含着泪花。阿哥能告诉我那位阿妹是谁，她长得漂亮吗？"

"她叫阿螺，长得很漂亮，她的眼沿下，有一对美丽的卧蚕。她……是上苍赐给我的田螺姑娘。"

"那……你们结婚了吗？"

"结婚了，就在新婚之夜，我被抓了壮丁，从此，我们天各一方，我就像那无法归帆的行船人，漂泊在茫茫大海上。只能在夕阳西下的时候，借着一片树叶，寄托心中对她的思念。"

阿彩被深深感动了。她试探着："阿哥，你这行船人就不想找个靠港的码头吗？"

阿海眼含泪水，摇了摇头："我做不到，做不到啊！"

看阿海有些伤感,阿彩转了个话题:"阿哥,我们山地民族的'丰收节'马上就要到了,哦,就像汉族的春节,乡里要举行大型的篝火晚会,可热闹了。阿爸说今年就让阿哥陪我去,到时候还有我的节目呢。"

阿海好奇地问:"噢,是什么节目呀?"

阿彩故作神秘:"现在不告诉你,阿哥到时候就知道了。"

阿海说:"我一定去。"

阿彩高兴地说:"阿爸有一套年轻时参加'丰收节'穿的衣服,可漂亮了。到时候阿哥穿上,就像我们阿里山帅气的'少年家'啦!"

"丰收节"篝火晚会,阿海身着红色长袖上衣,头戴山羌皮帽,帽顶插着美丽的鹫羽,腰间系着一块以方形斜布折成的三角巾,右臂上佩戴一个战臂铃,活脱脱传说中的阿里山勇士。阿彩头戴色彩缤纷的花环,身装红色对襟上衣,外面套着一件蓝色刺绣小马夹,一袭黑底白边的裙子,小腿上绑着黑白相间的绑腿,俨然一个水灵的阿里山姑娘。

篝火前,多才多艺、能歌善舞的阿里山小伙子和姑娘们演奏了充满民族特色的口弦琴、笛子、叶琴、杵乐还有竹鼓。晚会到了高潮,阿彩和一群姑娘上去跳起甩发舞,阿海发现阿彩伴随着身体的律动,散开的瀑布般长发甩起来是那样的妩媚、灵动、热辣和充满活力。接着,阿彩和几个姑娘跳起竹竿舞,只见阿彩在竹竿分合瞬间敏捷地进退跳跃,并做出各种优美潇洒的动作。阿海被阿彩的舞姿和飘动的长发深深吸引住了。

最后,在"高山青,涧水蓝,阿里山的姑娘美如水呀,阿里山的

少年壮如山……"的歌声中,阿彩牵着阿海的手,融入围着篝火跳着欢快拉手舞的人群。

阿海沉浸在欢乐的海洋中……

朦胧的月色给大地笼上一层薄薄的轻纱,山涧中清新湿润的空气让月光带着清凉带着沁人心扉的芳香。

阿彩和阿海行走在回山寨的路上。阿海赞叹道:"真没想到,彩妹的舞跳得这么好,特别是跳竹竿舞的时候脚踩得那么准,要是我,脚踝早就被竹竿给夹住了。"

阿彩说:"这个我从小就会的,跳的时候都不用看竹竿,跟着节奏就行了。"

阿海说:"彩妹,你头发散下来的时候真好看。"

阿彩高兴地说:"是吗?阿哥要是喜欢,我以后就经常散下来给阿哥看。今晚看阿哥很开心,我也特别开心。阿哥你知道吗?你今天穿这套衣服特别的帅,有位跳舞的小姊妹还偷偷问我你是哪个村寨的,还问是不是我阿爸招来的女婿呢!"

阿海一时语塞,忙支开话题:"彩妹什么时候也教我跳竹竿舞呀?"

阿彩牵着阿海的手,踏着月色,穿过竹林,蹚过小溪,走过山道,绕过茶园,眼看就要到家了。阿彩忽然"哎唷"一声蹲了下来:"阿哥,我脚崴了,我们歇一歇好吗?"

阿海着急地看看周围,说:"彩妹,这里也没有一个可以坐下歇脚的地方,我扶着你慢慢走好吗?"

阿彩说:"不行不行,我实在走不动啦。"

阿海犹豫片刻:"要不……我背你回去可以吗?"

阿彩毫不犹豫："那，辛苦阿哥啦！"

阿彩伏在阿海的背上，双手搂着阿海的脖子，脸轻轻地贴在他右肩上。阿海感受到阿彩温热的胸脯在背上起伏着，心跳不由得加剧。自从离开阿螺，他从来没有这样和女人亲密接触过。他告诫自己，不应该多想，阿彩只不过是一位好妹妹，她脚崴了，现在背她回家，仅此而已。他鼓了鼓劲，快步朝着村寨走去。

茶园里，阿海和阿彩一前一后仔细检查着茶树的病虫害。忽然，阿海感觉脚上踩到什么会动的东西，接着，脚踝一阵剧痛。他感到不妙，对阿彩说："彩妹，我好像被蛇咬了！"

阿彩忙扶着阿海到茶园空地上坐下。她蹲下来，仔细察看了阿海脚踝上的伤口，说："阿哥，你是被毒蛇咬伤了。"

阿海问："你怎么看出是被毒蛇咬伤的呢？"

阿彩说："如果是被无毒蛇咬伤，齿痕是平整环状排列的，而毒蛇上腭有两条长毒牙，会留下两个较深的齿痕。阿哥你看，这伤口上有两个深齿痕。"

阿海有些紧张："那该怎么办？"

阿彩表现得很沉着："阿爸教过我被毒蛇咬伤的紧急处理办法。阿哥，你坐着别动，我来帮你处理一下伤口。"

阿彩用随身带的小刀切断一截系在身上的腰带，紧紧扎在阿海伤口的上端，又在茶园附近找到一片带油脂的松木，用火柴点燃，把刀刃放在火中烧烤。她对阿海说："阿哥，你忍着点，我把你的伤口割开一点，把里面带毒的血排出来。"说着，俯下身子，用小刀在毒蛇的齿痕边上割开一个口子，用手使劲把里边发黑的血挤了出来。

阿海忍着疼痛，豆大的汗珠顺着额头滴落下来。阿彩见状，掏出

手帕轻轻拭去阿海额上的汗珠。看到阿彩也满脸挂满汗珠,阿海不由一阵心疼。

阿彩看着阿海:"阿哥你哭了,很疼吗?"

阿海轻轻摇了摇头。

阿彩把手帕交给阿海:"阿哥,你自己擦擦汗。我再给你弄点消炎解毒的草药。"

阿海环顾四周:"这里哪来的草药呀?"

阿彩说:"会有的,我去去就来。"

阿彩在茶园旁转了一圈,不一会儿工夫,抓来一把带着粉红色花瓣的青草。只见她将青草连同花瓣放到嘴里咀嚼成糊状,然后轻轻敷在阿海的伤口上,再用剩下的一节腰带包扎上。

阿彩告诉阿海:"阿哥,这叫半边莲,是治蛇伤的特效草药。我们当地流传一句谚语,家有半边莲,可与蛇同眠。你现在暂时没有危险了,但必须赶快回家,阿爸那里有专治被毒蛇咬伤的特效药,如果不行,还得送你到嘉义县医院。"

阿海问道:"彩妹,你扶着我慢慢走回去好吗?"

阿彩说:"不行,你现在要尽量减少活动,而且,你已经开始发烧,还是我背你回去吧。"

"你背我?怎么可以呢?"阿海说。

阿彩急了:"就许你背我,却不许我背你呀!都什么时候了阿哥还在磨蹭。听话,快趴到我背上。"

阿海顺从地趴在阿彩的背上。阿彩不知哪来的力气,噌的背起阿海,一步一步向家走去……

茅草屋里,仰溪大叔用自制的药水清洗了阿海的伤口,又让阿海服下蛇药。老人还特地到嘉义请来了一位熟悉的大夫。大夫了解了阿海被蛇咬伤的过程和处置情况，又经过一番"望闻问切"，给阿海打了针开了药。他告诉阿海，多亏了老人和阿彩处理得当，救治及时，现在已经没有什么危险，是父女俩救了他一命。临走时再三叮嘱阿海要多休息几天，别让伤口受到感染。

在阿海疗伤的日子里，阿彩天天陪伴着他，照顾着他。阿海发现，自从那次"丰收节"篝火晚会以后，阿彩经常让那瀑布般的乌发散落在肩膀上。这一天，阿彩采了一束五颜六色的山花放在阿海的屋里，阿海感觉满屋沁人心扉的芳香都是从阿彩那飘逸的秀发中散发出来的。

阿彩坐到阿海跟前："我很想知道阿哥的家乡是什么样子，阿哥能跟我说说吗？"

阿海问："彩妹很想知道吗？"

阿彩瞪大眼睛："是呀，凡是和阿哥有关的事情，我都想知道呢！"

阿海说："我的家乡虽然穷，却是很美。在我的村庄边上，有一个美丽的海湾叫月牙湾，小时候，我经常带着弟弟光着脚丫在海滩上拾贝壳，那贝壳五颜六色，可美了。长大以后，我和一帮小伙伴在海滩上拉山网捕鱼，一边拉着网绳，一边还喊着号子呢！"

阿彩陶醉在阿海描述的情景中。

阿海接着说："在我的村庄附近，有一座山叫妙山，山上有一座妈祖庙，小时候阿姆经常带我到妈祖庙拜拜，那妈祖可灵呢！"

阿彩说："阿哥，在台湾也有许多妈祖庙，我们山下的嘉义县新港乡就有一座供着妈祖娘娘的宫庙呢！哎，什么时候阿哥能带我去看看那美丽的月牙湾，还有，也带我到那妙山妈祖庙拜拜。"

阿海叹了口气，摇了摇头："回不去啊……"

一阵沉默。阿彩悄声说："阿哥，能问你一个事吗？"

阿海说："可以呀！彩妹你有什么事尽管问。"

阿彩嗫嚅地问："如果阿哥回不了家乡，愿意……愿意留下来做阿爸的女婿吗？"

阿海一阵心跳，他涨红着脸，不敢看阿彩："彩妹，我有些口干，能给我倒杯水吗？"

阿彩眼里闪动着晶莹的泪花："我知道，阿哥心里放不下家里的阿螺姐……"

阿海失眠了。尽管对阿彩的这份感情已经有所察觉，但面对阿彩今天的直露表白，他还是有些不知所措。阿海不得不承认，自己在不知不觉中也喜欢上了阿彩，确切地说，是爱上了阿彩。这几天，他脑海中不时冒出篝火晚会上阿彩甩动长发，跳着竹竿舞的情景，在茶园里冒着汗珠为他包扎伤口的情景，背着他一步一步走回茅草屋的情景。原来自己心里只装着一个女人，现在却又闯进一个女人，这让他感到惶恐不安。他不想伤害阿螺，也不忍心伤害阿彩，怎么办？

他辗转反侧，最后想到了逃避。他爬起来，含着泪给父女俩写了封信：

大叔、彩妹：

当你们看到这封信时，我已经离开了阿里山。和大叔、彩妹相处的这段日子，是我历经苦难以后重归田园的美好时光。我将永远感念大叔和彩妹的救命之恩，感念大叔和彩妹曾经给我这个漂泊的游子一个温暖的家。

我因爱而离开。请原谅我的不辞而别。

大叔，请允许我在信中叫您一声："阿爸！"

许阿海叩首

第二天，趁着大叔和阿彩去茶园，阿海把信放在桌子上，旁边放着这段时间大叔给他的"工钱"，还有那天在茶园阿彩留给他擦汗的手帕。他背上行囊，走出茅草屋，朝着茶园，向善良的父女深深鞠了个躬。

一个月后，阿海来到台北的妈祖庙，他找到了庙祝，向庙祝提出想到庙里当义工。庙祝是个中年人，特别健谈。当他听说阿海是铜山岛人时，格外高兴，热情地请阿海到厢房里喝茶。

庙祝告诉阿海："我姓季，叫季唐山。祖上也是铜山岛人。郑成功当年率部收复台湾，我们铜山岛有500多人随往，我的先祖也在其中，之后就留在台湾开枝散叶了。父亲给我起名叫季唐山，就是让我记住唐山、不忘故里啊！"

阿海听了季唐山一番话，很有感触："到台湾以后，我觉得这里与家乡的生活习俗一模一样。说的是闽南话，唱的是闽南歌，演的是歌仔戏，连过年过节、拜的菩萨都一样。在台北我还看到漳州街、泉州街、厦门街呢！"

季唐山说："在台北还有福州街、同安街、晋江街、惠安街、永春街、永安街、长泰街、汀州街呢。对了，福州有座棋山，在台湾也有座棋山，漳州有座圆山，在台北也有座圆山，在台湾，还有很多以福建原乡名称冠名的同宗同名村呢！"

在季唐山的热心安排下，阿海在庙里当了一名义工。他希望在暮鼓晨钟中求得内心的安宁,在辛勤劳作中淡化思念的苦痛,在虔诚的香火中为海峡对岸亲人祈福。闲暇时,季唐山常约他聊着两岸的风土人情,民间逸事。日子过得倒也很快,一晃两年过去了。

一位不速之客的到访打破了阿海的宁静。妈祖庙来了一位新加坡"天福宫"的女庙祝,让阿海意想不到的是,这女庙祝竟然是当年妙山妈祖庙的菜姑,而菜姑也一眼认出了阿海。

菜姑惊喜地说:"妈祖保佑,你还活着。快告诉我,你是怎样到这里的。"

阿海告诉菜姑:"在金门演习中我受了重伤,被送到台北治疗,从此就和铜山的老乡失去了联系。出院退伍以后,一个偶然的机会,我到阿里山当了茶农,后来……后来下了山。因为家乡的妙山有座妈祖庙,我就找到台北这座妈祖庙当了义工。菜姑您是怎么到这里的?"

菜姑说:"我是为铜山岛的乡亲传送家书而来的。三年前,我第一次来到台湾的时候,听铜山岛的老兵说你在金门演习时不幸遇难了,心里特别难受。我还写信给妙山的道姑,让她把这消息告诉阿螺了。这次我到台湾来见家乡的老兵,顺便也到几座妈祖庙看看,没想到在这里遇见你。阿海你赶快给阿螺写封平安信,信不要写太长。我最近刚好要回趟铜山岛,可以顺便把信带回去。阿螺知道你还活着,不知有多高兴呢。"

阿海百感交集,提笔给阿螺写了封短信。

此时的阿海没有想到,阿姆已经因悲伤过度而去世,更没有想到,他的这封信,既带给阿螺对他死而复生的惊喜,重新燃起亲人团聚的期盼,也中断了阿螺与麦迪的一段来之不易的感情。

阿海写完信,拿出200美元连同信一并交给了菜姑。他含着眼泪说:"这200美元是我前段时间用台币到黑市换的,请你告诉阿螺,我不能在阿姆跟前尽孝心,让她买些滋补品给阿姆补补身子。"

菜姑说:"放心,我一定把信和钱当面交给阿螺。你看还有什么要交代的吗?"

阿海说:"让阿螺转告我弟弟阿义,说我很想念他。"

菜姑点点头说:"我记住了。"

阿海问:"菜姑您还来台湾吗?"

菜姑说:"我也不知道。不过我可以把在新加坡的通信地址留给你,你可以把写给家里的信先寄给我,如果我能收得到,会将信转寄回铜山。还有,我可以把咱铜山岛在台湾一些老兵的联系方式也留给你。"

阿海说:"太好了,菜姑有水旺的联系方式吗?"

菜姑说:"有呀,他就在台北,前一阵子还在为你的'不幸遇难'伤心哩!"

阿海兴奋地说:"我明天就联系水旺,多年不见了,我们哥俩要好好叙叙。"

菜姑起身告辞:"阿海,我这次能在台北见到你特别高兴。你一定要好好活着,铜山的乡亲互相多关照。相信,风雨过后是彩虹。我会天天为你们祈福的。"

阿海望着菜姑远去的背影,动容地说:"菜姑啊,如果是人,您是我眼中的圣女。如果是神,您是我心中的菩提!"

傍晚,阿螺独自一人徘徊在月牙湾的海滩上。此刻,伴随着大海退潮的深沉喘气声,她思绪万千。

尽管中断和麦迪的感情让阿螺经历一段痛苦的挣扎,但阿海活着的消息还是让她感到惊喜和极大的慰藉。这段时间，她带着钵头村的女人们融入全县植树造林大军。试验林总结的"六大技术要素"在实践中获得巨大成功，加上天降喜雨，种下的木麻黄大批成活了。蜿蜒的海岸线筑起了一道"绿色长城"，往日的秃头山也披上了绿装。在全县植树造林表彰大会上，阿螺和村里几个姊妹还登上了领奖台。可就在这个时候，技术员麦迪主动报名到平潭岛指导新一波的植树造林去了。阿螺感觉到，麦迪去平潭岛，一半是为了工作，一半是因为她，这让她心里隐隐作痛。

她安慰自己，阿海哥还活着，这比什么都重要。每当夜深人静的时候，她总是从枕头下面取出阿海托林月乡菜姑带给她的信，一遍一遍地读着，仿佛听着阿海在和她说话。前天，她拿着阿海的信找到德纯先生，悄悄地问："先生，这'鱼书'指的是什么？"

德纯先生捋了捋胡子，说："这鱼书嘛就是书信的意思，古时候，在纸张出现之前，书信往往写在白色丝绢上，为了使传递过程不受损毁，古人常把书信扎在两片木简中，木简多是刻成鱼形，故称为鱼书。嗨，这都是我教私塾时讲的。"

阿螺问："先生，那信中写的'执子之手'又是什么意思？"

德纯先生莞尔一笑："这也是我当年教《诗经》讲到的，阿海也给用上了。《诗经》中有一句'执子之手，与子偕老。'这里的'子'不是指儿子，而是指'你'，意思是挽着你的手，一直到老。"

伫立在月牙湾海滩上，阿螺喃喃自语着："'执子之手，生死相依。'阿海哥，我读懂你的信，明白你的心。阿螺一定等着你回来，挽着你的手，和你白头到老。"

"贺梅，我刚从钵头村回来，告诉你一个好消息，我哥还活着，他给阿螺写信了。"阿义一进家门,一边擦着汗一边说。

贺梅惊讶中带着几分疑惑:"这消息是真的吗?阿螺怎么可能接到你哥的信呢?"

阿义说:"千真万确,信是菜姑从台湾带回来的,我都看了,是我哥的字没错。"

贺梅想了想,说:"我怎么觉着这个好消息对阿螺是带着几分酸楚和苦涩呢?"

阿义说:"是啊,我了解阿螺,她知道这个消息以后,肯定会一心等着我哥的。贺梅,咱俩是不是找个时间回趟钵头村?"

贺梅说:"好呀,我也很想看看阿螺,到时候把潮平也带上。你整天不着家,潮平都快上小学了,你也应该抽空和他互动互动,不然孩子都跟你生分了。"

阿义说:"行啊!我肚子里装满儿时的童谣,找时间教教他。"

何水旺的出现,让阿海欣喜若狂。两个人找了一家小饭馆喝起小酒,这是阿海到台北妈祖庙当义工以来第一次喝酒。

何水旺说:"阿海,那次金门演习,迫击炮膛发生爆炸,我们都以为你没了。这些年你是与世隔绝呀!那天突然接到你的电话,把我吓了一跳你知道吗。陈三、康厚朴还有蔡鱿鱼,他们知道你的消息后,也都说要来看你呢!"

阿海高兴地说:"好呀,我也很想见见他们呢!水旺快说说你这些年是怎么过来的,还有其他老乡现在都在哪里?"

何水旺说:"那年,我们铜山岛的老兵几乎都被调到台湾,最近一两年也陆陆续续退伍了,有不少人退伍后参加横穿台湾中央山脉的'中横公路'的修建。还记得咱村的潘细狗吗?"

阿海说:"记得呀,每次闹洞房都是他最起劲,小时候算是他最调皮了。他现在人在哪里?"

何水旺说:"他在修'中横公路'时,遇到地震塌方,被泥石给埋了。"

阿海哀叹道:"又失去一个好兄弟。"

一阵沉默,阿海问:"水旺,这些年你自己过得怎么样呢?"

何水旺苦笑着:"我现在是个扫马路的,整天拿着扫把在台北'丈量'街道呢!"

"厚朴呢?就是抓丁那天晚上和我们绑在一块的那个康厚朴,他现在在哪儿呢?"

"他退伍后干老本行,在高雄一家药店当店员,现在还单身呢。"

"那蔡鱿鱼呢,现在人在哪儿?"

"蔡鱿鱼在高雄和一个卖水果的女人结婚了,现在也在卖水果。好歹总算有个家。"

"对了,我那小兄弟陈三呢?"

"就是那个在金门建议我们喝酱油的陈三吗?他也退伍了,在基隆开了一家潮汕风味小吃,最近和当地一位卖槟榔的姑娘结婚了。"

阿海沉吟片刻,问道:"水旺你会不会也在这里结婚安家呢?"

何水旺说:"不会的,我心里一直装着阿巧。但我理解鱿鱼和陈三,回家遥遥无期,日子总得过下去啊!"

阿海若有所思。

"哎,阿海你在想什么呢?告诉你一个消息,我生了个女儿,当上父亲啦。"何水旺说。

阿海一阵错愕:"怎么,你当父亲了,和你生孩子的女人是谁?"

"是阿巧,当然是阿巧啦!阿海我告诉你一个秘密,那年上铜山岛,我偷偷跑回家了,就那回,阿巧怀上了。上回菜姑帮着带来一封阿巧的信,上面还画着一颗花生呢!"何水旺抑制不住兴奋。

阿海想起来了:"怪不得,那天夜里有个人影在村口移动,原来就是你呀!"

何水旺也恍然大悟:"我也看到榕树下有个人影在晃动,一眨眼就消失了,原来你也偷跑回家了呀!那阿螺会不会也怀……"

阿海说:"不,我到了家门口,都听到阿螺和阿姆在屋里说话的声音了,可我没敢进去。我在门口待了一会儿,把平安扣挂在门环上,就离开了。我真后悔当时没进家门呀!"

何水旺安慰道:"你是个孝子,当时没敢进家门肯定有当时的道理。我还听说了,有一个当官的用枪逼着你向妙山妈祖庙开炮,你硬是顶住了。阿海你真是好样的。"

阿海说:"当时要换作是你,你也会这样做的。"

何水旺问:"阿海你老实告诉我,你当时是在保护妈祖庙还是保护……"

阿海打断何水旺的话:"你说呢?"

见何水旺还愣着,阿海端起酒杯:"水旺你看我们光顾着说话,都忘记喝酒了。来,我要祝贺你喜得千金,当上了父亲。"

何水旺也端起酒杯:"我也要祝贺你逢凶化吉,渡过劫波。"

两个人一饮而尽。

何水旺问:"阿海,你今后有什么打算,就一直在庙里当义工吗?"

阿海轻轻叹了口气:"一切随缘吧。"

第十五章

望着阿彩远去的背影,阿海心里突然空落落的。入夜,扫完大街的何水旺拿出洞箫,靠着榕树,吹着《望春风》。阿义办公室来了一位特殊的访客。

这一天，阿海在妈祖庙大殿为油灯逐盏添着油，当他不经意抬头时，猛然看见一个熟悉的身影站在大殿门口，他定神一看，竟然是阿彩。只见阿彩肩上挎着一个花布包袱，头发有点凌乱，原来红润的脸庞显得有些苍白和憔悴，那双美丽的眸子充满着忧伤。

妈祖庙背后的小竹林里，阿海问阿彩："彩妹，你来找我，一定有什么重要事情要告诉我。"

阿彩含着泪说："阿哥，我阿爸去世了。"

阿海一阵震惊："老人家身体不是好好的吗？是什么时候去世的？"

阿彩诉说着这段时间的遭遇："你离开以后，阿爸一个人管理茶园，还要制茶，特别劳累。"

阿海问："有请人帮忙吗？"

阿彩说："采茶制茶的时候有请一些帮手，阿哥你知道的，这代替不了茶园的管理。去年台风特别多，有一次，阿爸冒着暴风雨到茶园排水，不小心摔伤了，从此一病不起。一年来，我一边照顾着阿爸，一边管理着茶园，直到上个月，阿爸忽然病情加重，送到了嘉义县医院，最终还是没有抢救过来。"阿彩说着忍不住抽泣起来。

阿海心情沉重起来，如果自己当时没有离开，或许这一切都不会发生。他感到自己对老人的去世负有不可推卸的责任。

阿彩接着说："阿爸临终前说，他最放心不下的就是我。还交代我在他去世以后要下山找到阿哥，他说阿哥是个有情有义的人，一定会帮我的。"

阿海问:"彩妹你是怎么找到这座妈祖庙的呢?"

阿彩说:"我记得阿哥曾经说过,在阿哥的村庄附近,有一座妙山,山上有一座妈祖庙,小时候阿哥经常跟阿姆到妈祖庙拜拜,阿哥还问过我在台湾哪些地方有妈祖庙。我就想着阿哥会不会到哪座妈祖庙去当义工了。可台湾的妈祖庙太多了,我是找了十几座妈祖庙才在这里找到阿哥的。"

阿海被深深感动了。他情不自禁地拥抱着阿彩,心疼地抚摸着她的头发。

阿彩把头靠在阿海的肩膀上,胆怯地问道:"阿哥,你愿意跟我回去吗?你因爱而离开,会因爱而回来吗?"

阿海一时不知道怎么回答:"我……"

见阿海久久没有吱声,阿彩用手抹了抹眼泪,往后退了一步,说:"阿哥就不要为难了,我……走了。"

阿海的心仿佛被电触了一下:"彩妹你一路奔波,刚到怎么马上就走呢?"忽然,他意识到这话问得那么言不由衷,那么苍白无力。

望着阿彩远去的背影,阿海觉得自己成了一个忘恩负义的薄情郎,心里突然空落落的。

"阿海你错了,百分之百错了。那个叫阿彩的女孩找了十几座妈祖庙才找到了你,而且是带着老人的临终嘱托来找你的,这孟姜女哭长城也不过如此,我听了都受感动,你却让她这样伤心失望地走了,这良心会受谴责的!"听了阿海的叙述,何水旺责备道。

"这我也知道,可我家里还有阿螺,前不久我刚托菜姑给她带去一封信,她还在苦苦地等待着我。现在,我要迈出这一步,难啊!水旺你不也在坚守着家里的阿巧吗？"阿海说。

何水旺说："情况不一样，我没有你这种遭遇。人家阿彩姑娘在你最困难的时候给你温暖，对你有情、有义、有爱，而且有救命之恩。而轮到她最需要你的时候，你却选择了逃避，这不应该呀！阿海，我支持你和阿彩在一块，其实还有一个原因你知道吗？"

阿海问："什么原因？"

何水旺说："就是担心阿彩回去后一个人会出事呀！"

何水旺的话说到阿海的痛处："是啊，一想着阿彩离开时的神情，我心里也很痛，这些天心慌慌的，老怕她会出意外。"

何水旺说："阿海，我看你就别再纠结了，你不是在妈祖庙做义工吗？要不你去'卜杯'，问妈祖娘娘同意不同意怎么样？"

阿海明白何水旺所说"卜杯"的意思，这是流行于闽台民间的一种占卜形式。闽南和台湾不少庙宇的神像前摆着一副用竹子或木头削成形似两个蚌壳的卜具，称为"杯茭"。问卜者先拿起杯茭在香炉上绕三圈，再跪在神像前，说明自己的姓名、生辰、住址和"请示"的事项。然后将杯茭投空掷地，观其仰俯，如一仰一俯为"圣杯"，表示可行。如两面都仰着为"笑杯"，表示还未定。如两面都俯着为"阴杯"，表示不可以。其实这和掷硬币做决定的道理差不多，只不过多了一层"神明旨意"而已。

阿海觉得何水旺的"卜杯"建议不错，交给妈祖娘娘去定，也求得一份心灵的解脱。

妈祖庙正殿前，何水旺向阿海寻问"卜杯"的结果。阿海眼眶有些湿润："掷了三次杯茭，都是'圣杯'。我不放心，又抽了一支签。"

何水旺问道:"那签诗上写些什么?"

阿海说:"签诗上写着'且将新火试新茶,诗酒趁年华。'是苏轼的词句。"

看着阿海还在迟疑,何水旺用调侃的口吻敦促道:"妈祖都同意了,你还犹豫什么,赶快上山'试新茶'去呀!"

阿海说:"我得向季唐山庙祝道个别,还得给阿螺写封信呀。"

何水旺赞同道:"要的要的,阿螺是个很善良的女人,我想只要你把情况说清楚,她一定会理解的。只是菜姑已经回新加坡了,你这信怎么寄呀?"

阿海说:"菜姑临走时有留一个她在新加坡的通信地址给我,也不知道这信能不能寄得到,我试试看。"

这回轮到何水旺伤感了:"兄弟,好不容易在台北有你做伴,这会儿你又要走了,现在陪伴着我的就剩一支扫把和一管洞箫了……"

夜幕降临,阿巧来到阿螺家。她悄悄告诉阿螺:"你知道吗,鱿鱼在那边再娶女人了。"

阿螺问:"真的吗?你是怎么知道的?"

阿巧说:"上回菜姑不是特地从台湾带信回来吗?咱村的苦妹日月等待着丈夫鱿鱼的来信,没想等到的是鱿鱼在台湾再娶女人的消息。这几天晚上,我都听到苦妹在唱《心酸酸》呢!嗨,听得都让人跟着心酸。阿螺你听,苦妹又在唱了。"

阿螺侧耳细听,果然是苦妹带着哀怨的歌声:

我君离开千里远

放阮孤单守家门

袂吃袂困脚手软

暝日思君心酸酸

无疑一去无倒返

辜负青春日暝长

连写批信煞来断

乎阮等无心酸酸

一时变心袂按算

秋风惨淡草木黄

风冷情冷是无秧

光景引阮心酸酸

  阿螺叹了口气："其实，男人和女人都活得不容易啊！不过我家阿海哥肯定不会在那边娶女人，他在信中说了，要回来挽着我的手和我白头到老呢！"

  阿巧也带着些许欣慰："我家水旺也向我发过誓，一定会回来和我团聚。我知道，每到农历十五，水旺就会对着月娘用洞箫吹着我喜欢的《望春风》，我望着月娘都可以感觉到呢……"

  阿海终于来到茅草屋跟前，面对熟悉又安静的茅草屋，阿海心情忐忑，他不知道阿彩有没有在屋子里，到底有没有发生什么意外。

  阿海走到自己住过的屋子跟前，见房门虚掩着，他推开房门，只见屋子收拾得干干净净，桌子上的瓶子还插着一束山花，只是这山花像是几天前采的，已经开始枯萎了。

  看着正在凋零的山花，阿海感到不安。他转身来到阿彩住的屋子前，轻轻敲着门，见没动静，阿海小心推门进屋，只见阿彩躺在

床上。

阿海蹲在阿彩的床前,见阿彩正处在半昏迷中。他轻声呼唤着:"彩妹,我是阿哥呀!你醒醒,你醒醒好吗?"

阿彩微微睁开眼睛,看见阿海坐在身边,眼泪夺眶而出。

阿海轻轻舒了一口气。

阿彩用微弱的声音说:"阿哥,你终于来了。我房间都给阿哥整理好了,还给阿哥采了一束山花。"

阿海握着阿彩的手,心疼地说:"我看到了,都看到了。彩妹,你身体这样虚弱,一定很长时间没吃饭了,我去给你熬点粥。"

阿彩抽泣着:"我从山下回来以后就吃不下饭……阿哥,我饿了……"

在阿海的精心照料下,阿彩的身体逐渐康复,脸色恢复了往日的红润。濒临荒废的茶园经过阿海的辛勤整理,也逐渐恢复生机。

一场春雨,把绿色的山峦重新洗过一遍,空气中弥漫着泥土和青草的芳香。晚霞披着太阳的余光,像一条镶着金边的橘红色丝巾,飘逸在西边的天际。

茅草屋外的阿彩散开乌黑的长发,依偎在阿海身旁。

阿海问:"彩妹,还记得那年我们参加阿里山丰收节篝火晚会吗?"

阿彩说:"记得呀,我一辈子都忘不了。阿哥怎么突然想起这件事?"

阿海说:"那天晚上,在回来的路上你说脚崴了,当时你脚真的崴了吗?"

阿彩说:"阿哥你说呢?"

靠在榕树上，何水旺用洞箫吹奏《望春风》

阿海说:"当时正走在半道上,听到你的脚崴了,我只顾着着急,也没多想,可过后觉着……"

阿彩撇了撇嘴:"阿哥是过后才觉着呀!我脚要不崴,阿哥能背我吗?不过我可没让阿哥白背,后来不是也背了一回阿哥吗。"

阿海会心一笑:"我明白了。"

阿彩说:"阿哥,我也问你一件事好吗?"

阿海说:"彩妹,什么事你尽管问。"

阿彩问:"我看阿哥手经常摸着脖子,是不是原来脖子上挂着什么心爱的东西?"

阿海说:"是啊!原来我脖子上戴着阿螺给我的白玉平安扣,我每时每刻都戴着它。"

"那阿哥现在为什么不戴呢?"

"后来……我又把平安扣给了阿螺,希望她平平安安。"

"要不,我用玉山美丽的橘子石给阿哥做一条项链戴上好吗?"

"不再戴了,就让脖子空着吧。"

"阿哥想念阿螺姐,是应该的。阿哥就把阿螺姐珍藏在心底吧。阿哥孤身一人漂泊在外,需要一个停靠的港湾,我也孤身一人,需要阿哥宽厚的肩膀。咱俩在一起,才都有家呀!阿哥,你会真心爱我吗?"

"我会的。我对不起阿爸,不能再对不起你了。从上山那一刻,我就下决心和你在一起了。"

阿彩把脸贴在阿海胸前,含着泪说:"阿哥,阿爸不在了,咱一起到神木跟前许个愿,让千年神木为咱见证为咱祝福好吗?"

入夜,扫完大街的何水旺抱着扫把坐在榕树下。今天是端午节,大街两侧楼房里飘出沁人心脾的粽香,这粽香让何水旺勾起对家中亲人的深切思念,并感受到一种落叶飘零的悲凉与孤寂。他用袖子抹去脸上的泪水,拿出洞箫,靠着榕树,吹着《望春风》,一曲吹完,他又用歌仔戏的"哭调"吹起了《安安寻母》。

如泣如诉的凄婉箫声吸引了一位路过的老者,他驻足痴痴地听着何水旺的吹奏。趁着箫声停顿的机会,老者走到何水旺跟前,问道:"敢问先生,可是来自福建漳州歌仔戏班乐师?"

何水旺礼貌地站起来:"老先生,我叫何水旺,是一个退伍的老兵,不是乐师。年轻时在漳州'笋仔班'演过歌仔戏,后来在戏班子吹过洞箫。"

老者点点头:"歌仔戏中的哭调有'大哭调''小哭调''艋舺哭''宜兰哭''运河哭',我听先生刚刚吹的哭调特别有韵味,就猜出先生是来自福建漳州的歌仔戏班。不知先生在漳州时可有见过'江海仙'?他创作的'杂碎调',哦,在我们这儿叫作'都马调',可是风靡全台湾呢!"

何水旺说:"'江海仙'是我的师父,我们'笋仔班'演出的剧本《荔镜记》《白扇记》《李妙惠》《安安寻母》都是'江海仙'编写的呢!"

老者感叹道:"咱两地的歌仔戏可是同根同源哪!"

何水旺问:"请问老先生是……"

老者带着歉意:"我光问你,都忘了介绍自己了。我是台湾宜兰人,先祖也是从漳州过来的。我叫郭有福,人称'歌仔福',现在是台北'宜兰轩'歌仔戏班的'戏头家'。先生在这儿扫大街太可惜了,我们歌仔戏班正在排练'江海仙'的《安安寻母》,还缺一名吹洞箫的乐师呢,不知先生愿不愿到我的歌仔班去。"

何水旺高兴地说："愿意,太愿意了!"

老者拉着何水旺的手,热情地说:"走,水旺师傅,到我家吃烧肉粽去。"

一场强台风夹带暴雨扫过台湾海峡,正面袭击铜山岛。巨浪咆哮着冲上南门湾脆弱的防波堤,扑向民房,南门湾沿岸一片汪洋。

石泰山在阿义陪同下,披着斗篷,冒着倾盆大雨察看灾情。看到海面上漂浮着许多檩木、船板和家具,沿岸一片残垣断壁,到处是亟待安置的受灾群众,石泰山一阵揪心,他叮嘱阿义:"县里正在紧急调运救灾物资,医疗队也马上就到,要让受灾群众有饭吃,有衣穿,有地方住,生病的得到及时治疗。"

阿义报告:"城关公社的干部全部在第一线,一定确保救灾工作的落实。书记,在我们铜山岛,几乎年年都会遇上台风,每次台风到来,都威胁着百姓的安全。我觉得每次跟在台风后面救灾,不是根本解决问题的办法。"

石泰山催促道:"阿义你有什么建议快说说。"

阿义说:"原来在南门湾海上有一片巨石阻挡着风浪。明洪武二十年,有位将军奉旨到福建沿海修建防御倭寇的城池,在修建铜山城的时候,这片巨石被打掉作为建城的条石。南门湾失去巨石的屏障,汹涌的海浪年复一年冲击着海岸,不仅摧毁民房,还导致海岸不断后退,使古城的南门和北门之间只剩下200多米的距离。"

石泰山说:"我明白了,就是说,如果海浪把这200多米打通,古城就变成离岛了。"

阿义说:"是的。所以我建议在南门湾建一条坚固的海堤,挡住风浪,永保古城的安全。"

石泰山说:"这个想法很好,不过这涉及一大笔资金,还需要技术力量和投入不少强劳力呀!"

阿义似乎胸有成竹:"书记我有个主意。"

石泰山说:"你这'讨海兄'点子还不少,说来听听。"

阿义说:"县里不是正在建设连接大陆的戚伯渡海堤吗?据我所知,戚伯渡海堤已经基本建好了,而且还节余了一笔资金。能不能大堤带小堤,把这笔资金用到建南门海堤上面,另外,还可以利用修建戚伯渡海堤的技术力量和运载石料的船只投入南门海堤建设。"

石泰山一听乐了:"好个许阿义,你这侦察兵的业务没有丢呀!你好好准备一下,县委常委会专门听一次汇报,抓紧把这事定下来。不过,把戚伯渡海堤节余的资金用到南门海堤这事还得请示一下省领导,我专程到福州跑一趟。"

阿义高兴地说:"这太好啦!劳动力问题请石书记放心,男劳力不够我们就组织娘子军。"

石泰山充满感慨:"咱铜山岛的女人真不容易,真了不起啊!"

这一天,阿义正在办公室专注地看着南门湾海堤施工方案,通讯员进来报告:"许书记,一位访客要求见你。"

阿义感到有些突然:"访客是哪里的,叫什么名字?"

通讯员说:"这个人穿着卡其布衣服,戴着一顶灰色解放帽,五十来岁,看起来文质彬彬的。听说是你的老朋友,我就没有多问,让他在会客室先等着。"

阿义来到会客室,仔细一看,来人是白修德。

见到阿义,白修德恭敬地站了起来:"许书记,我特赦了,我第一个想到的就是来拜访你。"

阿义招呼白修德坐下，问道："白先生说特赦后第一个想见的是我，为什么？"

白修德说："你是我谍报生涯中值得佩服的对手，在你身上有一股令我敬畏的正气。还有，我当年曾经做过伤害你的事，特来向你道歉。"

阿义说："我们两个人之间不是个人恩怨问题，是立场不同的问题。我听说了，你改造得不错，反省也到位，政府也考虑到你在抗日时期的立功表现，把你列为这批特赦对象了。"

白修德问："政府还考虑到我在抗日时期的立功表现？"

阿义说："抗战期间，你在国民党军统闽南站当特工时，参与了在厦门大中路喜乐咖啡馆附近击毙日本特务头子的行动。撤出厦门后，你被派遣到铜山岛，以开牙科诊所为掩护，搜集日军在台海行动的情报，1944年3月，美国飞机在铜山岛附近海域炸沉一艘日本军舰，是你提供的情报。在共同打击日本侵略者方面，你是有功的。可是你后来站到了人民的对立面。现在你能够接受改造，站到人民的立场上来就好。"

白修德说："我也很怀念当年国共合作共同抗战的情景。也十分感谢政府对我的宽大仁厚。我觉得特别对不起那些'兵灾家属'，当年她们的亲人被抓了壮丁，骨肉分离，我还雪上加霜，制造各种假象，企图嫁祸于她们，特别对阿海和阿螺做的那些事，我这良心一直受谴责呀！我想在余生中为国家、为社会、为这些'兵灾家属'做些什么。"

阿义赞许道："白先生能认识到这一点很好。听说白先生对闽南文化很有研究，可以发挥特长，为促进两岸交流、祖国统一做些有益的工作。"

白修德说:"许书记,我懂得该怎么做了。当年抗战,我明白我是个中国人,今天,我更应记住,我是中国人。"

阿义点点头:"那咱们可是相逢一笑泯恩仇啦!对了,白先生对今后的工作有什么想法,我尽可能地帮你。"

白修德迟疑片刻,问道:"我想还是干老本行,继续开诊所当牙医,你看可以吗?"

阿义笑道:"当然可以啦!平心而论,你的牙科医术确实不错,我回头和有关部门联系一下,让你在古城开个牙科诊所,你看怎么样?"

白修德高兴地说:"那太好了!许书记你以后遇到牙疼还来找我。"

阿义调侃道:"说来很奇怪,自从捕获了你这条'章鱼',我牙就不疼啦!"

南门湾海堤建设即将开始,阿义抽空带着贺梅和小潮平回到钵头村。村东头的榕树下,几个小女孩正围在一起玩抛沙包的游戏。只见地上放着几个小沙包,小女孩抛起一个沙包,念一句儿歌,用手迅速做一个相应动作,再把抛起来的沙包接住。小女孩一边玩着抛沙包游戏,一边还唱着《一放鸡》的儿歌:

一放鸡,
二放鸭,
三分开,
四相叠,
五拍胸,

六拍手,

七纺纱,

八摸鼻,

九咬耳,

十拾起,

十一坐金交椅。

潮平被小女孩玩的游戏吸引住了,嚷着也要玩沙包。阿义说:"这是人家女孩子玩的游戏,咱男孩子不玩这个,等会儿爸爸教你《讨海兄》的儿歌。"

趁着贺梅和阿螺在桑树下聊女人话题,阿义带潮平来到月牙湾。父子俩大手牵着小手,大脚丫引着小脚丫,走在潮湿的海滩上。

小潮平说:"爸爸,快教我《讨海兄》。"

阿义说:"好呀!这讨海兄呀力相(勤劳)又勇敢,不怕海上的风涌,是真正的男子汉。潮平,爸爸说一句,你也跟着说一句。"

阿义:"讨海兄,大股件(健壮)"

小潮平:"讨海兄,大股件。"

阿义:"一落海(下海),出力拼。"

小潮平:"一落海,出力拼。"

阿义:"风涌大,伊毋惊。"

小潮平:"风涌大,伊毋惊。"

阿义:"掠来大鱼满海坪。"

小潮平:"掠来大鱼满海坪。"

阿义:"人人呵咾(赞扬)好名声。"

小潮平："人人呵咾好名声。"

阿义夸奖道："还不错，再多学几遍就会记住了。"

小潮平问："爸爸你是讨海兄吗？"

阿义指着远处白帆说："看到那海上的渔船了没有？爸爸以前就在上面做讨海兄呢！"

"爸爸，那船再开出去是什么地方？"

"船开出去就是台湾海峡。"

"那海峡对岸呢？"

"对岸是祖国的宝岛台湾。那里的人盖的房子，说的话，唱的儿歌都和我们一样。你大伯就在那座岛上呢！"

"爸爸，我长大了也要做讨海兄，要开着船到台湾岛去找大伯。"

第十六章

达摩克利斯悬剑。面对遇险的台湾渔船,阿义果断命令:"斩断渔网,救人!"小潮平朝着大海一遍一遍朗诵着《讨海兄》。月牙湾海滩,钵头村的女人们点燃了孔明灯。

一年以后，阿彩抱着刚满月的婴儿问阿海："阿哥，你说咱孩子起什么名字好呢？"

阿海说："我想过了，这回咱生的是男孩，就叫许家福，意在阖家幸福。如果以后再生一个女孩，就叫许家燕，意在家燕归巢。你看怎么样？"

阿彩说："就听阿哥的。可阿哥怎么知道再生一个会是女孩呢？"

阿海笑着说："彩妹忘啦，上回我们到'住镇宫'注生娘娘跟前许过愿，说到要生一个男孩一个女孩的呀！"

阿彩脸上漾着幸福的红晕："那……咱就再生呗。"

阿海小心地接过阿彩怀里的小孩，轻轻地摇着。

阿彩提醒道："阿哥小心点，手要护着宝宝的脖子。"

阿海说："彩妹，等孩子再大一点，我想找个时间下山见见水旺他们，好久没见面，挺想念的。"

阿彩说："阿哥也可以请他们到咱山里来做客呀！"

阿海想一想，说："彩妹你说得对，八月十五中秋节很快就要到了，咱请他们到阿里山来赏月，你看怎样？"

阿彩说："太好了！我来准备月饼。"

阿海叹息着："每逢佳节倍思亲啊！不知阿姆、阿螺、阿义都好吗。"

阿彩问道："阿哥，你说阿螺姐知道咱俩在一起吗？"

阿海心情有些复杂："上山之前，我有给她写了一封信，信是寄到新加坡转的，也不知道能不能收到。真苦了她呀！"

阿螺始终没有收到阿海上山之前写的信，确切地说，新加坡的菜姑林月乡始终收不到阿海从台北寄出的那封信。此时的阿螺正带着村里的一帮姐妹，劳作在南门湾海堤工地上。

看着沸腾的工地和飘扬的"穆桂英队""老黄忠队""罗成队"旗子，石泰山乐了："阿义你这是演的哪一出啊，把古装戏都搬上来了。"

阿义说："这都是老百姓心目中的英雄，还蛮激励人的哩！书记，海堤建设已经进入最后冲刺阶段，在确保工程质量的前提下，我们加把劲，力争赶在今年第一个台风来袭之前竣工。"

石泰山高兴地说："好呀！有了这座海堤，今后古城百姓的生命财产就有保障了。阿义你下一步有什么打算呢？"

阿义报告："书记，下一步我们准备大力发展渔业生产，最近正在推进渔业生产的技术革新，实现渔网浮子玻璃化、渔网尼龙化、起网辘车化、行船机帆化，还创造了能够捕捞30多种经济鱼类的多层胶丝绫，产量比用苎麻绫捕捞提高好几倍。"

石泰山点点头："那就抓紧试验，我支持你。"

阿义乘机提出要求："书记，我想随渔业队的机帆船出海一趟，在海上实际操作中了解渔具使用的情况，你看可以吗？"

石泰山听了没吱声。

看石泰山在犹豫，阿义补充道："书记你忘了，我可是'讨海兄'出身呀！"

石泰山说："那就等海堤竣工。记住，就同意你出海一次，一定给我注意安全。"

一个月以后，南门湾海堤竣工了。这天晚上，阿义喝了点小酒，已经12点多了，还翻来覆去睡不着觉。

贺梅说："嗨，不就海堤竣工嘛，看把你兴奋的。"

阿义笑着说："反正我睡不着，你也睡不好，不如陪我聊聊。"

贺梅坐起来，披了件衣服，说："看你一高兴起来像个孩子，说吧，我听着呢。"

阿义也坐起来："贺梅我告诉你，这南门湾海堤修好了，意义可大着呢！以后遇到台风，咱古城的百姓就不用担惊受怕了，从今以后，台风这把悬挂在古城百姓头上的什么剑……"

"达摩克利斯悬剑。"贺梅说道。

阿义说："对，还是老婆有文化。从今以后呀，这把达摩克利斯悬剑被摘除了，咱铜山古城百姓的生命财产有了保障，可以安居乐业了。"

贺梅疼惜地说："这海堤修好了，你也该歇一歇，放松放松了。哎，你不是说咱再生个娃吗？"

阿义调侃道："有听说要等歇下来才能生娃吗？咱生潮平那会儿不也是正忙着吗？这人哪是越忙越有激情。告诉你，南门湾海堤建成后，接下来还要大力发展渔业生产，咱们要发扬'爱拼才会赢'的精神，捕鱼和生娃两个生产都不误。噢，说到捕鱼我想起一件事要告诉你，明天，哦不，是今天一早，我还要随渔船出海呢！"

贺梅一阵惊诧："什么，你要出海？你是书记，负责城关公社的全面工作，跑去出海干什么？"

阿义说："看把你紧张的，好像我没出过海似的。我是随渔业大

队的渔船出去的,主要是了解改进后的渔具使用情况,是经过石书记同意的。"

贺梅说:"我还不了解你呀,石书记一定是受不了你的软磨硬泡才同意的。"

阿义笑道:"这倒让你说中了。开始石书记是不同意,我告诉书记,我可是'讨海兄'呀!"

贺梅提醒道:"说话小声点,潮平睡着呢!"

阿义今晚特兴奋,他从枕头底下拿出一个文具盒交给贺梅:"咱家的潮平过几天就要上小学了,我今天特地抽空逛了一趟商店,给他买学习文具,我见这个文具盒上面印着一片海水,一张白帆,一轮明月,意境特别好,而且和我们潮平的名字含义很吻合,我就买下了。等他醒了你记得把这文具盒给他。"

贺梅打开文具盒,见盒子里放着一枚粉红色的心形贝壳,问道:"这文具盒里怎么还放着小贝壳?"

阿义说:"这是小时候哥哥阿海在月牙湾海滩拾到的'鸡心蛤'贝壳,见我喜欢,哥哥就送给我了,这么多年了,我一直珍藏着。上回带着潮平到月牙湾,我教他《讨海兄》儿歌,他说长大了也要当'讨海兄',还要开着船到台湾去看他大伯哩。这是他大伯拾的贝壳,就给他做个留念吧。"

贺梅说:"不如等你出海回来自己给他,搞得像是要出远门似的。"

阿义起身穿着衣服,说:"天亮了,我得走了。这文具盒和贝壳还是早点给孩子,让他高兴高兴。对了,告诉潮平,等我回来了,还要听他朗诵《讨海兄》。"

贺梅站在阿义跟前,用手轻轻理了理他掉在额前的头发,叮嘱

271

着:"记住,出海千万注意安全,一定要平平安安回来。你呀有时候就像个大男孩,老让我担心。"

闽南渔场,白帆点点,碧波粼粼。看着转动的辘车带起一网又一网的鱼虾,阿义脸上挂着丰收的喜悦,看来技术革新取得成功,渔业生产可望有一个大的发展。

"许书记,刚刚收音机收到电台广播,受台风和热带低压影响,预计未来两天,闽南沿海、台湾海峡将有8—9级大风,阵风可达到10—12级。东海将出现3米到5米的大浪到巨浪区,外海作业渔船应尽快回港避浪。"渔业队队长兼船上的舵公杨老帆报告。

阿义看到,刚才还风平浪静的海面已经开始出现风浪。他问杨老帆:"渔业队其他出海的渔船知道台风预报的消息吗?"

杨老帆指着海面上陆续驶离渔港场的渔船说:"知道了。我渔业大队的舵公之间有个约定,如果遇到鱼群,就在桅杆上升起一面黄色的旗子,招呼大家一块过来捕鱼,如果收到台风的消息,就在桅杆上升起一面红色的旗子,提醒大家赶紧回渔港避风。你看,我们渔业队的渔船都升起红色旗子,正准备返回渔港呢!我们使用的是机帆船,海面上刮的又是东南风,回港是顺风,只要抓紧时间,赶在台风到来之前入港应该是没有问题。"

阿义说:"那就抓紧时间返回渔港避风。"

这时船上一位渔民说:"快看,东南方向的海面有一艘渔船,像是停机了。"

杨老帆望着西北方向的海面,说:"那是一艘台湾渔船,这些年台湾渔民使用的是纤维船,船上没有帆,完全依靠柴油机动力。船上好像有人摇着衣服在向我们求救。看来那条船是失去动力在海上漂

着，如遇风浪再大一点，随时有倾覆的危险。"

阿义说："台风马上就要来了，台湾渔民兄弟有危险，我们不能坐视不管，必须马上过去救援。"

杨老帆问："现在我们的渔船正拖着一大网鱼还没起网，怎么办？"

阿义果断命令："那就斩断渔网，救人！"

贺梅关注着收音机的渔业气象预报，当她听到台风已进入台湾海峡的消息时，心里一阵紧张。她来到了渔港，每当有渔船入港，她就向上岸的渔民打听阿义的消息。终于，一位舵公告诉贺梅，阿义的渔船正在海上救助遇险的台湾渔民。

石泰山闻讯带着医务人员赶到了港口。望着海面上越来越大的风浪，贺梅有一种不祥的预感。

终于，一艘机帆船拖着一艘台湾渔船进入渔港。机帆船上的渔民和获救的台湾渔民都上了岸。贺梅始终没有看到阿义的身影，从石泰山凝重的神情中，她意识到情况不妙。

城关公社渔业大队院子里，杨老帆的讲述再现了阿义在海上救助台湾渔民的过程。

从收音机收听到台风预报的消息后，渔船正准备返回渔港，这时，发现海上漂着一艘失去动力的台湾渔船。过后了解到，这艘失去动力的渔船已经在海上漂了一天一夜。当时根据阿义的意见，杨老帆让渔民及时斩断了渔网。

阿义镇定地指挥着救援行动：

"向遇险的台湾渔船靠拢，注意防止碰撞。"

"准备缆绳。"

"用一条小绳系上大缆绳,小绳前端绑上一把扳手。"

"将扳手带着小绳抛向台湾渔船。"

"风浪太大抛不过去?那就再抛。"

"落空了?再抛,直到对方接住!"

"好,接住了!让对方把缆绳拉过去,系在船头。"

机帆船用缆绳拖着台湾渔船在风浪中驶向渔港。

阿义站在船尾观测着缆绳情况。这时意外发生了,受过磨损的缆绳经不住拉扯,突然断开了,一截绳头甩了回来抽打在阿义的身上,阿义倒在了船板上。杨老帆见状,立即冲上来扶起了阿义。

见阿义口中吐着鲜血,杨老帆央求道:"许书记,我们已经尽力了,风浪越来越大,你又受了伤……"

阿义打断杨老帆的话:"我们不能丢下台湾渔民,决不能!老帆,听我指挥,准备好新的缆绳……把好舵,机帆船再向台湾渔船靠拢……靠拢……"

经过与风浪一个多小时的搏斗,缆绳终于又系在台湾渔船的船头上,机帆船再次拖着台湾渔船在风浪中前行。台湾渔民激动地向前方挥动衣服致谢。

阿义无力地靠在了船舷上。杨老帆正想上前搀扶他回舱休息,就在这个时候,一个巨浪打了过来,阿义瞬间消失了。杨老帆惊恐地扑向船舷,只见灰蒙蒙的海面上,除了翻滚咆哮的海浪,什么也没有……

杨老帆叙述着,忍不住哭了起来:"对不起,我没有保护好许书记啊!"

贺梅瘫软在地上。

面对遇险的台湾渔船,阿义果断命令:"斩断渔网,救人!"

暴风雨过后，石泰山来到了南门湾堤岸。竣工后的石堤经受了第一次台风的考验，成功挡住了汹涌澎湃的狂浪。眼前，南门湾内，风平浪静，舟楫穿梭，海鸥绕樯桅翱翔。一弯长堤呈弧形向着两边延伸，像一双张开的有力臂膀，守护着铜山古城。

此时的石泰山特别怀念为保护海上遇险台胞而献出了宝贵生命的阿义。他吸着烟，脑海中不断浮现着阿义的音容笑貌，他难以置信，一个充满家国情怀，充满活力，正直、善良、机警的阿义就这样走了。他来不及看到这座海堤是怎样成功地抵御台风袭击、护佑了一方百姓，来不及见到日夜思念、在水一方的哥哥许阿海，来不及看到儿子背着书包上学堂……

"石书记，为了感谢县委县政府建设南门湾海堤惠民工程，古城的百姓特地从梁山采来一块青石，准备勒石纪念呢！"办公室主任薛平的话打断了石泰山的思绪。

石泰山眼眶湿润："不！应该纪念的是所有海堤的建设者们，还有像许阿义这样心系百姓的干部。对他们，这道长堤就是一座躺着的碑，而堤上的每一块石头都是永不磨灭的碑文！"

贺梅和阿螺带小潮平乘着杨老帆开的机帆船缓缓驶离渔港，随船出海的还有赵海峰、顾秋生、谢番薯一干人。

机帆船驶入阿义落水的海域，天空淅淅沥沥地下起了小雨。

船上的人都肃穆地站在船舷旁。贺梅、阿螺和小潮平把鲜花和小花圈抛向了大海。

不远处，一艘台湾渔船缓缓驶过，船上的渔民也在朝着海上抛撒鲜花，并向着海面三鞠躬。看得出，船上正是阿义用生命保护的台湾渔民。

贺梅忍着悲痛,对小潮平说:"你爸爸那天出海时说过,回来要听你朗诵《讨海兄》,你现在能朗诵给爸爸听吗?"

小潮平点点头,朝着大海一遍一遍朗诵着:

讨海兄,大股件。
一落海,出力拼。
风涌大,伊毋惊。
掠来大鱼满海坪。
人人呵咾好名声……

八月十五中秋节,何水旺约了七八个退伍老兵上了阿里山。阿彩当厨娘,亮出了阿里山特色的烤野山猪肉、山竹笋、山葵豆腐,阿海也下厨为乡亲们做了闽南家乡口味的"蚝仔煎""海卤面""薄饼春卷""炸五香",还准备了月饼和博饼用的大碗和骰子。

晚饭后,老兵们坐在茅草屋前,遥望月娘,回忆着儿时的往事,诉说着心底的乡愁。

"我想起小时候过节的时候,阿姆让我到市场买包春卷用的薄饼。见到烙薄饼的师傅跟前摆着一个用火加热的'鼎仔'(平底锅),师傅用面粉掺水,一直揉到很有弹力。然后,用一块生萝卜点上食用油揩抹鼎面,等鼎面热得冒出青烟,再把手中的面团迅速在上面均匀抹过,又把面团利用弹力收回,一张薄饼就留在鼎里了。看着师傅手中的面团在鼎面一抹一收,薄饼一张接着一张揭下来,太好玩了。"

"记得小时候家乡农历七月十五过'中元'节时,家家户户晚上在门口摆上供桌,上面放着年糕和水果。有一回我叔公还用面团捏成

月牙湾,钵头村的女人点燃了孔明灯

海里的鱼虾螃蟹，染上颜色，蒸熟后摆在供桌上，馋得我直流口水。乘着大人不注意，我偷偷吃了一条'面鱼'，还喝了一小杯酒，结果把自己醉倒了。阿姆找了半天最后才在供桌底下找到睡得迷迷糊糊的我，为这事阿爸还打了我一通屁股呢。"

几个老兵回忆起儿时中秋博饼的情景，念起故乡的童谣：

中秋月饼一面镜
照甲大厅光映映
街头巷尾博月饼
厝里喊甲大细声
孙子细汉博一秀
阿姐博无让大兄
博着对堂阿嬷赢
阿公博着状元饼

夜光下，阿海用树叶吹起了《行船歌》。何水旺也拿出洞箫，一遍一遍地吹着《望春风》……

月牙湾海滩，钵头村的女人们点燃了孔明灯。一盏盏冉冉升起的许愿灯笼，承载着女人们对亲人刻骨铭心的思念，对儿子、丈夫、恋人的深深祝福，对月圆、梦圆、家团圆的殷切祈盼，升腾在浩瀚的月空，飘向大海，飘向远方……

第十七章

白发娘,望儿归,红妆守空帏。康厚朴吃力地握着笔,在纸上颤抖着写下八味中药。听着何水旺的洞箫,阿巧两行清泪从眼角滑落,攥在手上的银圆滚落在地上。

1979年1月1日，全国人民代表大会常务委员会发表了《告台湾同胞书》，郑重宣示了争取祖国和平统一的大政方针，提出了结束军事对峙的状态，实现两岸同胞自由往来、通航通邮通商和开展经济文化交流等重要主张。

1987年母亲节，上万老兵以"母亲节遥祝母亲"的名义在台北孙中山纪念馆集会，老兵们身穿白色衬衣，正面印有鲜红色的"想家"，后面是"妈妈我好想你"。他们含泪唱着《母亲你在哪里》：

雁阵儿飞来飞去，白云里；经过那万里可能看仔细。雁儿呀，我想问你，我的母亲在哪里……

1987年10月15日，台湾当局宣布开放探亲。

这一天，铜山岛的几十个老兵聚集在陈三开的"潮味馆"，他们纵情地喝酒，纵情地唱歌，纵情地流泪。其间，有位老兵用闽南语朗读了余光中先生写的《乡愁》。一位老兵哭泣着吟诵了《苏武牧羊》中的诗句：

白发娘，望儿归，红妆守空帏。三更同入梦，两地谁梦谁？

现场一片哭声。

何水旺问阿海:"你知道当年在铜山岛策划抓壮丁的洪练达吗?"

阿海说:"知道啊,就是那个从淮海战场上退下来的少将师长,在南门湾上船时我看到他了,他现在人在哪里?"

何水旺说:"在台北卖豆腐呢!我那天看到他了,落魄得很。"

阿海说:"天作孽,犹可违;自作孽,不可活。38年前那场兵灾,造成多少妻离子散,家破人亡,他是作孽太多,自作自受呀!"

阿海环顾左右,问道:"厚朴呢?今天怎么没有看见他。"

何水旺神情凝重地告诉阿海:"他患了绝症,现在正躺在台北一家医院的ICU重症监护室里,估计维持不了多久。"

阿海感到一阵窒息:"厚朴是个孝子,他是古城药店的店员,本来是可以躲过那场兵灾的,38年前的那个晚上,他赶回家给母亲做生日,没想碰上抓壮丁了。这么多年,他天天思念着家中的老母亲,好不容易盼到可以回家探亲了,他却躺在重症监护室里……"

经医生同意,阿海和何水旺来到康厚朴的病床前。只见康厚朴鼻孔插着氧气管,病床旁放着一台心电监护仪,记录着心电的参数。

见康厚朴人还清醒,阿海俯在他耳边轻声说:"厚朴,我和水旺来看你了。告诉你一个消息,两岸开放探亲了。你安心治病,等康复出院就可以回家和老母亲见面了。"

康厚朴眼中蓄满了泪水,他慢慢抬起右手,做出写字的示意。阿海拿出一支笔放在康厚朴手中,帮着康厚朴拿着纸。

康厚朴吃力地握着笔,颤抖着在纸上写下歪歪扭扭的几行字。阿海一看,不禁潸然泪下,纸上写着八味中药:

海月钩藤　莲心知母　熟地当归　茴香（回乡）续断

看着康厚朴那透着悲凉、透着无助、透着期盼的眼神，阿海的心快碎了。他忍住悲痛，安慰道："厚朴我答应你，这次回去一定去看望你的老母亲，带去你对老人家的心意。你要坚强，要有信心把病治好，下回我陪着你一起回家。"

康厚朴那噙满泪水的眼睛分明在说："就差一点点，我够不着，够不着啊……"

三天以后，康厚朴带着人生的巨大遗憾，在两岸开放、老兵们即将返乡探亲之际，永远离开了这个世界，在遥远的天国等待着他那白发苍苍的老母亲……

料理完康厚朴的后事，阿海双手捧着微微发热的骨灰盒，心中充满悲怆，余光中先生在《乡愁》中写道："乡愁是一方矮矮的坟墓，我在外头，母亲在里头。"而今却是白发娘含泪盼儿归，儿子化成灰……

阿海对何水旺说："我想这次把厚朴的骨灰带回去，安葬在家乡故土。他生前未能实现'回乡续断'的梦想，死后应了却他'熟地当归'的心愿啊！"

何水旺说："阿海你想过没有，如果厚朴的老娘还在，等来的却是儿子的骨灰，她老人家还能活下去吗？"

阿海充满痛楚："水旺你说得对，咱回去后还得瞒着他老娘亲，告诉老人家厚朴在台湾暂时还回不了。我再定期以厚朴的名义给老人家寄些钱，让她老人家留个念想，留个希望，再多活几年。我们只能做到这样了。"

回阿里山之前，阿海特地来到台北妈祖庙，看着大殿殿前廊的柱刻联"护一方潮平岸阔，佑环海风正帆悬"阿海感慨万千，他在妈祖塑像前虔诚地敬了一炷香："感恩妈祖娘娘护佑，我们在台湾的老兵终于能回家和亲人团聚了。祈愿台海从此潮平岸阔，风正帆悬。"

听说阿海要回乡探亲，季唐山特别高兴，请阿海到厢房茶叙："许多在台湾的乡亲听到两岸开放的消息后，都想回家乡寻根谒祖，一些同宗同名村的里长也希望能带乡亲们回原乡参访，台湾的不少宫庙也想到大陆祖庙延续香火呢！"

阿海说："我看台湾的庙宇特别多，信众也特别多，供奉的神像也和大陆完全一样。"

季唐山说："是啊，台湾那么多座宫庙，都是从大陆祖庙分灵的。像福建莆田的妈祖庙，泉州的天后宫，漳州的白礁慈济宫，开漳圣王威惠庙，铜山关帝庙对台湾民众都有很大影响。"

阿海说："这庙宇也是两岸乡亲共同的精神家园啊！"

季唐山说："阿海兄弟，我现在是台北铜山同乡会的会长，乡亲们都希望能做好与家乡谱牒的对接，也为子孙后代寻根谒祖提供帮助。你以后经常回家探亲，有这个便利，能跟着我一起做这件事情吗？"

阿海连连点头："唐山兄，你这是善举呀，我当然愿意。"

就要启程返乡了，阿海辗转反侧，彻夜难眠，38年了，家乡变成什么模样呢？这些年，菜姑林月乡身体每况愈下，不能亲自往返于新加坡和台湾地区，经新加坡中转的批信时断时续。阿螺在一次来信中委婉地告知阿海，阿姆已经去世了，这让他肝肠寸断，悲痛欲绝。现在终于能回家，却见不着慈祥的母亲了。要是母亲还在，能跪在她老人家膝前叫声"阿姆",那该有多好啊!想到这里,阿海一阵揪心的痛。

阿海想到了弟弟阿义,不知为什么,阿螺来信中从来没有提到过弟弟阿义。他回忆着小时候和阿义在一起玩耍的细节,回忆着抓丁那天晚上阿姆让他和阿义分别躲在木桶里的情景,回忆着妙山的战斗场面,一切历历在目。想到兄弟久别重逢,将会有说不完的话,心里暖暖的。

阿海想到了结发妻子阿螺。不知那天晚上自己挂在门环上的平安扣阿螺看到了没有,现在还戴着吗?从阿螺的信中,阿海感觉到阿螺并没有改嫁,而且一直在苦苦等待着自己,这让阿海有一种深深的负疚感。他很想早日见到阿螺,却又不知如何面对阿螺。想到这里,他感到茫然和酸楚。

躺在身旁的阿彩看着阿海心事重重,轻声问道:"阿哥这么晚了还不睡,在想什么呢?"

"我在想着回家探亲的事。"

"阿哥,这回能带着我一块回铜山岛探亲吗?"

"我想这次还是我一个人先回去,等到明年再和你结伴同行,你看好吗?"

"不好。阿哥都是六十好几的人了,在金门当兵时还受过伤,让你一个人走,路上我可不放心。"

"没事的,还有水旺、鱿鱼他们和我'斗阵走'(一起走)呢!"

"其实我也很想去看望阿螺姐。38年了,人生能有几个38年?阿螺姐真不容易呀!现在,家福、家燕都长大了,茶山有孩子管着,用不着咱操心,咱俩都能走得开,我还是陪着你回去吧。对了,我还想去看看阿哥童年的月牙湾,还有和阿哥一块到妙山妈祖庙拜拜呢!"

"也好，那……咱们就一起回吧。"

"嗯，这么多年了，我看阿哥在箱底一直压着一块折叠的手帕，上面还用绒布包着，那是当年阿螺姐送给阿哥的信物吧？"

"不，那是一个叫阿生的好兄弟生前托付我交给他未婚妻的。已经三十几年了，这回一定要兑现对他的承诺。"

阿彩头靠着阿海的肩膀，问道："阿哥这边有我和家福、家燕，家乡那边有阿螺姐，两边都有一个家。现在可以来往了，阿哥怎么想呢？"

阿彩默默注视着阿海。

一阵长时间的沉默。终于，阿海长长叹了口气："我会把阿螺珍藏在心底的。"

阿彩舒了一口气，眼泪滴落在阿海的胸口上。

老兵们开始陆续回乡，钵头村像过节一样热闹。每天，都有一群阿婆来到村口榕树下，等待着亲人的归来。在铜山县台胞接待站工作的潮平也特地回了趟钵头村，告诉阿螺，阿海大伯就要回来了，让她有个准备。

阿螺把房子、庭院打扫得干干净净。她从箱子里取出了平安扣，不停地抚摸着，擦拭着，眼泪像断了线的珠子滴落在平安扣上。平时不喜欢照镜子的阿螺戴上平安扣，对着镜子仔细端详，瞅着镜子里满头白发、一脸皱纹的自己，心里不由一阵酸楚，岁月如刀啊！她想着，38年了，阿海哥变成什么模样，是不是和自己一样，也是满头白发了呢？

这天晚上，阿螺做了个梦，梦见依然年轻的自己，站在村口迎接同样年轻的阿海哥。回到家里，在阿姆的张罗下，她和阿海哥重新拜堂成亲，七叔公、糯米婶、谢番薯、阿巧还有阿娇都来了，热情泼辣的阿娇依然当着伴娘。阿螺自己身穿一套红色的新娘妆，披着红盖头，在司仪的吆喝声中和阿海哥一拜天地，二拜高堂，夫妻对拜。可是，当阿海掀起红盖头时，新娘竟然变成一位陌生的女子，而自己却成了一个旁观者。阿螺在惊恐中醒了过来，她发现枕巾湿了一片。

阿螺再也睡不着，她起床来到院子的老桑树下，坐在石磨旁静静发呆，当年和阿巧、阿娇姊妹仨约好一起等着阿海、何水旺、阿生回来，可年轻的阿娇早早就追着阿生走了。而现在，阿巧正躺在病榻上，已经吃不下东西了，由女儿明月陪护着。她是支撑着等待何水旺回来呀！想到在悲伤和绝望中离开人世的阿姆、婉儿婶，想到命丧大海的满舱叔，阿螺一阵揪心，那场兵灾，改变了多少人的命运哪！

病榻前，明月劝着阿巧："阿姆，你吃点东西吧。我听阿螺婶婶说，阿海伯和我阿爸就要回来了，你等阿爸等了这么多年，等的就是这一天，阿姆你可要坚持住啊！"

阿巧点点头，说："孩子，有件事阿姆一直没有告诉你，记得你上小学的时候，经常哭着回家，说有小孩欺负你，骂你是野种，那时候，阿姆有话说不出，让你受委屈了。"

明月想起了上小学时，一些顽皮的小孩常堵在路上嘲笑她是"野种"，说阿姆在外头"找契兄"，是"马叉虫"（骚女人）。她回家告诉阿姆，阿姆只是抱着她痛哭。后来这事让阿螺婶婶知道了，连续三天，阿螺婶婶提着一根木棍送她上学，又提着木棍到学校门口接她回家，还为这事找到了学校校长，从此，再也没有小孩敢欺负她了。

明月说："这事都过去那么多年了，阿姆还提它做什么。"

阿巧说："现在你阿爸就要回来了，阿姆要告诉你，你阿爸何水

旺就是你的生身父亲，1953年那个晚上，你阿爸回来了……"

明月说："阿姆你别说了，阿螺婶婶都告诉我了……"

阿巧点点头，抚摸着明月的手，嘱托道："孩子，以后替阿姆好好照顾你阿爸。"

明月含着泪说："阿姆，咱一家就要团圆了，你的病会好起来的，我会照顾好你和阿爸的。"

阿巧摇了摇头："我的病自己清楚，阿姆是在等着见你阿爸一面呀！"她指着床头的旧箱子，说："那箱子里头有一块用布包着的银圆，那是你阿爸在南门湾上船前留下的，你帮阿姆找出来……"

明月在箱子里的旧衣服下面找到一个小布包，她小心地打开小布包，只见里面有一枚旧银圆，她把银圆轻轻放在阿巧手上。

阿巧攥着银圆，眼前浮现出在村东头地瓜地草棚里听着何水旺吹洞箫的情景，浮现出38年前南门湾那生死离别的情景，浮现出1953年那天晚上和何水旺灵与肉交融的情景……

阿巧的心在哭泣在挣扎在呼唤："水旺你快点回来啊！我在等你……等你……别让我等不及呀……"

阿螺一边炒着阿海最爱吃的面茶，一边回忆着新婚之夜和阿海之间的悄悄话，脸上泛起甜蜜的红晕。

这时门外传来熟悉的声音："到家了！到家了！三十多年了，这老桑树，还有这石磨还在……"

分明是阿海哥的声音，没错，是阿海哥的声音！阿螺扭头冲出了屋子。

看到从屋里出来的阿螺，阿海先是一怔，定神一看，终于反应过来，他声音有些颤抖："阿螺，我是阿海呀！我回来啦！"

看着满头白发的阿海,阿螺悲喜交集,一时竟不知说什么好。她提起衣角擦拭着眼泪,喃喃地说:"回来了就好,回来了就好。"

阿海指着一旁的阿彩:"阿螺,这就是阿彩,跟我一起回来的。"

阿螺看着站在阿海身旁的阿彩,一脸茫然。

阿彩忙主动搭话:"阿螺姐,我是阿彩,这回和阿海哥一块回来探亲的。"

阿螺明白了,这是阿海在台湾娶的女人。她仿佛被浇了一瓢冷水,从头顶凉到脚心。阿螺努力使自己保持镇定,对阿海和阿彩说:"别站在院子里,快进屋呀!"

处于半昏迷状态的阿巧忽然清醒过来,断断续续地说:"明月……扶阿姆起来,帮阿姆梳梳头……"

明月扶起阿巧,用木梳为她轻轻梳理着凌乱的头发。

梳理完头发,明月扶着阿巧慢慢躺下。

阿巧闭上眼睛,手里攥着银圆,她在静静等待,等待着即将回家的何水旺,抑或,等待着即将到来的生命的终点。

看着面容憔悴的阿姆,明月心里特别难过,阿爸被抓壮丁,阿姆这辈子不知吃了多少苦,承受了多少委屈。这么多年,阿姆在风言风语中含辛茹苦,把自己拉扯大,她种菜养猪,供自己读中学,上中专,成为一名小学教师。如今阿爸就要回来了,好日子还在后面,可阿姆却……

阿巧微微睁开眼睛,嘴唇动了动。明月感觉阿姆想说什么,忙俯下身子,只听见阿姆断断续续地说:"你阿爸……回来了,我……听到……脚步声了……"

明月仔细听着，果真屋外传来了脚步声，明月惊叹垂危中的阿姆居然有这般超凡的听力。

何水旺在老支书谢番薯陪同下，来到家门口，他突然停住脚步。谢番薯问道："水旺兄弟，都到家了，怎么不走啦？"

何水旺看着谢番薯，嗫嚅地说："番薯兄弟，我是近乡情更怯啊！"

谢番薯指着从屋子里走出来的明月，对何水旺说："水旺兄弟，你看看这是谁？"

何水旺看着明月呆住了，一双美丽的眼睛，一对美丽的梨窝，分明是当年的阿巧呀！

明月第一次见到生身父亲，鼻子一酸，眼泪夺眶而出，叫声："阿爸……"便泣不成声。

何水旺拥着明月，泪水汪汪。

明月哭着对何水旺说："阿爸，快进屋吧，阿姆在等你呢……"

何水旺来到阿巧的病榻前，看着奄奄一息的阿巧，扑通一声跪在地上："阿巧，我回来了！"

阿巧点点头，用微弱的声音说："我想听……洞箫……"

何水旺取出别在腰间的洞箫，吹起了《望春风》。

阿巧慢慢闭上了眼睛，两行清泪从眼角滑落，攥在手上的银圆滚落在地上……

阿螺带着阿海来到靠东边的瓦房，说："这些年有了些积攒，我请泥水师傅把咱家原来两间旧瓦房翻了新，东边这间屋子更明亮宽敞，床也大一些，被褥、枕头、枕巾都是新的，你和阿彩就住这里，我在隔壁屋。看看还缺什么，我再给添上。"

阿彩说:"阿姐,还是我住隔壁屋吧。阿姐和阿哥分别那么多年了,这次回来,你俩就住在一起,也好说说话。"

阿螺用平静的口吻说:"这么多年,我一个人习惯了。"

阿海劝道:"阿螺你就听阿彩的吧。我真的有好多话要对你说,这么多年了,你一定也有好多话要对我说。"

阿螺鼻子一酸,忍不住眼泪夺眶而出。

夜深沉,阿彩没有入睡。她披上衣服来到院子的老桑树下,不时望着东头屋子那扇透着灯光的门窗。

屋子里,阿螺向阿海讲述了阿姆含悲去世、阿娇魂断望夫崖、阿义海上遇难的过程,阿海也向阿螺诉说了金门军演身受重伤,阿里山遭遇阿彩,台北妈祖庙当义工的经历。两个人相拥痛哭。

阿海问:"阿螺,我离开台北妈祖庙时,给你写了封信,信里讲了我和阿彩的情况,不知你收到没有?"

阿螺说:"你前面托菜姑带来的信和钱收到了,可后面这封信没收到啊!"

阿海明白了。他看着满头白发的阿螺,心中充满愧疚:"阿螺,你等了我这么多年,头发都等白了,可我在那边却有了新的家,我这辈子欠你太多呀!"

阿螺抚摸着阿海布满皱纹的额头:"阿海哥你别这样说,你一个人漂泊在外,身边也要有个铺床叠被的人呀!你平平安安活着,比什么都重要。"

阿海心里一阵酸楚:"阿螺,你跟阿姆一样,有颗金子一样的心啊!"

阿螺轻轻摇着头:"阿海哥,听我的,你回来这段时间还是和阿彩妹住在一起，我看得出，她对你是一片真心，让她自己一个人住，我心里过意不去啊。我还是那句话，这么多年，我一个人习惯了。"

夜深人静，徘徊在桑树下的阿彩清楚地听到阿螺的一番话，忍不住热泪盈眶，双腿一软，跪在了门窗下。

阿海看着阿螺戴在脖子上的平安扣，睹物生情："那天晚上我把这平安扣挂在门环上，是想告诉你和阿姆，我回来过了，也期盼着你和阿姆还有阿义都平平安安。"

阿螺说："我天亮时开门看到平安扣，知道你回来了，也懂得你的心意。可阿海哥你到家门口了还不进来，真的不应该啊！"阿螺的话中带着几分哀怨。

阿海说："我是怕连累你还有阿义呀！"

阿螺说："阿海哥你好糊涂，咱村当年那么多人被抓壮丁，没有一个家庭受到连累，政府照样分给土地，困难户还给照顾，我还当上村妇联主任、村长呢。对了，1953年的那个晚上，隔壁村一个叫美桃的，丈夫偷偷跑回家，本来想夫妻见个面就走，却被美桃给留下了。"

"后来呢？"阿海问道。

阿螺说："后来夫妻俩都受到政府的表扬，再后来还生了三个娃。你知道吗，那天晚上水旺也回来了，还和阿巧有了个女孩，那女孩长得像阿巧，我看了都羡慕。哎，生过孩子的女人才是真正的女人啊！"

阿海说："水旺回来的事我知道，水旺告诉我了。其实那天晚上到了家门口没进来，我也一直很后悔，可这世上没有后悔药呀！"

阿螺说："如果你当时进了屋，我肯定像邻村那个美桃一样把你留下来，阿姆也绝不会让你走，那我们的命运跟现在就不一样了，说不定还生了一群娃呢！可话说回来，那天晚上你要是留下来，妙山的妈祖庙还有阿义就遭殃了。这或许是妈祖娘娘让你赶回去救阿义的呢。"

阿海有些讶异："阿螺你是怎么知道我救了阿义的？"

阿螺说："过后阿义告诉我的。那天你们兄弟俩一个在山上一个在山下，阿姆和我都提着一颗心呢！对了，妙山战斗过后，有几个国民党兵到我们家搜查解放军伤员，有个名字叫陈三的看到我们俩的结婚照片时，说和你是好兄弟，就没再搜查了。只可惜，我们的结婚照被他带走了。"

阿海从怀里拿出一个小盒子，小心翼翼地打开盒子，里面放着一张泛黄的黑白照片，他取出照片，轻轻抚摸着："陈三到金门后，把照片给我了，每当我看到这张照片时，就想起我们年轻时的情景，想起我们的新婚之夜，仿佛在梦中。"

阿螺从阿海手里接过照片，细细端详着，顿觉泪眼模糊："没想到，过去三十几年了，我又见到这张照片。阿海哥，这照片还是留在我这里，想你的时候，我就看看照片，好吗？"

阿海心里一阵酸楚，他用手拭去阿螺眼角的泪花："阿螺，委屈你了……"

阿彩回到屋里，躺在床上，却一点睡意也没有。在台湾得知阿哥要回来探亲的消息时，自己是又高兴又害怕，高兴的是阿哥终于能够回到日思夜想的故土，见到分别三十多年的亲人，害怕的是阿哥见了阿螺姐后万一不回台湾怎么办，阿哥和阿螺姐毕竟是结发夫妻啊！这次自己坚持要陪着阿哥回来探亲，说的那些理由都是真心的，可有一点深藏在心里，就是怕失去阿哥。自从阿里山邂逅，三十多年来自己对阿哥的爱是那样的深，两个人的生命已经融为一体。阿彩不敢想象，如果生活中没有阿哥，自己的日子该怎么过。今晚听了阿螺姐一番肺腑之言，阿彩感到自己的心灵受到极大的触动，阿螺姐这辈子太不容易了，可她有一颗金子般的心哪！

东边瓦房，一线黎明的曙光透进了窗户。彻夜长谈的阿海和阿螺依然没有一点倦意。

"阿海哥，你看我们一个晚上只顾着说话，天都快亮了。你这次回来还有哪些安排呢？"

"我想找个时间到阿爸阿姆的坟前烧个香。"

"是啊！阿海哥是应该到阿爸阿姆的坟前烧个香，到坟前和阿爸阿姆说说话。"

阿海沉吟片刻，说："还有件事一直搁在我心上，阿生在生前曾经托付我把一块手帕带给阿娇，这是阿娇给他的信物啊！这块手帕我已经保存三十多年，连折痕都保留着。我这回把手帕带回来了，可没想到阿娇却走了，我不知道该怎么办啊！"

听阿海提到阿娇，阿螺又想起病榻中的阿巧，心中惴惴不安，姊妹仨，阿娇走了，阿巧可千万别走啊……

阿巧走了，后山的坟冈又添了一座土堆。何水旺让明月、阿海、阿螺还有送葬的乡亲们先回去，他想一个人在阿巧墓前多待一会儿。

秋风瑟瑟，芳草萋萋，何水旺手中握着洞箫，伫立在阿巧的坟前："巧妹，我在坟外，你在坟内，你能听得到我说话吗？我们这辈子，相聚总是与分离相伴，欢乐总是与苦难同行。相聚、欢乐是那样的短暂，而分离、痛苦是那样的漫长。我们结婚38年，可住在一起才两个晚上。38年来，每到农历十五的夜晚，不论春夏秋冬，不论在海边、在山上、在荒野，还是在台北的街头，我都对着月娘为你吹着

《望春风》。我知道,那个时刻,你也在望着月娘,听着我吹洞箫。那道海峡,隔不断我的箫音,隔不断我的思念,隔不断我们刻骨铭心的真情呀!巧妹,我想你想到头发都白了,你盼我也盼到满头银发,我好不容易回来了,可咱俩刚见面,你就匆匆地走了,这一走再也回不来了。巧妹,你为什么不再等等,再等等呢?我有好多话还没来得及对你说呀!巧妹你听到我的心声吗?"

何水旺仿佛听到阿巧的声音:"水旺哥,我听到了。我在走的时候,能听到你在身边吹洞箫,我就满足了。水旺哥,你回来了,我却不能和你在一起,让你受孤单了。好在还有咱女儿明月陪着你,我交代过,让她替我好好照顾你。水旺哥,你要多珍重啊!以后每月十五的晚上,你还在月光下吹《望春风》,我在听着呢!"

何水旺说:"巧妹,我记住了,以后,每逢十五的晚上,我还对着月娘吹洞箫给你听。我想好了,到台湾以后,我就去办手续,回家乡来定居,这样离你近一些,每年清明节都来给你扫墓。巧妹,天晚了,我该走了,下山之前,我再为你吹一遍《望春风》好吗?"

"好的水旺哥,我在听着呢!"

风中,何水旺如醉如痴地吹着洞箫。他的脑海里再现当年那个月夜,在地瓜地守夜人的草棚里,他吹着同样的曲子,年轻的阿巧依偎在身旁,带着思春的羞涩,带着对甜蜜生活的美好憧憬,用闽南语唱着《望春风》:

独夜无伴守灯下

春风对面吹

十七八岁未出嫁

见着少年家

果然标致面肉白

谁家人子弟

想欲问他惊歹势

心内弹琵琶

想要郎君作尪婿

意爱在心内

等待何时君来采

青春花当开

听见外面有人来

开门该看觅

月娘笑阮忞大呆

被风骗毋（不）知

第十八章

陆子明的救赎行动,实现了阿生『回家』的愿望,也让阿娇那块『百折痕』手帕有了归宿。阿螺登上望夫崖,取下平安扣,抛向碧波万顷的海峡。妙山那边传来阵阵悠远的钟声。

贺梅和潮平的到来，让阿海百感交集。从潮平身上，阿海看到了阿义当年的影子，抑或说，是看到了当年的阿义。

一家人围坐在院子的桑树下，阿彩把石磨当茶几，泡着香醇的阿里山茶。

阿海拿出几盒台湾凤梨酥交给贺梅，回忆道："记得小时候阿姆经常带着我和阿义到妙山妈祖庙拜拜，有一回月乡菜姑拿了一包叫凤梨酥的糕点分给我和阿义，我和阿义特别喜欢吃。过后我们兄弟俩一想吃凤梨酥就问阿姆什么时候去妙山妈祖庙拜拜。这回我特地带来几盒台湾凤梨酥，就交给你和潮平了。"

贺梅接过凤梨酥，眼眶湿润："阿义生前经常念叨着你这位哥哥，出海那一天，还交代我把你当年送给他的那枚贝壳交给潮平，过后想起来好像是在和我们道别啊！"

阿海问："当年我给阿义的那枚贝壳还在呀？"

潮平说："大伯，那枚贝壳还在呢。"他拉开手提包的拉链，从包里取出一个文具盒，小心翼翼地打开盒子，只见里面放着一枚粉红色的心形贝壳。

阿海看着贝壳，热泪盈眶："记得刚上私塾那一年的夏天，我和阿义到月牙湾玩，我们一边踩着涌上沙滩的浪花，一边念着《讨海兄》儿歌。忽然，我发现沙滩上有一枚心形的粉红色贝壳，阿义看了很喜欢，我就把贝壳给了他，没想到他一直珍藏着：阿义真是有心人哪，这么多年，我一直也在想念着他，要是他还活着该有多好呀！"

贺梅抹了抹眼泪，说："前几天，有一位回浙江探亲的老兵专程赶来铜山找到家里，代表当年被救的台湾渔民送了一幅牌匾。这位老兵在台湾退伍后当了渔民，当时也在那条渔船上。阿义用自己的生命，挽救了那么多台湾渔民的生命，也是值得啊！"

阿海深有感触："阿义一生重情仗义，为救人而献出自己的生命。他走了，却留下了'人人呵咾好名声'啊！"

谢番薯找到了阿海："你快要回台湾了，家乡这边还有什么事需要我帮忙做的吗？"

阿海郑重其事地说："番薯兄弟，我这次回来，真还有个心愿。"

谢番薯问："有什么事需要我做的你尽管说。"

阿海说："在台湾时我一直在想，咱家乡风沙那么大，关键是没有树挡着。台湾和咱这里气候条件差不多，在台湾能种活的树在咱老家应该也能种活，我这次特地从台湾背回一麻袋树籽，你看能不能带着乡亲们种下试试？"

谢番薯听了一阵感动："阿海你真是有心人哪，在那边还惦记着家乡的植树治沙。这样吧，改天我陪你上一趟苏云山。"

阿海不解："苏云山？我小时候上去过，那是我们铜山岛最高的山，山上除了花岗岩和杂草，光秃秃的什么也没有，上去做什么？"

谢番薯故作神秘："你上去看看就明白了。"

阿海说："到时把水旺一并叫上，阿巧去世后，他一直沉浸在痛苦之中，约他一起上山，也好让他散散心。"

谢番薯问："阿海你还想见什么人吗？"

阿海想起了余添贵："我听阿螺说，那年满舱叔和添贵一块从金门游回来,满舱叔不幸海上遇难,后来婉儿婶也去世了,添贵现在在哪儿呢?"

谢番薯说:"添贵当年从大担游回来后,在阿义的帮助下,到县文化馆工作,这些年在忙着'铜山歌仔册'的收集、整理和保护。你回来这段时间,他正带着咱铜山岛十几名艺人上省城参加演唱会呢。现在政府重视文化工作,咱'铜山歌仔册'都成宝贝了,可惜婉儿婶去世得早,不然这会儿都成民间'歌仔册'的传承人了。"

阿海问:"对了,咱村潘细狗,还有康厚朴的母亲都还健在吗?"

谢番薯说:"都还健在呀,阿海你怎么问起这个?"

阿海叹息着:"细狗退伍后在台湾山区修公路时不幸遇难了,厚朴前不久刚刚在台湾病逝,我得去看望两位老母亲啊。"

谢番薯听了很讶异:"阿海你没搞错吧,昨天我上门走访时,两位老人都说刚收到儿子寄来的钱。对了,潘细狗这些年一直在给他母亲寄钱呢。"

这回轮到阿海吃惊了:"怎么可能呢,这到底是怎么回事?"

谢番薯说:"钱是妙山的道姑送上门的,听说是通过新加坡的菜姑转寄过来的。"

阿海含着热泪说:"我明白了。"

谢番薯和阿海、何水旺顺着山道向苏云山顶攀登着。阿海没想到往日一片荒凉的苏云山如今变成一座郁郁葱葱的立体森林公园。沿着绿荫遮蔽的山道攀缘,一路流水潺潺,云雾缥缈,鸟语花香。阿海联想起阿里山慈云寺的一副对联:

此地崇山峻岭，茂林修竹，最奇云海大观，蔚为人间胜境；到处明月清风，流水激湍，虽无蓬壶仙迹，堪称岛上洞天。

阿海感叹道："这里虽不是崇山峻岭，却也是人间胜境、岛上洞天呐！"

谢番薯说："咱加把劲，到了山顶上，还有另一番风景呢！"

登临山顶，阿海迎着徐徐吹来的凉爽海风，俯瞰海岛的东南部，只见一个个月牙形的海湾，湾湾相连，海湾里，缓缓的海浪犹如西班牙女郎的百褶裙，波连着波，由远而近，轻轻涌上沙滩。蜿蜒几十公里的海岸线，是连绵起伏的木麻黄树林，犹如一道绿色长城守护着掩映在绿荫中的田园和村庄。

阿海惊叹："奇迹，人间奇迹呀！"

何水旺说："难怪回来这么多天都没有遇见过风沙，原来整个海岛都被树木覆盖着。"

三个人找了一块平坦的石板坐了下来。谢番薯点了根烟慢慢吸着，问道："两岸开放了，二位今后有什么打算？"

何水旺说："我这边还有女儿明月，我想回来定居。今后我也会经常去台湾。虽然在台湾没有成家，铜山这边阿巧也不在了，可我两边都还有个家呀！"

谢番薯有些讶异："什么，你在两岸都还有家？"

何水旺说："是的，台北的'宜兰轩'歌仔戏班是我的家，大陆的'笋仔班'，噢，就是现在的漳州芗剧团也是我的家。这次回来探亲，两边的剧团负责人都找过我，希望我能牵线搭桥，促进歌仔戏的交流，两岸歌仔戏是同根同源哪！别的事我也做不了，我的余生就专心做这件事情了。"

谢番薯问阿海："那你呢？你家乡这边有阿螺，台湾那边有阿彩，以后怎么办呀？"

阿海说："我和阿彩阿螺商量过了，还是决定定居在台湾，但我会经常回来家乡的。这次回来探亲之前，台北妈祖庙庙祝季唐山先生找到我，邀我一起做两地的谱牒对接，为在台乡亲回乡寻根谒祖、认祖归宗提供方便，我觉着这是件好事，就答应他了。"

谢番薯问："我听说了，台湾的人口中大部分祖籍在福建，量这么大，能做得了吗？"

阿海说："台湾有很多福建的同乡会、宗亲会，各个宗亲都来做谱牒对接，逐步地就做起来了。只是家乡这边也要有机构对接才行呀！"

谢番薯想起来："我听说县政协文史委正在筹建谱牒馆，有位老先生是县政协委员，在具体负责这事。"

阿海高兴地说："太好了！那位老先生叫什么名字？"

谢番薯说："听说姓白，叫什么名字不清楚。不过我可以通过县政协的熟人和他联系，到时我陪你去找他。"

阿海有些迫不及待："番薯你赶快联系，咱们明天就去拜访这个白先生。"

听说回乡的台湾老兵关心两岸族谱对接，白先生格外高兴，他在族谱馆热情迎候阿海和谢番薯。白先生不愧是研究谱牒的专家，他介绍道："谱牒是宗谱、族谱、家谱、家乘的统称，谱牒连接着海峡两岸人民的血脉亲情。台湾同胞根在大陆呀！"

阿海说："我在台湾时听说了，台湾人口中百分之八十几祖籍在福建，其中大多数来自闽南。"

白先生说:"是的,历史上闽南人有四次迁台高潮,第一次是天启到崇祯年间,大批漳州和泉州人到台湾从事捕鱼、农垦和海上贸易,开拓台湾。第二次是清顺治十八年到雍正年间,郑成功率部收复台湾后,有大批闽南籍将士就地屯垦,并接大陆家眷定居台湾。第三次是清乾隆到光绪年间,清政府开放福建一批港口与台湾通航,大批闽南人前往,几乎遍布台湾。第四次是抗日战争胜利,台湾光复后,闽南人再次兴起移居台湾热潮。"

阿海问道:"那福建在台湾有多少姓氏呢?"

白先生说:"根据初步统计,明清以来,福建向台湾移居就有一百多个姓氏,其中仅漳州就有104姓,遍布全台湾。"

阿海和白先生来到一面"百姓墙"跟前,只见这里记载着每一个漳州迁台姓氏的"路线图"。

阿海问:"在台湾宜兰,有个被誉为'开兰始祖'的漳浦人名字叫吴沙,在这里能不能找到吴氏家族迁台的族谱?"

白先生指着吴姓迁台"路线图"介绍道:"吴姓入闽始于汉,宋元后入漳,先后形成梅州吴大成派、吴祭派、吴岳派等14个支系。明清时,吴姓族人迁台,主要分布于现在的台北市、台北县、云林县、高雄县、台南县、嘉义县、新竹市。吴岳派吴则茂后裔吴沙于清乾隆三十八年从漳浦石榴乡携妻子渡台,于嘉庆年间率漳、泉、粤移民千余人在宜兰开垦荒地数十里。吴沙后裔现传衍至第九世,聚居在宜兰吴沙村。"

阿海高兴地说:"有了这'路线图',在台湾的乡亲回来寻根谒祖就方便多了。"

白先生说:"现在还只是个初步的框架,谱牒馆的族谱资料还要不断丰富和细化。这里有些资料可以先送给你,我们特别希望与台湾的同乡会、宗亲会、宗祠管委会对接,让两岸的族谱记载延伸到各个乡里,延伸到下一代。海峡两岸是同根同源,同文同种,同谱同牒呀!"

阿海感动地说:"白先生,我是回来探亲的台湾老兵,受同乡会乡亲的委托,来联系族谱对接的。家乡的谱牒馆建得太及时了。"

白先生说:"太好了,这都想到一块了。咱们能互相留下联系方式吗?"

阿海爽快地说:"当然可以。我姓许,叫许阿海,是钵头村的。"

白先生听了一怔:"许阿海?你是不是有个弟弟叫许阿义?"

阿海一阵诧异:"是呀,白先生怎么知道的?"

白先生说:"我叫白修德,是你弟弟许阿义的……老朋友。"

谢番薯愣住了,没想到眼前这个文绉绉的老头竟然是当年阿义与之斗智斗勇的白修德,他脱口而出:"白先生,原来你就是当年的'章鱼'啊!"

阿海一头雾水:"什么章鱼鱿鱼,你们认识?"

白修德感叹道:"这世界太小了,没想到在这里遇到阿海兄弟,真是机缘巧合呀!咱们找个地方喝茶叙叙。"

夜幕降临,阿海带着阿彩来到月牙湾,两个人坐在沙滩边上的木麻黄树下。

入夜的海湾进入梦幻般的童话世界。广袤的天幕挂满了闪烁的星斗,离得那么远,又是那么近,仿佛轻轻抖动,就会呼啦啦撒落凡尘。海面上,渔火点点,波光粼粼,宛若天上繁星坠落,幻化成海上不夜灯街。辛勤的渔民正利用灯火在诱捕趋光的小管儿。

阿彩依偎着阿海："这就是阿哥常说的月牙湾，真美呵！阿哥你知道吗，我小时候听爷爷说过，在很久很久以前，台湾和大陆连在一起，我们的祖先就是从陆地迁徙到台湾的。这个传说让我从小就对大陆充满好奇和向往。"

阿海说："这个传说我小时候也听过，可彩妹我告诉你，这不只是个传说，这是真的。记得铜山岛出海的渔民经常在台湾海峡打捞到象、熊、梅花鹿、水牛等动物化石，这说明很久以前大陆与台湾之间有陆地相连，后来才被海水淹没的。前几天我到族谱馆时还看到一个资料，在一万年前，铜山岛就有一条通往台湾的'陆桥'，先人就是通过'陆桥'进入台湾的。"

阿彩很惊奇："这么说我的祖先就是通过这条'陆桥'到台湾的呀。我原想这回是陪着阿哥回祖地探亲，没想到自己也是回到祖地啊！阿哥，我觉得下回要把家福家燕也带回来，让他们也认认祖地。"

阿海望着海上渔火，说："是呀，应该让咱们的孩子回来，看看祖地，还有，到妙山拜拜妈祖。"

阿彩说："阿哥我正想告诉你，今天阿螺姐带我上妙山妈祖庙拜拜了。"

阿海感触道："妙山妈祖庙有位林月乡菜姑，后来到了新加坡。这些年来，她为海峡两岸分离的亲人传送家书耗尽心力，她的义举温暖了我们这些游子的心哪！"

阿彩说："阿螺姐特地向妈祖庙的道姑打听林月乡菜姑的消息，道姑告诉阿螺姐，这些年，菜姑为帮助两岸传送书信，把父母留下的房产都卖掉了。由于过度劳累，这几年身体比较虚弱。她人在新加坡，心里却还一直牵挂着海峡两岸。"

阿海说:"这次回来,我才知道,这些年,菜姑在帮助传送书信的同时,还以离世的老兵名义,不断向他们家中的老母亲寄钱。康厚朴刚离世不久,不知菜姑是怎么得到消息的,前些天就给她老母亲寄钱了。她寄的不仅仅是钱,寄的是让这些母亲活下去的希望啊!月乡菜姑是我们这些游子心目中的活菩萨呀!我一定要找个时间到新加坡去看望她。"

阿彩被深深感动了。一阵沉默,她说:"阿哥,我觉得阿螺姐也和菜姑一样,有着一副菩萨心肠。在妈祖庙拜拜时,听到阿螺姐在祈祷我们俩,还有在台湾的家福家燕'平安顺',我心里又感动又酸楚,她是那样的善良,善良得教人心疼。"

阿海感叹道:"这辈子我亏欠阿螺太多了,让我心痛的是这种亏欠没有办法弥补。我命运虽然坎坷,可身边还有你,在台湾有个温馨的家,可阿螺从年轻到白头孑然一身,她是一辈子在守活寡呀!"

阿彩说:"和阿螺姐相处的这些日子,我感受到她的心胸就像大海一样宽阔。阿螺姐这辈子吃了太多的苦,三十多年来,她等呀等呀,等来的阿哥却是阿彩的丈夫,再过几天,阿哥就要跟阿彩去台湾了,可阿螺姐依然无悔无怨,还在为阿哥阿彩祈福。阿螺姐总是设身处地为阿哥和阿彩着想,可是有谁替她着想呢?其实她的心苦哇!这些天,我发现阿螺姐经常自己一个人躲在房间,手里捧着平安扣在哭泣,作为女人,我理解她的心哪!"说到这里,阿彩有些哽咽:"我爱着阿哥,刻骨铭心地爱。可今晚我想告诉阿哥,阿哥今后想定居在哪边,全凭由阿哥自己决定,如果阿哥想留在家乡和阿螺姐在一起,阿彩也会听阿哥的。"

阿海听了阿彩的一番话,鼻子一酸,眼泪夺眶而出:"彩妹,你和阿螺一样的善良,我阿海这辈子最大的不幸是与亲人的分离,幸运的是遇到了阿螺和彩妹两个好女人。我两边都很难割舍,可毕竟我和彩妹在一起生活这么多年了,在台湾还有一双子女啊!"

阿彩抽泣着说:"难为阿哥了,阿哥以后要多回来看看阿螺姐啊!"

阿海捧着阿彩的脸庞,轻轻拭去她脸颊的泪水,说:"会的,以后我会经常回来看望阿螺,回来对接族谱,回来给阿爸阿姆扫墓。"

阿彩想起一件事:"阿哥,我今天在整理行李时,看那块折叠手帕还放在箱子里,阿娇已经走了,阿哥打算怎么处理这块手帕呢?"

阿海听着深沉的海浪声,伤感中带着茫然:"这事一直搁在我心上,这手帕应该有它的归宿啊!可是归宿在哪里呢……"

这一天,一位老人双手捧着用白绫包裹着的长方形物件来到钵头村。老人走到榕树下,放下包裹,面朝村庄,双膝跪在地上。慢慢地,老人旁边站了一群围观的村民。

闻讯赶来的谢番薯扶起老人,问道:"老哥你从哪里来,要找谁,怎么跪在这里?"

老人操着厦门口音:"我是从台湾回来的,想找钵头村一位断了根手指头,名字叫谢番薯的人。"

谢番薯很讶异:"我就是那个断了一根手指头的谢番薯,可我并不认识你呀!"

老人握着谢番薯缺个指头的手,声音有些颤抖:"番薯兄弟,我就是1950年到你家抓丁的中尉军官陆子明呀。"

谢番薯回忆起当年抓丁那一幕:"我想起来了,当时我正准备翻墙逃走,可已经来不及了。趁你们不注意,我冲到灶台跟前用菜刀剁下右手的食指。有位当兵的还不肯放过我,你说没了'扳机指',不能放枪，要个废物有啥用。我才躲过了那一劫。"

陆子明问："番薯兄弟，当年村里被抓壮丁的老兵都回来了没有？"

谢番薯说："已经回来一部分。"

陆子明问："有个叫许阿海的也回来了吗？"

谢番薯说："回来了，在家里呢。"

陆子明说："我想见见回来探亲的老兵，能见到他们的家人也好，我要当面向他们谢罪啊！"

谢番薯一阵感动："陆先生，天气这么热，我们先到前面祠堂里坐下喝杯水，看你年纪这么大还捧着这么沉的东西，我让人帮你抱着好吗？"

陆子明紧紧护着白绫包裹说："不，我要把它亲手交给阿海兄弟。"

祠堂里，陆子明见到了阿海、何水旺等回来探亲的老兵，一些老兵的亲属也闻讯赶来。阿螺告诉阿海，那天晚上，就是这个陆子明告诉她被抓的壮丁第二天从南门湾上船的，阿海也认出了陆子明就是当年在金门审判阿生的军事法庭法官。

陆子明眼里含着浑浊的泪水："1950年那次抓丁不知害得多少家庭妻离子散，家破人亡，是一场劫难啊！我陆子明那天晚上也来到钵头村，参加抓壮丁。就在这祠堂前面，还有在南门湾，我目睹了乡亲们生死别离的惨状，想起来就揪心哪！今天，老兵们终于能回家了，可都已经成了白发老人，有多少人见不到母亲，有多少人见不到妻子，还有多少人魂断他乡，再也回不到故土，我陆子明对不住钵头村的乡亲们啊……"

陆子明一番话触动了在场老兵的心，一个个老泪纵横，有人失声痛哭。

阿海说："陆先生，你虽然参与了那天晚上的抓壮丁，但我们都感知了你的同情心。你今天的行动，还有刚才的忏悔，说明你是个有良知的人。灾难虽然已经过去，可是有多少破碎家庭至今难以重圆，有多少含悲去世的亲人再也唤不回来，有多少青春岁月无法弥补。那场兵灾造成的伤痛还在呀！这悲剧再也不能重演，咱老百姓求的是和平与安宁啊！"

陆子明说："阿海兄弟说得对呀，历经战争离乱之苦，才倍感和平的珍贵，作为一名老兵，我在心底祈祷着两岸和平，两岸的炎黄子孙本来就是一家人哪！"

陆子明抚摸着白绫包裹，说："我今天既是来谢罪，也是来赎罪的啊。"

全场一片安静，阿海问："陆先生你赎什么罪？"

陆子明说："当年在金门的时候，阿生因为想着家乡的恋人，想着回家插秧，半夜里偷偷下了海，想游回大陆却没能成功。按当时战地条例规定，逃兵要被处死，我是金门军事法庭的法官，判决书是我宣读的。行刑前，我劝阿生喝下一碗酒，减轻一些痛苦。阿生拒绝了，他说，怕喝了这碗酒，灵魂找不到回家的路。我当时听到这句话，非常震撼，他就是死了，灵魂也要回家呀！三十多年来，阿生这句话一直萦绕在我耳边，我想在我有生之年，只要有机会回来，一定要把阿生的骨灰带回故土，实现他回家的愿望。今天我把阿生的骨灰带回来了，阿海兄弟，我知道你是阿生生前的好兄长，我把他亲手交给你了。"

说着，陆子明跪了下来，小心翼翼地解开白绫，露出一个大理石骨灰盒，陆子明双手托起骨灰盒，声泪俱下："阿生兄弟，我把你送回家了……"

阿海跪了下来，在场的所有老兵、所有的男人和女人都跪了下来。

阿海双手颤抖着接下了骨灰盒："阿生兄弟，你终于回家了……"

陆子明的救赎行动，实现了阿生"死后也要回家"的愿望，也让阿娇那块"百折痕"手帕有了归宿。

阿海和谢番薯在望夫崖附近找了一块墓地，把阿娇的手帕连同阿生的骨灰盒一起放进墓穴。

这对生前无法见面的恋人，死后终于相聚在墓中。或许是出于对今生相逢的绝望和无助，只能寄希望于死后灵魂的相会，阿生和阿娇都相信死后有灵魂。阿生要让自己的灵魂找到回家的路，阿娇要让自己的灵魂飘向海峡去寻找阿生。

而今，两个灵魂终于相聚了。

或许在某个满天星辰的夜晚，阿生和阿娇还会依偎在望夫崖上……

阿海和阿彩就要去台湾了，潮平特地赶来送行。

阿螺努力抑制住自己的眼泪，她像当年阿姆送阿海外出打工一样，整理着阿海的衣领，用手理了理阿海额前的头发，然后像在交接一件重要物品，叮嘱着阿彩："阿海哥身上有伤，现在年纪也大了，天气变化时会疼痛，你要多照顾他。听说漳州片仔癀对镇痛很有效，我托人买了几粒，昨天整理行李时塞在里面了，用得着时就让他吃点。"

阿彩点点头："阿螺姐，我记住了。"

阿螺又吩咐道："阿海哥从小就喜欢吃阿姆炒的面茶，我这次炒了一些让你们带走，以后你也可以做。记住，面茶容易上火，冬天吃比较合适。"

阿彩还是点点头："我也记住了。"

阿螺说："下次有回来，把家福家燕也带来，让孩子们看看祖地，记住根在铜山。"

阿彩说："我和阿哥都商量好了，明年清明节就让家福家燕回来，给爷爷奶奶上坟烧香。"

阿螺端详着阿彩，眼里含着泪水："彩妹，阿海哥就拜托给你了。"

阿彩跪在阿螺跟前，动情地说："阿螺姐，阿彩对不住你呀……"

阿螺扶起阿彩："彩妹别这样说，这些年多亏你照顾着阿海哥，我阿螺要感谢你才是啊！"

阿海取下手上的一枚金戒指给阿螺戴上，对阿螺说："结婚的时候，咱家穷，也没给你买个戒指，这次回来，我特地请金店的师傅打了这枚戒指，本来想在上面刻个字，后来想想还是什么都不刻，你就戴着留个念想吧。"

阿螺取下脖子上的平安扣交到阿海手中，说："阿海哥，这平安扣你戴上，保佑你和彩妹，还有孩子们平平安安。"

阿海双手颤抖着把平安扣戴在阿螺脖子上，说："阿螺，这枚平安扣是你生母留给你的，也是咱结婚时阿姆亲自给你戴上的，你戴着，一样保佑着两边的家呀！"

远处传来几声汽车的喇叭声，潮平小声提醒阿海："大伯，车子已经在村口等了好长时间，我们得走了。"

阿海和阿彩告别了阿螺，告别了庭院的老桑树，来到了村口。走到面包车跟前,阿海恋恋不舍,回眸再望一眼充满乡愁的村庄,他看见阿螺一个人孤零零站在榕树下,清风撩动着她凌乱的白发。

阿海扔下行李,不顾一切地冲到阿螺跟前,紧紧抱着阿螺。

阿螺泪流满面:"多保重,阿海哥。你放心,我一个人习惯了,有时间就回来看我,你永远是我心中的阿海哥……"

老兵们走了,钵头村恢复了往日的平静。

阿螺登上望夫崖。她一步一步走到悬崖的末端,停了下来,像一尊伫立在风中的雕塑,眺望着台湾海峡。

阿螺眼前再现了当年躲在沙丘后面,偷偷看着裸体的阿海哥在月牙湾拉山网的情景,再现了夕阳下,坐在阿海哥身旁,听着他用树叶吹着《行船歌》的情景,再现了结婚那一天,"吃十二碗"时婉儿婶一边夹菜一边"说四句"的情景。此时,她仿佛听到了婉儿婶念吉语的声音:

头碗龙鸡,头插金钗,脚穿弓鞋,百年夫妻。二碗春菜,夫妻恩爱,日时看君,暝时伴婿……

阿螺慢慢取下戴在脖子上的平安扣,抛向碧波万顷的海峡,抛向茫茫的大海。她默默祈祷着海峡风平浪静,祈祷着两岸亲人平平安安。

妙山那边传来阵阵悠远的钟声……

望夫崖，阿螺取下平安扣，抛向碧波万顷的海峡，默默为两岸亲人祈福

后 记

完成《平安扣》书稿，我来到家乡东山岛铜钵村附近的马銮湾，这个装满故事的月牙形海湾。

远处，一轮橘红色的落日亲吻着流金洒银的海面，几片帆影缓缓地从落日中穿过。海湾里，海浪波连着波，由远而近，轻轻地缓缓地拍打在沙滩上。

一群光着脚丫卷着裤管的游客正"嗨唷""嗨唷"地拉着山网。海滩上，恋人们忙着拍照留念，孩子们在尽情玩耍着嬉戏着，到处是欢乐的笑声。

这里已见不到父辈们的身影。

我坐在沙滩上，听着涛声，思绪万千。

我出生在这座海岛，论年龄应该与书中的许潮平相仿。1950年那场兵灾，改变了许多东山人的命运。只有八万多人口的东山岛，被抓了四千多名壮丁。那年，我爷爷为了逃壮丁，在南门湾乘船往漳浦时，被突然倒下的船桅压住，口吐鲜血。不久，爷爷便去世了。

东山岛铜钵村是《平安扣》中钵头村的故事原型，这个偏僻的小渔村，在1950年5月10日晚上，一夜间就被掳走147名壮丁，其中，年幼者17岁，年长者55岁，已婚者91人。劫后的铜钵村三天三夜断了炊烟。

由于工作的缘故，我多次来到设在铜钵村的"寡妇村"纪念馆。纪念馆老馆长向我讲述了一副石磨、一支洞箫、一块银圆，一支钢笔，还有那浸满相思泪的书信背后的故事。让我震撼的是纪念馆那面挂着"寡妇"照片的墙壁，墙上每个"寡妇"都有年轻和年老时的对比照，一个是美丽清纯的村姑，一个是满脸皱纹、饱含沧桑的老阿婆，这强烈的反差让人感到一种发自心底的痛。《平安扣》中阿螺、阿巧、阿娇的命运，正是墙上照片中这些村姑、阿婆命运的缩影。

值得庆幸的是，东山岛解放后，人民政府对这些饱受骨肉分离之苦的女人予以极大的同情，为她们创造了一个暖心的名称叫"兵灾家属"，在政治上不歧视，经济上一视同仁，困难户给予特殊照顾。这项德政，使得这些原本挣扎在社会最底层的女人有了做人的尊严，有了活下去的信心。她们义无反顾地用自己的行动捍卫新生政权，满怀热情地投入家园建设，带着希望等待着亲人归来。于是，书中就有了石泰山、赵海峰、许阿义等充满人性温情的干部形象。

有位当年冒着风险，为两岸鸿雁传书的女性始终感动着我，她的名字叫林月香，1948年离开东山岛到南洋寻母，从此定居于新加坡。她的真实身份是一名华文教师。在那两岸音讯隔绝的年代，她利用定居新加坡的便利，架起了"两地书"的桥梁。她耗尽个人资财，历尽艰辛，奔波于两岸之间，义务为隔海相望的离散家庭传递珍贵的家书。书中台北机场那惊险一幕正是她的真实经历。为了表达对这位充满慈悲情怀的女性的敬意，我以她为原型，塑造了菜姑林月乡这个人物形象，名字只改了一个字，把林月香改为林月乡。

我写《平安扣》并不是为了展现那过去的伤痛，而是希望通过那场悲剧，让人们感悟和平的可贵，从而更加珍惜和平。我还期望通过这个故事，展现海峡两岸那隔不断的生生不息的血脉亲情。

由于历史原因，多数老兵在台湾重新建立了家庭，而家乡的结发妻子却大都没有改嫁，她们"红妆守空帏"，从村姑熬成阿婆，苦苦等待着亲人的归来，从而出现"一道海峡，两岸是家"的状况，就像书中的阿海，一边有结发的"家后"阿螺，一边有台湾的妻子阿彩和孩子。

然而，"两岸是家"的意涵不止于此。追溯远古，闽台陆地曾数度连接，在一万年前，我的家乡东山岛就有一条通往台湾的"陆桥"。我国古人类就是通过"陆桥"进入台湾，成为当地的先民。宋元至明清，福建汉人大批移居台湾，与先住民一道披荆斩棘，开发建设美好家园。福建民众渡海移居台湾，既建立了海峡两岸割舍不断的血缘关系，还传播了中华文化，带去故里崇拜的神明、民俗风情。两岸同宗共祖，血脉文脉紧紧相连。在漳州市博物馆里，我看到一副流传于漳台民间的对联："打虎捉贼亲兄弟，上山下海靠自己。"横批是："两岸一家"。两岸一家人，两岸亲兄弟，一块"打虎捉贼"，一块"上山下海"，多有意思呀！

我想起自己曾经参与并见证的一场海上焰火晚会。

1989年春节前夕，当时，漳州市委宣传部和厦门市委宣传部共同策划在厦门、漳州、金门三地举办一场海峡两岸海上焰火晚会。厦门选择曾厝垵为焰火燃放点，漳州则选择最靠近大担、二担的浯屿岛为焰火燃放点。因为当时两岸还没有沟通协调的机构管道，我们想到一个办法，通过中新社向外发布邀请金门的同胞一起燃放焰火的消息，时间定在大年初一晚上七点整。很快，消息发布出去了。然而，对方会响应吗？燃放烟花的时间会和我们默契吗？尽管我愿意相信，通过共同燃放焰火，共度新春佳节，是两岸同胞的心愿，可在当时毕竟还是个悬念。

1989年2月9日晚上6时30分，我和同事们来到了浯屿岛燃放焰火的地点，这里已经挤满了岛上前来观看的村民。夜幕降临，大海如墨，我们静静地等待，等待着燃放时刻的到来。晚上7时整，由浯屿岛燃放的第一颗烟花打破寂静，绽放在海峡上空，特别的耀眼。烟花徐徐落下，夜空恢复了平静，对岸一时没有动静。正当大家着急的时候，距离浯屿岛最近的大担、二担的上空也绽放了绚丽多彩的烟花。接下来，是厦门岛，紧接着是大金门、小金门，相继燃放起朵朵烟花。一时间，海峡上空双方燃放的烟花交相辉映，把整个海峡装扮得姹紫嫣红。从绽放的朵朵烟花中，我看到了两岸骨肉同胞一家亲的情感交融，看到了两岸同胞祈盼祖国统一的共同心愿。值得一提的是，当时浯屿岛的烟花弹是由驻岛部队的官兵燃放的，而据过后了解，当时金门方向燃放的烟花也是由军人操作的。这一巧合，耐人寻味。

"潮平两岸阔，风正一帆悬""月圆、梦圆、家也团圆"是《平安扣》故事里主人公们的心声，不也正是海峡两岸中国人共同的心声吗？

2018年11月于东山岛